中国布衣

[精编本]

张曼菱 著

生活·讀書·新知 三联书店

图书在版编目（CIP）数据

中国布衣：精编本／张曼菱著. —北京：生活·读书·新知三联书店，
2021.4
ISBN 978 – 7 – 108 – 06919 – 1

Ⅰ.①中… Ⅱ.①张… Ⅲ.①散文集－中国－当代
Ⅳ.① I267

中国版本图书馆 CIP 数据核字（2020）第 134736 号

责任编辑　卫　纯
装帧设计　薛　宇
责任校对　安进平
责任印制　宋　家
出版发行　生活·讀書·新知 三联书店
　　　　　（北京市东城区美术馆东街 22 号 100010）
网　　址　www.sdxjpc.com
经　　销　新华书店
印　　刷　三河市天润建兴印务有限公司
版　　次　2021 年 4 月北京第 1 版
　　　　　2021 年 4 月北京第 1 次印刷
开　　本　635 毫米 × 965 毫米　1/16　印张 20.25
字　　数　251 千字　图 63 幅
印　　数　0,001－7,000 册
定　　价　48.00 元
（印装查询：01064002715；邮购查询：01084010542）

谨将此书献给——

天下布衣
与华夏大地

目 录

支撑心灵的恒久力量

　　2018 年岁末，郑勇告诉我，生活·读书·新知三联书店（以下简称"三联书店"）可以出《中国布衣》新版，让我写一个"序"，介绍一下相关的社会述评。

　　这本书是以我父亲为主人公的散文型传记。

　　小的时候，我以为人人的父亲都是一个样子。长大后，我发觉我的父亲是特别的。

　　父亲那些富于特质的个性与行为，即便是习惯了的家人，也会觉得唐突。

　　1998 年秋，我去北京前，因参加季羡林的"米寿"庆典，特请父亲代笔为我写一幅贺幛，由他熟悉的店铺装裱。

　　等我出发时，父亲拿出一个牛皮纸信封，里面是一张毛边宣纸。

　　他对我道："我想过了，季羡林的寿堂，一定是名家满堂。我的字不合适挂在那里。你和他另是一层关系，你看着办吧。"

　　字是写好了，用他平时最喜爱的"温不增华，寒不改叶"为贺词，但没有装裱。

　　没有商量余地，没有时间弥补。

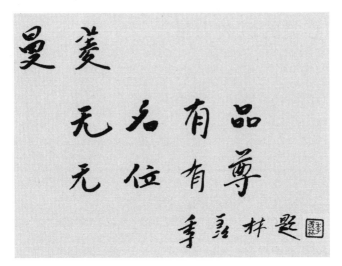

季羡林悼念父亲的题词

这就是父亲的脾气，时常会在意外之中倔犟地冒出来。

我只得怅然登机。第二天到朗润园，面对季先生，拿出这只信封，尴尬地说明原委。

季羡林听完我的话，伸出手，轻轻地抚摸着那张毛边宣纸，说出两个字："不易。"

沉静了一会儿，他说："我自己裱。"

这对季羡林可能是一个深心的震动。他正在炙手可热的势头上，没有人不"凑趣"的。

这幅字如果装裱过，看在我这个"小友"的分上，先生是会让秘书安排挂进贺寿堂的。

但是，远方的那个执笔者，却表了态："不合适。"

父亲的心思，如水清明，如竹有节。

那天在勺园二楼的小会议厅里，启功、范曾等都送了字画，果然是琳琅满目。

我算是"服了"父亲了，是"不合适"。

季羡林却专程点名，要我这个远来之人发言。

2000 年冬，父亲离世。季羡林提笔为我写下了"无名有品，无位有尊"。

这不是一般应时流俗的笔墨，含有情思，是针对我父亲的为人而题的。

其实季羡林的本质，也是"布衣"，后来尊荣天下，他的内心并不平静。

季先生住进 301 医院后，我去看望，他曾向我提起过《浮生六记》。

行走在人世边缘的他，透露出人生的孤苦与无奈。

季羡林逝后，我到北京，忽有人送来一个龙凤呈祥的锦缎箧，里面是父亲的那幅贺寿字"温不增华，寒不改叶"，装裱精当。

来人说，在那次"米寿"后，诸名人的字画季老都没有保留，唯独存下了我父亲的素纸一张，嘱人送到最好的店里去裱好，日夜挂在小书房内。

当他住院后，家中混乱，特意交代，此物件要回归到我的手中。

展开字幅，不由泪垂。想先生临终前多少"要事"没有交代，却提前想到了我和父亲。

这字幅的保存和送回，是他对"布衣人格"的理解与欣赏，含有敬意。

两位老者达成"神交"，穿透了距离和地位。

在他们逝世多年后，这个故事的分量日渐加重。

恪守本分，自知之明，这是一种真正高贵的气质。"布衣"的节操，是我一生用之不尽的财富。

钱绍武来信

一天，著名书法家钱绍武来到朋友吴学昭家，看到我父亲的作品《人文书法》。当时他很激动，说："请这人来，我要和他谈谈。"

吴女士说："这个人已经去世了。"

钱先生叹惋不已。他认为我父亲的字还将有更大突破。

"不过就书法是表现感情和性格而言，现在他已经达到了。"

钱先生总结我父亲的字为："高、雅、清。"

那是 2005 年 9 月 23 日，钱先生将赴英国前夜，情不自禁，写下了五页墨宝，让我送到父亲的坟前去烧祭。

信中写道："看了进德先生的书法作品，我立即为先生的格调所激动。先生书法毫无时下的做作炫耀习气，一种诚恳质朴又刚正不阿之风扑面而来。中国人相信艺格即人格，艺术的魅力即人格的魅力。""大家觉得如果他在世，我们一定会成为挚友。"

我告诉他，父亲一心追求书法，拒绝世俗约束的那些事情，钱先生说："你不用讲我也知道。他的字都表达了。字就是他的人品。"

钱先生将我父亲的真迹挂在自己的卧室，走到哪里，带到哪里。他怀着哀痛说："你看这一笔下来，力气渐弱，这就是他的身体不行了。"

"我写字就是为了自由。"这是父亲的心声。这个发自内心的声音和决定，也震撼了我。

我常审视自己：我为什么写作？是为了评论吗？还是为了真正的读者？

云南书法家李群杰先生写道："看了这些字画，历历如见其人。一面看，一面禁不住连说了三次'清高'。他的字里面体现了其人一种清高的情怀。有骨气，有傲气，神融笔畅，外柔内刚。看得出他是一位洁身自好的人。他的字没有媚俗之气、浮躁之气，直抒心怀，表现个性，功底十分深厚，早年有很高的楷书造诣。书法不难于精工，却难以胜俗。他做到了。"

云南出版界人士胡廷武写道："令尊大人的书法有很深的功底，但他的字不炫技，他追求的是一种精神，这种精神意味着刚强、正直；意味着执着的、始终如一的坚守。"

北大出版社曾经在颐和园听鹂馆为《中国布衣》举办过一个聚会。北大导师严家炎、洪子诚、谢冕先生等都来了。他们对《中国布衣》各有好评。孙玉石老师也表扬过这部书。

北大程郁缀教授自告奋勇地为《中国布衣》做校对，将所引用的古诗词查证了一遍。

他说："我始终认为这是你写的最有价值的书。《中国布衣》这本书，是可以传几代的。"

诗人吉狄马加说："这是一本有社会价值的书。什么是中国人？这就是中国人。"

学者谢泳评道："这本书是用人间最美好的感情写出来的。"

云南作家黄尧说："《中国布衣》是一种重要的文化发现，中国有布衣文化，且布衣文化源远流长。"

然而比起文坛和专家的评介，我更在意那些真正的民间读者，他们的态度。

《中国布衣》初版时，北大师弟李宇锋之父当即买下五十本，送给他的老朋友。

如今宇锋去世了。他曾在重病中开了一家公司，专门做"文革"口述史。

任继愈之女任远，与我是同龄人。她是在一个特殊的日子里读到这本书的：

我读《中国布衣》出于一个偶然机会。2005年，就在我回国探亲前一周，日夜盼望我回家的妈妈突然心肌梗死，抢救无效，去世了，没来得及留下一句话。我到北京时，妈妈已经躺在太平间好几天了。家里还有悲痛欲绝一句话都不说的老父亲。半夜三更我想妈妈，睡不着，又不敢哭，不敢惊动任何人，光着脚在屋里乱走。在父亲的书房里见到了《中国布衣》。

张曼菱笔下她的父亲，也是我父母一代中国知识分子的典型。他们有崇高的爱国情怀，有坚不可摧的人格，有在艰苦环境中对国家和家庭的责任和担当。曼菱的父亲是一个缩影，是他们当中一个代表。这本书在我精神最痛苦的多个不眠之夜，给了我最大的鼓舞和支持。

她的父亲，我的母亲，还有千千万万像他们一样的长辈，已经离我们远去了！我的父亲也走了好几年了，但是他们的品格和精神是留给我们永远的财富。

后来，任继愈先生觉得《中国布衣》值得收藏，就把这本书交给国家图书馆了。

台北的西南联大学长易君博赠送父亲两句话："拔乎流俗之上，立于千圣之表。"

一群退休工人读此书后给我打来电话，说："我们要像进德先生那样生活。"

吴学昭女士告诉我，她的女儿在美国华人社区图书馆借《中国布衣》，要排队两周后才能借到。

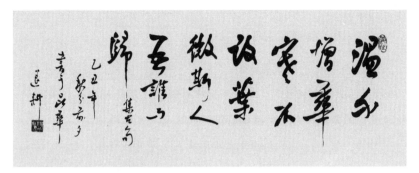

父亲所书为季羡林贺寿之字幅

　　一位在美国开办华人学校的昆明人找到我家里，索取这书及父亲的书法。他说："这是美籍华人教育孩子最合适的教材。"

　　成都的青年记者张杰写道：

　　"看《中国布衣》这本书，我大概明白了称得上'布衣'的这类人的活法儿。也思考了，如果一个人不从政不为官，也没有去社会上沽名钓誉，也无意成为社会上的名家文人，那么他该如何活出自我的价值？有一份普通的职业，自食其力，有自己一套立得住的审美、道德、世界观判断。从读书、思考，修习技艺，建立汲取营养、培养自我精神的方法，从日常生活、待人接物，甚至为人父母对子女的教育上，都可以是表达自我、向社会输出价值的渠道。

　　"此外我还有一种干净脱俗的感受。为什么？因为作者的父亲，以'布衣'的读书营造的书香家庭，家教开明，父女同读，追求真理，而不是陷于家庭琐事，家长里短。作者家里当然有人间的家庭温情，但是并没'以亲情绑架个体'，始终自由选择。从这个角度来说，我觉得，作者是真正的'富养'的女儿：给予关爱、平等、自由。"

　　我写《中国布衣》，原出自"感恩"。

　　当年父亲"被流放"，这是一个"决定后代命运"的关头。母亲本想随父亲一同下去。父亲却说，要她"守住儿女"，让孩子们在昆明继续学业。

世代"书香"何忍断？父亲抛妻离子，一个人到边远之地去生活。而母亲则在昆明执教，独自支撑这残破的家庭。父母毅然选择"牺牲自己来成全儿女"，二十年信守承诺。这不是一般人能做到的。故在我们的家庭关系里，蕴含着很深的恩义与文化期待。

作为儿孙，每一个人的身上都承受到了前辈的恩惠。

我父母俱出身"书香门第"，祖父与外公的两支人在当地都是"望族"。我父母受到"五四"启蒙之光的烛照，他们都在未成年时就走出了家庭，追求新知与个性自由。

在他们身上，旧学与新学交融。他们的青春都在抗战时期的云南"大后方"度过，得到那个时代精英文化和大师的熏陶，使得他们历尽磨难而终身向着光明。

这一辈人对乡土，对亲人，对朋友，对祖国、民族，对正义与社会的那一份执着深沉的爱，九死不悔，是我们比不了的。

回顾半生为人，我所做过的重大决定，例如"走还是留""在哪儿生活？怎样生活""什么是重要的？什么是可以忍受的"等，在所有最艰危和紧要的时候，支持我的力量和信心，都是来自家庭长辈和先人的。

家庭与成长史，这是一个隐秘的私人角落，这又是一个事关"传承"的大计。

中国古圣人说："人能弘道，非道弘人。"

没有家族的传承就没有民族的传承。中华民族能够把文化和种族传承数千年，重视家庭、重视乡土与先人的传统是起了决定性作用的。

比起"纯孝"之弟妹，我是个"孝而不顺"之人，从小有很多忤逆的行为。但父亲相信：这些看似"大逆不道"的行为，其实常常发自直率之情，有时是一种"有所作为"的意图所致，是使一个家族和一个民族不断创新的必然过程。

他对我说过："逆子不败家。"

这句话体现了我们中华民族的浩然之气、如海襟怀。优秀的文化传统，不会要求子孙后代做"亦步亦趋"的懦夫，也不主张遵循一种"不变"的法则。

在这样的家的包容下，我这一生也做过几件"敢为天下先"的事情。

我的母亲秀外慧中，曾以"第一名"成绩毕业于昆明市女中。她终生执教于大学，为同事和学生所敬爱；会刺绣，能烹调；通英文，爱音乐；娴雅善良，秉性坚贞。

80年代，我在北大提出了"东方美"的口号，其内涵就来自"母亲"的启示。

近有研究说，人一生的力量很大程度来自童年。

我的记忆力很好，很清晰。长大后，回忆起父母的一个细微神情、沉吟，也会成为我思考的节点。父母的感受与良知，一直是我内心深层的依据。

我父母守着他们善良纯洁的人性，一生"不改其道"。对子女讲真话，讲述他们亲历的往事，不受外界潮起潮落的浸染，恪守他们作为一个读书人的清白。

有幸作为他们的长女，我从他们那里领悟到了人品的意味和历史的厚度。

北大中文系有位同学曾对我说，她很羡慕我能听到父母的真言。她的母亲是"格格"，家世很显赫，但她从小没有从父母嘴里听到过一星半点的家事——讳莫如深。

父母给了我一个"有历史真相"的家。

很多"名门之后"并没有得到前辈的文化传递。因为恐惧心和

"保全子女"的顾虑。于是隔代发生了断裂。而我父母虽然是普通知识分子，却保留下那种幸存于民间的纯粹情怀。

我感恩父母对儿女的这种于情于智的信任。他们把半生人的阅历感受随时告诉我。

我从小就知道，在一部历史书下面，还有很多"现在还不能说"的事情。

而父亲并不悲观，总是说一句："以后会明白的。"这就是中国知识分子对历史对真理的信念吧。

时常有很多人问我：为什么会去做"抢救西南联大历史"的事？

珍惜先贤，敬畏历史。虚怀若谷，"天下"为大，这些都是父母的言传身教。

"西南联大"这四个字，我第一次听到，是从父母的口中。当时我尚在稚龄中，时常听到他们回忆自己年轻时代难忘的人和事，几乎都与西南联大有关。

2000年8月，我受云南省委之托，邀请费孝通先生来昆明参会。同时我也将一批西南联大老人请到昆明，了却他们日久的思念。其中有梅贻琦公子梅祖彦、闻一多公子闻立雕、冯友兰女儿宗璞、潘光旦女儿潘乃穆等，住在佳华酒店。我和摄制组一面照顾这批高龄老人，一面紧张地拍摄采访。

此时父亲病势已经沉重。他挥挥手，让我去酒店陪客人。他说："他们的先辈都是对这个民族有贡献的人。"我含泪离开父亲。

当年12月，父亲从容辞世，在儿女心中留下永远的痛。

2003年4月，《西南联大启示录》在央视"热播"。我将光碟带到墓地，禀告慈父。

在他临终之时，有熟人介绍江湖医生，被父亲拒绝了。他冷静地告诉家人："自从'五四'以来，科学与民主就是方向。既然这个病

父母与作者百日时合影

是现在科学还解决不了的，就这样吧。"

他临危不乱的刚毅，视死如归的平静，我历历在目。

尊严地活着，尊严地死去，自古到今都是中国人追求的至高理想。由此，产生了多少英雄豪杰，谱写了灿若星空的中华历史。

父亲给自己的称谓是："无名之辈""一介布衣"。

然而父母平凡的人生，却使我们获得了支撑心灵的恒久力量。

长期以来，我的工作就是"为名人作传"。

我深知，我父母这样的人只是"沧海一粟"。像我父母这样的普通人，在"正史"中是没有声音、没有形象的。

这就是我要写这本书、出版这本书的理由吧。

我父亲一直敬慕三联书店。当年我开始发表作品时，他曾表示："你要有一天能够在三联书店出书就好了！"他的意思是，那就达到他心目中有价值的一类书了。

父亲任职的富滇银行，与三联书店的前身生活书店是民国时期同年创建的，俱属于那一股强国与启蒙的时代潮流。改革开放之后，每逢三联书店的庆典，云南这边也会有富滇银行的贺事。

如今，《中国布衣》在三联书店出新版，对于我和父亲都是隆重的事情。

特在"年前年后"闭门做准备工作，删去一些篇什，保留筋骨，以做精编，相信这将是一个较为满意的版本。

2019 年 1 月 11 日

人静日月长

一直到父亲辞世前，在我的心中，总以为父亲的时日是无穷的。

他似一棵常青树。无论他的相貌、身姿与动作，与我离家二十年前，几无改变。连白发亦罕见。我们是"青丝家族"。

当我发现，自己已经错过了陪父亲去他心目中的"圣地"——西安碑林的时机，我想弥补时，父亲则说，他在电视上都看到了，不去也罢。

他已收缩了自己的空间，其实是他已看到时间的紧缩。

父亲亦曾表示过，想到我曾经插队的傣乡去看看，亦被我那时忙着为知青"拍片"忽略了。

这是父亲进八十的日子。他依然热爱着所爱的一切，只是减少了许多外出的活动。

他经常静坐阳台，我来了，他就告诉我，当太阳照到家中墙上何处时，墙外的学生们下课、上操。他自己的看书写字也到了一个间歇。再照到何处时，可以准备淘米煮饭。

也有这样的时候。我来了，父亲正在看书，只是一点头，仍看书。或拿出昨天写的几幅字来，叫我品评。我说的总是很被父亲接受。父亲在此时便把一些选好的字画送给我去收藏。

父亲也写一些字交给他的两个孙子。此间已有去意。谁也不忍说破。

小小阳台，父亲写字的家当，笔筒砚台等，就摆在顶头的那张桌上。

母亲缝纫的机器则与之垂直。直角之间，是一张我从海南带回的躺椅。躺椅上，铺着父亲退休时单位赠送的虎纹毛巾毯。靠背上，是他们的孙儿们乳婴时代的小薄枕。

那两个他们曾经怀抱过的、早晚接送上学的孙儿，如今俱长成了高大的少年。

这阳台上，便是我父母的憩趣园。

所有人的习惯是，一进家就问："爸爸呢？"母亲回答："在阳台上。"于是跑到阳台门口，喊一声："爸爸。"

躺椅上的父亲会悠悠然地对我指点，刺梅盛开了，或会问我闻见兰花的香气否？指指点点，就在这窗台上。

我家养两盆兰草，盆大而深，呈幽谷形。兰草的风姿，也像是在山里长的那种，勃发丝丝，犹如野性的瀑布，呈一种未梳理过的丛状，乱得有情。后来，有人也送我兰，理得太清秀，似雕琢了。

父亲从来不追求什么"极品"。我理解他的意思，只要它是兰，具有兰的特性，看得入眼，它就是我们心目中的"兰"，就是古诗词中的兰，就是深谷幽兰。

就是一棵普通的海棠，在父母的阳台上也因为温馨的陪伴而鲜洁滋润。

母亲还喜欢在初春的寒意里买来野山茶。父亲就静坐而赏。我来了，他说："你看这野山茶，就像一个山姑娘那样可爱、自然。"

有一次，我想"净化"阳台。我说，应该把那些晾在窗下花前的

平生爱大海——父亲游海南

什么毛巾、袜子收走，还有那只放在窗台上的小簸箕，里面晒的是父亲老乡送来的华宁小腐榨。

父亲则不以为然，他说："这都是自己用的、自己吃的，很自然，很好。我这样坐在这里很舒服。"

我才明白过来：什么叫"很自然"。

这样，才是一个温馨"过日子"的环境，此真境界也。而我的要"净化"，则有从俗与造作之嫌。父亲从不乱"性"，这一点我永不及他。

父亲生病之时，楼上楼下新迁入户装修的轰响声常令我烦躁。父亲却说："没什么，习惯了。"照旧地看书写字。这就是我的父亲，有着撼不动的沉静与不焦不躁的面容。

他说："一天不看书写字，生活就没有质量。"

母亲说，父亲晚上躺在床上，还在手心里画来画去。母亲问他，他说："我在想，这个字要怎么写才好看。"

父亲在阳台上的躺椅

父亲说，当他坐在躺椅上时，犹爱观赏那盆从海南带回的观音葵。他说，在昆明见过的所有那些同类植物，都与我家的这棵不同，没有这棵的舒展、飘洒。

"洒脱"与"舒展"，是父亲最喜欢的状态。父亲所有的袜子都是剪开了口子，由母亲重新缝上边的。他一点不能受那种紧袜口的束缚。

关于海南带回的观音葵，他还说过："谁说海南的东西都是假的，海南人都是骗子？我们买这两棵的时候，只是两坨黑黑的根，什么也看不出来。人家说，您带回去种吧，种出来很好看的。带回来两棵都活了，果真是好。倒是搬家的时候不注意，让人偷走了一盆。"

雨后，父亲观察出，那盆海南的观音葵又抽了新条。那一年抽出两枝，长得迅猛，不久即与老枝条相齐，不分上下。父亲说："这两枝是应在洲洲考上上海的重点大学和你回到云南再创事业上。"

父亲去后，此树欲枯；两句古诗猛上心头："狂风吹我心，西挂咸阳树。"我于是将它移到了我住处，欣然而绿。

大约我家的人总是以"草木"为命的，而不是金命玉命。那年我落魄已久，忽考上北大，可谓"一飞冲天"。那正是我家一棵文竹长得很高，"台数"很多，勃勃生机之时。

一天夜里，文竹放在窗台上被人偷了。是用长竹竿捅下去偷走的，花盆都摔碎在地。人家在查其他案情时，查出是同院的一个教师的儿子不务正业，专事偷窃而为。

母亲却不去索赔，反说别问了，人家的儿子为我们一盆文竹坐牢，似过意不去。母亲的这种善良，常常令我与她纷争。但母亲的无是无非，亦是一种静生法。有一年回家，刚下飞机，就听说家中的昙花昨夜盛开了，母亲打电话叫大家回去看。昙花是一点一点在人的眼前开放的，景象十分美妙。

我一进屋，就看到那盆花还放在中央。侄儿洲洲就说："姑妈还没有看见昙花开，收起来，重新开！"说着，他的小手就伸了出去，将那花轻轻握住。大家都笑了。

父亲说："洲洲，花开花落是不能再来的。开过就是开过了，就像你过了一天，就没有这一天，而是另外一天了。"洲洲抬起头来望着大家，小手放开了。果然，花没有被捏拢，花仍是开着的。他大概第一次知道了时光的无情滋味吧。那时洲洲五岁。

记得那年，全家去西山时，带他去了聂耳墓；告诉他："这就是作《国歌》的人。"只见洲洲紧皱眉头，指着墓底下说："赶快，打电话，叫救护车来，抢救聂耳！"

我们是强行把他拉走的；告诉他，人已死，抢救不活了。

聂耳死时，还没有洲洲。聂耳的同学教过他的爷爷。

小洲洲一面走一面回头望着那墓："为什么，好人为什么死？"

室雅人和——父母晚年的卧室

那时在他的心中，好人都是不可以死的，这世上只应该那些坏人完蛋。

在父母的卧室里，两张小木床与窗户形成一个"品"字。父亲常讥笑母亲，说她是不开自己那边的窗，而开他这边的窗的，可以透气又不被风吹。父亲却不怕这风。

父亲亦曾很高兴地告诉我一个发现：每当月圆的时候，他躺在床上，一只手去揭开窗帘一角，就可以看见那一轮满月，正照在人脸上。他告诉我的时候，好像是"得天独厚"一样。似乎父亲当时也用了这个词。

父亲去后，我每当难以自已，便坐到那个小阳台上去，或者睡在父亲的小床上，我也看到了那一轮曾照过父亲的明月。我似明白了父亲喜欢的两句话："天地者，万物之逆旅也；光阴者，百代之过客也。"

临走前，他对我的反复叮咛就是："要珍惜光阴。"

在辞世前一周，他对我的一位同窗好友说："曼菱这个人个性极强，一般人的话她是听不进去的。你们是好朋友，要随时提醒她光阴易逝啊！"

我回故乡后，为知青的事，交往甚杂，也贪玩山水，令父亲深感忧虑。

父亲去了，我如能息此泛泛之交，杜绝浮华之游，使心凝聚于志向，情寄托于其所，以寸度计光阴，成就一点分内的事业，那就是父亲又给了我一次生命。

对于光阴，父亲给我留下的警示是丰富的。他赠我的书法作品中尤其强调了一幅，并亲自装裱好给我，是曹丕的：

古人贱尺璧而重寸阴，惧乎时之过已。而人多不强力，贫贱则慑于饥寒，富贵则流于逸乐，遂营目前之务，而遗千载之功。日月逝于上，体貌衰于下，忽然与万物迁化，斯志士之大痛也。

父亲与我都爱建安文章，风骨峭拔。但如果父亲不为我写，我却不知曹丕此文。那种上观日月畅行，下视体貌渐衰的悲哀，以及在悲哀中的奋争，有一种为人生的责任。的确，他的气质比曹植更堪大任。

以前我偏爱于曹植的悲凉多情，视帝位上的曹丕为夺权谋势之徒，此谬也！

另一幅，却与这帝王风度相反，是赞牧童的："骑牛远远过前村，吹笛风斜隔垅闻。多少长安名利客，机关用尽不如君。"悠然与超脱，亦是珍惜光阴的智者。

父亲观我甚精深。他曾叹道："自从去了海南，怎么变得那么无情？"

因此他这两幅字，俱是对症下药，将他的苦心借古人之妙语托付于我。珍惜光阴，珍惜人情，即是珍惜自己的本色与自由。

从父亲发此叹息后，我渐明白，自己是因办公司而被"商海"

古人贱尺璧而重寸阴，惧乎时之过已。而人多不强力，贫贱则慑于饥寒，富贵则流于逸乐，遂营目前之务，而遗千载之功。日月逝于上，体貌衰于下，忽然与万物迁化，斯志士之大痛也。

摘魏文帝曹丕典论论文

辛丑年三十一岁于成都三月客于岷江上华西村作书一月载目流连戏画歲事以记吾之处也弄

古茂宁州张生侠敬墨于岷厅屋学院

父亲勉励儿孙珍惜光阴，特书曹丕文以赠之

所逼，对人生剥夺太多。我的人生，不能一味只认"时效""机遇""经济"。

如果不留下空间与时间，就不能从容地延续那些一生中仅属于自己的思考、情味、交往与悠然，作为一个文化人的精神活动也就渐渐窒息了。父亲对日与月的深情所钟，令我最终决定"退出江湖"和"淡出官场似的文坛"。从此，我选择一种"只做事不争名分""只写作不问评论"的人生。

父亲与母亲本来还可以调一套宽宅的。

那年，学院里很多教师都调了。但也有不少人调过就后悔。因为只追求"一辈子要住一次大房子"，结果放弃了原来住得很顺的地方。

父母一直就清明地知足与安宁着。

他们说："这前面就是花园草地，早晚散步，可以看见学生读书，可以遇熟人问候。阳台虽小，阳光却一早就照了进来。坐在那里看书、缝纫、拣菜都可以。房子很严实，正南北向，楼层合适。邻居又都熟悉好处，这样好好地住着，何必调呢？"

一天，又听到那些调过房的人来诉烦恼；父亲就对我说，那个"六尺巷"的典故你是知道的了。我即念出："万里修书只为墙，让他三尺又何妨？万里长城今犹在，不见当年秦始皇。"一家人指着当官的亲人为他们争地砌墙，不料这官员以大历史看小人生，反说"让"，弄得邻居也让。各让三尺，就成了"六尺巷"。

见我明白，父亲点头，又给我说了另一个典故：

郭子仪，是唐朝大功臣，皇帝称他为"兄"的。因战场归来，朝廷赏赐，专为他建一座府第。郭子仪戎马半生，今要安享荣华，特别新鲜，每天都要跑来看盖给他的房子。一会儿担心木匠，一会儿又操心瓦匠。

盖房子的师傅知道他是功臣，也敬重他，便对他说："我盖了半辈子的房子了，就像将军您打了半辈子的仗一样。但我只见住房子的人搬进搬出，没见过盖的房子倒掉。"

一语提醒了郭子仪。从此，他再也不去监察房子了，而是小心审视自身。郭子仪是一个在和平年代为自己定位良好的功臣。他一直不忘木匠教诲，平安一生。

这一段古话，父亲不讲，我倒不知。

父亲的学问从很多渠道来，到了父亲这里就用人生阅历作梳，把它梳理过，然后给我，使我得沾"渊博"虚名。

有时候想起来，我一直很奇怪地脱离市井生活，从来没有计较过什么房子与头衔，也没有投入人们的装修住房和购置家具的那些热浪中，总在追求一条不断往远处去的路，忙着赶路了。

人到中年，除了这条拉得还算比别人长远一些的路，我一无积攒。根在父亲。我父亲从来没有教过我"为稻粱谋"，我所受的"家教"就是要争气。所谓"争气"，大致就是要争一争"骨气"与做出一点"名气"吧。

在我们这种家庭，所谓"光耀门庭"，并非在家门上镂金刻玉，而是要焕发出精神的光彩。父亲说："富贵富贵，富不如贵。"我想，我家属清贵。

三年前，人家对我进行"人才引进"，父亲只是担忧："你回来能不能发挥作用？能不能出更多成果？"从来没有想到要随潮流去谈一些条件。虽然总是吃点亏，可是在精神上不输。这把尺子也就量定了我的一生。

我父母俱出自那种切近乡间田野的中国式的书香门第，故有着很多自然的禀性。例如，他们喜爱坐在阳台上敞着窗户做各种琐事，从不怕所谓"穿堂风"。即使是冬天也不要什么取暖器也不关闭窗户，讲究空气流通。

父亲酷爱户外活动。每天一早，就在所居的校园里跑步、舞剑。

父亲的剑术是可以做单人表演的。

白天午睡后，一定要到楼下的花园去做长散步。这个习惯一直到他辞世的最后一天。每周，则要到外面去走走，参加书法活动、老年娱乐。

七十来岁时的父亲，舞姿甚健，尤喜狐步和探戈，华尔兹跳得极为洒脱。母亲曾说："每周末'老协'的舞会，你父亲是从开始跳到曲终的。"

父母喜欢将各自家乡带来的土产，放在阳台上晾着，或分给我们。仿佛要有这些，生活才充实。

在他们身上，保留着可贵的乡土之气。例如，母亲会用玫瑰花瓣来做清香的玫瑰糖。在过冬的这一天，用来做汤圆的馅。他们还将那些细柔的鸡毛积攒起来，做成薄薄的两个鸡毛小坐垫，到远处郊游和公园玩时，随身携带着，就处而坐。

父母俱喜欢存水。平常，在厨房里，总是看见水壶、小锅、口缸里储存有清水。这与自来水停不停无干。

我见过雪山脚下的少数民族人家，也是喜欢存水的。在那里，水是神圣的，放在铜缸里，置于全家最干净最醒目的位置。

我父母亲尤喜欢阳光，从自己到所用的衣物被盖毛巾，内内外外都要晒太阳。所居虽小，他们喜其阳光充足。父亲戏称那种背阴的大房子为"冷宫"。

用铁丝弯成衣架，用废电线拧成可以挂许多厨房杂物的线架，父母引以得意。

他们还用奶盒的硬纸做一些桌垫。

晚上看电视时，母亲将瓜子皮全吃在了衣襟上，然后起身去抖在垃圾桶里，像农妇一样地自然、方便。这就是作为教授的母亲。

有时觉得，父母居处太简单，别人看来事事将就，常常想劝他们抛掉旧物，另外安排一下。

"这不是挺好的吗？"父亲说，"这还可以用。"

他们以自然之心看生活，故觉得一切自然，一切适用，一切可意。

而我们却以奢比之心度生活，故觉得一切不合格，一切落伍。

一颗自然之心才是幸福安宁之源泉。

父母保持寒门之风。他们其实比我的想象生活得更好，比我生活得安然。

那些生活在超市里的奢侈者，已失去了创造与想象生活的能力，他唯有从广告厂家、商场的摆布中设计生活。

"适然"，这是父亲临终时教我的词。

父亲喜欢干点活。从来自己洗内衣，除给母亲打下手，刮姜摘豆之类，还负责每顿饭后洗碗。

父亲病重后，家里来了小保姆。一天，我去看望，父亲闷闷地坐在阳台，对我说："她剥夺了我劳动的权利。"神情黯然。这句话，与他临走前一天对我说的，"每天不能读书写字，生活就没有质量"，从此成为父亲晚年生命的憾言。

就在这一年，我有了一套宽宅，在昆明城最美的小区里。我总以为，父亲应该能在我的房子里踱步、看书、写字、养神、望远。可是那天，父亲摇了摇头，对我说："身体不舒服，再好的房子也没有意思了。"

一周后，父亲辞世。我住进父亲的余温之所，感受父亲的生活，父亲之乐趣与静思。在父亲爱坐的地方，适然。用父亲的木床布衾，甜睡。窗外嚣声不能烦扰。阳台晾菜，豆子盛筛，实有真意。我才感受到父亲简单、朴拙、随意而健康自然的每天每时。

少年家境贫寒，成年有志士之励的父亲，从来不想把自己的生活复杂化。习惯即尊严。如果我不能有此心境、睿思、宁静、不急不躁，即便进入华宅也只是扰心之魔更多。应以住简室的父亲之心，去住任何房屋。

从我的大侄儿洲洲握住昙花，令其"重开"，光阴过去了十五年。

大树一般的父亲，从此"浩气还太虚"。人，不能长生和不死，贵在绿荫成林。

走进父母所居的校园，我仍企盼着，像平时回家一样，将看见母亲在缝纫机上打些零碎，而父亲坐在一旁。母亲支使他去做饭。

父亲会说："看见你妈一大早打开机器，就知道要轮到自己来负责做饭了。"母亲则说些"非缝不可"的理由。父亲说："我做就是，这也没有什么难的。"言下之意，也难不倒我。

翁媪斗嘴，阳光明媚。

父亲去了。他的送终衣服，最终也是在这台缝纫机上完成的。家里的全体女人，母亲、我、妹妹、弟媳，买来深蓝棉布，絮了丝棉，做成一套冬衣。又按照辈分，打好了所有人的孝套。母亲反对用那些场所的现成货，连墓中垫用的红布，也是自己在机器上扎的。

父亲最后是裹在浓浓的亲情里去的。家，与家中的阳台，永远在他身边了。

父亲沉静的容颜与他的字画、兰草，伴着我和我的日月。

愿中华民族的澄明之气长存。

2002 年 4 月 12 日

君子之泽

老家的小院我去过。华宁县城扎兰巷内，与孔庙一墙之隔。现在的位置、周围环境还是和父亲在时差不多。

沿着那条小巷走上去，到坡顶，就见我家祠堂，里面大树成荫。现在是县城里最大的一所小学。

里面原来有一块匾，上书"齐滇世胄"。因我家是在明代从陕西分封过来的，祖居陕西的凤凰村，那里的青苔不青，是红的，红青苔，主"出贵人"。现在，有孩童的诵书声伴着我的列祖列宗，也应是一种香火吧。先祖曾有"七代尚书"。后来不再入仕，出过一些名医与书法家。

那年回乡，父亲指给我看了，他少年时代就在楼上那个小方窗下读书。

父亲的小窗并无修饰，就是土墙上的一个小方框，比人头大一点。父亲就在这窗下看书，读成华宁一中全班学问最好的学生。

小小的四合院，木楼、廊柱、矮梯、土墙。院里仍堆着柴火猪草，如今仍是幽暗宁静。我心中突地迸出这两个字："陋室。"这就是陋室，青灯黄卷，多少代中国民间文化人就这么简单朴素地生活着。

很多年前的一天，父亲在读着书，突然从小窗扔进个纸团来。

这并非"投桃报李"的红颜勾当。它对我父亲一生的意义，不是任何红颜的邂逅可以相比的。

父亲把那个纸团展开，只见上面写着："到昆明去上学。"他抬起头来，看见对面小楼的窗旁有一张年轻的脸庞，正对着他笑，一面用手指点那纸团，示意它的重要性。

对面小楼里，住的是父亲的远房堂兄，张新猷。两家大人有嫌隙，不来往，还不让孩子们来往。可是这位堂兄深知我父亲的资质，认为他不去昆明发展太可惜，就采用了这种方法。

可见"爱才"的意识，在中国民间的根子是扎得很深的。又可见，年轻人要往前闯，绝不能被上一辈的沟坎绊住自己。

从父亲的道路中，我也汲取了这一点：绝不以上一代人的沟壑为界，画地为牢。每一代人，无论如何杰出，总有自己的局限与根深蒂固的毛病。

当时，这两个可爱的青年对笑了一下。隔着两家的墙，从各自的小窗口里。

那是两个多么美好和珍贵的窗口啊，和那道土墙一样地厚和深。它蕴含着青春的希望与友谊，蕴含着明天的前途。它甚至有那"窗含西岭千秋雪，门泊东吴万里船"的气势和内存。

因为从这里，父亲走了出来，从此走出了我们一家人。我，走到了北大。大侄去上海读书。小侄也即将远走高飞。父亲的后人会将求学的道路拉向广袤世界。

从四五岁起，我就背诵着"山不在高，有仙则名；水不在深，有龙则灵。斯是陋室……"我觉得这些话就跟儿歌似的。我也明白，父亲与我讲《陋室铭》的那种情感与自豪了。

父亲一生就乐在世人以为的"陋室"之中。以后，有条件也不喜欢铺张。

全家难得团聚后的合影——天各一方的父母与三个知青儿女

　　我家有一张非常美满幸福的全家照。父母风华出众，三个孩子饱含英锐。那是一张朴素的黑白照。二十年来在外，我一直将它放在一个小镜框中。

　　这个小镜框仿佛就是当年父亲华宁的那个小窗，只是被岁月填充过，将偏僻贫寒变作了春华秋实。

　　我感谢那个小窗，它生长与涵纳了这勤奋求学的一家人。

　　当我回到华宁时，可敬的堂伯张新猷已经去世了。同一条巷里，对面兴由家的房子也被拆除了。

　　父亲初到昆明，就是用张新猷的毕业证书去报考的。因为父亲其实还没有毕业。许多老乡至今还认为"新猷"是父亲的另一个名字。

　　我也就因此故，常常被那些华宁的老乡介绍为"张新猷的女儿"。这也无不可，我可以"是"他们两个的女儿。我对从未谋面的新猷伯伯充满敬意。

骑马走出华宁半山区的父亲，在昆明一气考上了五个学校。但我祖父已去世，只靠祖母替人做针线来供养他，所以父亲只能读公费学校，昆华师范。那是1936年。

父亲所在的华宁中学三班本应该是1937年秋毕业。三班在华宁是有名的，出了不少人才。父亲属高才生，提前一年考出去了。然而半个世纪后，就在父亲去世的前一年，他还对我说："如果当年我的思路再开一点，我应该跑得更远一点，起码到北京这样的大地方去求学和锻造。"

当昆明的学校放假，父亲又沿着骑马与步行的路回华宁看望祖母。中途路过盘溪的大姐家，同父异母的这位大姐十分心疼上进的小弟，每次必做好一双鞋给他带上，家贫，以鸡蛋炒饭食之，并塞以零花钱。

而后，我父亲在银行立足，这位贤姑母的儿子，即我老表又以同样方式上昆明求学。每逢周末，又轮到我父亲厚待他。如此骨肉相济，真情相辅，真亲戚也。这份情缘也传给了我们。

父亲一度返回华宁老家教书，因此家乡人称他"张老师"。他还教过音乐。我识乐谱就是童年时父亲教的。之后父亲又来到昆明。

抗战时期，"云南王"龙云振兴经济。金融家缪云台办银行学校。父亲是银行学校首届毕业生。在毕业典礼上，我父亲因品学兼优，被推为全体毕业生的代表登台讲话。校长缪云台亲自点名父亲到富滇银行工作。

父亲参与了云南经济那一段蓬勃发展的黄金时期，留下了一批风华正茂的照片。有一张上面，父亲还披着斗篷。

父亲告诉我，在那个时代，昆明城正在发展，谁能留在昆明，是一种自然淘汰。你自己不行的，只能到下面去谋生。而能留下来上学与获得职业者，必是佼佼者。

1956 年的父亲——年富力强的银行职员

父亲他们这一批华宁少年，就在这多水层的昆明落下了根。从此，父亲凡留名处，常用"古滇宁州张进德"或"昆水华山张进德"。

我父亲一生的本事与性格，就是适合于在这样的竞争规律中发展的。可叹后来的中国社会，"上来"与"下去"俱是莫名其妙，理由皆"莫须有"。父亲遂从蛟龙得水变成"无能"，一生压抑，走"背"字，而无人识得。识者唯慨叹，而慨叹也随风而散。骏马就是这样拉了一辈子的盐车。

我小时候，他有一天自饮酒，我跪在凳上用筷头蘸酒陪喝。父亲曾自言自语似地告诉我："那时候，老滇币很值钱，比四大家族的中央银行发行的货币信誉更好。龙云听了缪云台的建议，搞滇币，保护了云南利益。那时云南生活很好。但老蒋也看出龙云不会听他的，所以后来一定要把龙云搞下台。龙云了不起，能富乡保土，抗日出征，也是用滇币积累的财富。"

这些对云南历史的亲身回顾，就这样留在我脑海里，留下了童稚的新鲜印迹，也留下了一个带着"南北东西"方向的坐标。后来，很多的烟云从我的脑子里过去，这个坐标仍与血液俱存。而我要真正深入地理解它，却是在四十年后，返乡拍摄"西南联大"电视片时。

父亲对女儿说的话，女儿当时也就七八岁光景，这是最真实的话与回顾。父亲的神态依然，慨叹如见。这些内容在我这儿，是任何"运动"和任何精装巨著都不可能打倒和抹去的。

也是在这样"相对唯幼女"的情况下，父亲告诉我，1948年缪云台去美国，要他随去。父亲依恋乡土，不愿出国门。同时，共产党也有人来劝说父亲"到山那边去"。父亲亦不去。他说："班上那些走了的人，成绩都很差。"

四十年后，父亲与老同学相聚，其中两个厅局级干部就是当年动员父亲的人。父亲归来，依然说人家"没有多少提高，就学会了说几句官话"。

一次，我说起一位高官提醒我"保重自己"，还说"自古英才多磨难"，父亲嘴角一咧，说："他也知道这个？"那是在父亲去世前三天，他依然傲视于官场。

那一年是缪云台回国，周恩来宴请，报上登出。我父淡然，从来不说"如果当初如何，我现在会如何"的肤浅之言。

曾有一次，我与弟弟讨论起当年父亲如果做了某种抉择，我家的命运是什么？弟弟看透了父亲，说："他这种人，无论谁上台都不会有好日子过。"

而父亲仍是以松竹般的岸然，笑谈所历的朝朝代代。

那年《三国演义》搬上电视，一家人祖孙三代都看得津津有味，附带一种"监督评审其是否符合原著"的责任心。父亲称赞编导用了那一首词："白发渔樵江渚上，惯看秋月春风。"

如花年华，霎时分离——父亲下放当年全家合影

的确，"古今多少事，都付笑谈中"。他说，本来这首词和《三国演义》早年版本没直接关系（在毛宗岗父子整理修订之后才作为小说的开篇词），它泛指历史。但用在此处，极当。

父亲不以失去什么荣华的机会而懊恼过，也没有为自己的固执而自怨过。

相反，他一直以自己当年的"君子不党"而深感欣慰和骄傲：

50年代后，多少次审查，每次人家都不相信我不是国民党员。人家说，你们全班都是，你不是？这不可能。何况是集体加入的。可是查来查去，一无我的国民党员的档案，二则全班同学都说，他不是。我们加入的时候，全班只有张进德一个人不加入。

父亲当年就是这样的翘楚与佼佼者。

他对我说过，他所尊敬的一位老师对他讲过"君子不党"，他认为很符合自己的性格。待我长成，从对若干历史人事的接触中，我方明白父亲"独不入党"的难能可贵。原来在当时，国民党、三青团皆在拉人加入，尤其是核心部门的优秀人才。我周围的很多长辈都被动地落入圈套，以致后来一生不得清白，造成对自己和亲人的巨大伤害。这些长辈，有些与父亲也是熟人朋友，依我看都有不错的素质和地位，竟不能抵挡。而父亲却独当一面，分庭抗礼，背后又没有其他什么政治背景。这就是他自己的人格力量。

父亲去世后一年，我访问吴宓教授的女儿吴学昭。她对我讲了其父的一件事：1927年北伐节节胜利之时，吴宓与陈寅恪曾于京城中相约，如果国民党要"党化全国"，他二人宁可离开大学到街头卖字画度日，绝不加入。

这一对中国文史坛上的著名挚友，为这个约言终生相守相望。有人说这二位的学问极好，就是创新意识和思想少了些。然而我认为，在席卷中国的各次大潮中，他们的独立姿态已经为后人留下了说不尽的思想。而所谓"创新"，难道不是只有在独立的人格中才会发生的吗？摇旗呐喊的角色能有什么真正的创新呢？

吴宓与陈寅恪俱是中国文化史上的巨擘，被同代人誉为"一代文化托命人"。二人同盟，更筑成精神的长城，影响穿透世纪。

可我的父亲却没有任何巨大的舞台，没有昂首仰望的观众，没有背景，没有名气，也不承担表演的使命。我感激与敬仰父亲的清醒与清白，能于风云变幻、乾坤颠倒之中，做一疾风中的劲草，虽纤细但坚韧。

他与吴宓、陈寅恪的差别，正是他的人格价值所在。我父亲是一个保持了自己常态的普通人。这个常态在当代中国竟保持了八十多年，贯穿他的一生。所以，他又是一个当今中国稀有的元素。

他连朋友式的同盟也没有。除了劲草和形似劲草的兰草，没有什么可以与父亲这样的人品相比拟。

父亲一生酷爱兰，他的枕上、被子都缀有素绣的兰草。《红楼梦》

上说："到头谁似一盆兰？"即其人也。我父亲最喜欢的词就是："劲峭""劲拔"。

我父亲临终时最大的痛事即是"不能以'千里'称之"。其实他已是。对于一个穿透中国近一个世纪的乱云，仍具有这种独立的原创精神的人，难道还不能以"千里马"称谓？

细想去，像父亲这样在昆明无什么根基背景的苦学生，一旦得了像缪云台这样的财政要人的青睐，换了别人，不知会多么感激涕零和追随呢。可恩师缪云台是国民党财政部长，而我父亲却在班上"独一个人不入国民党"，试想当年是何景象？

一个乡下学生，对校长，对赏识自己的同时也是很需要自己的人，依然本性不改。这独立如梅的精神，又怎么能不"高处不胜寒"呢？

他并不是以"左"或"右"来选择政治的，他就是不愿意做浑水"里面"的人。

他对生命有自己的安排：求学，求生，求正义，求家庭幸福，祖国兴旺。他高兴收回香港澳门，曾作诗写字参加庆祝活动。也关心和探讨那些与国计民生有关的事。除此之外，对于纯政治，他不感兴趣，亦不愿受其干扰。

后来我读《吴宓日记》，对吴宓的理解以及为他辩解，都源自父亲这种独立人格给我的感悟和启示。

父亲是一个从华宁山区走来的少年，他怎么会少年存此不凡志向，又如何将此志向保持一生的呢？

据中国的祖荫之说，我所受到的庇护是来自祖父这一辈的积德。而父亲之荫，则是对我侄子一代的。父亲过世后，一位在医界成就极高的华宁前辈来到我家。他告诉我，他见过我的祖父，是当时华宁县最聪明的人，字写得很好，我父亲的模样就像他。

早先听父亲说，我祖父重文轻财，潇洒倜傥，不谙世事，且极其

图为"新滇币"票样。1935 年在缪云台领导下,"富滇新银行"完成了"新滇币"的改制,使其脱离了白银或银币,成为不可兑现的信用货币,这项改革是成功的,应予以肯定:这是云南金融现代化的重要步骤。在当时的中国实属超前,并且,成功地避免了 1934 年美国通过的"白银法案"对中国金融的消极影响。并使云南成为 1935 年金融危机时,国内许多资金的避风港(图片来源:云南省档案馆藏)

爱好字画。为了收好字画，他不惜"败家"，将家中好田尽悉换成字卷条幅。

最后落到我父亲手中的是一幅马汝为的字。父亲告诉我，当时有"杨状元才高天下，马汝为字压两京"之说。这幅字曾有多少人来出高价，父亲都不出手。他要作为祖上的纪念，也好告诉后辈，先祖的家风是诗书。

这珍贵的字画就在"文革"的几次抄家中没有了。后来归还的都是一些没价值的东西。父亲不胜叹息。但字画丢了，却喜家风没有丢。

我返回华宁故乡时，也曾随父亲登上农家小楼，踏着那些不稳的木板，去向父亲当年最尊敬的教师豆祖涛老人行"徒孙"之礼。"君子不党"就是豆老的真传。

豆祖涛老人的小院里有哼哈的大黑猪、堆着葱绿的猪草，以及豆秕之类杂物。屋里都是幽暗的，楼梯由一些木板做成，是没有扶手的。这是滇中南一个普通的农家院落。

而当抗日战争的烽火在遥远的北方燃起，就是这位豆老师，带着尚在青春的我的父辈们在每个清晨跑步喊着这样的口号："楚虽三户，亡秦必楚！""吃得菜根，做得百事！""要做大事，不要做大官！""要做精金美玉的人品，须从烈火中煅来。"

这是一位中国边陲的山乡教师，在民族垂危之际，用中华的文化传统来鼓舞后生，鼓舞乡土。这些口号，至今仍令我振作。我在父亲上过的华宁一中做了一次讲座。那劈山而成的操场仍在，仿佛那震撼山城的年轻人的口号声还在回旋。

中国是讲"世泽"的——大泽龙蛇。古语中说："君子之泽，五世而斩。""斩"可能是说盛极而衰，也可能是遭遇挫折。但不要紧，总有异军突起的。斩而不斩，只是一种转移，和被社会所吸收、消化了。总有一代人、一种人要将它传下去的。

任继愈先生曾对我说："中华民族的文化是蕴藏在民间的。"

当时听到这话，在我心里闪现出来的，就是我祖父家的小窗口、豆祖涛老师家的乡村小院和父亲与新猷伯伯们曾早起跑步的华宁一中操场，在那劈山而成的峭壁之间。

2002 年 5 月 6 日至 7 月 21 日

放逐长河

一

每读到"云横秦岭家何在，雪拥蓝关马不前"这样的诗句，在我的脑际即浮现出一幅情景：

中年的父亲又一次别离妻小。在一个星月未逝之晨，他独自去到一个荒凉的小火车站上，拎着简单的行囊，等候那一声鸣笛，将他一次又一次地送往那块穷乡僻壤。

年年岁岁，他那峭拔的身影和刚毅的面容，就这样又从家园中消失。

这就是父亲一年一次的探亲，也是母亲一年复一年的等待，我们姐弟一年复一年的眷恋不舍。

这是父亲所期盼的一年复一年的慰藉与吞泪。

至今，我却没有去过父亲住了二十年的文山。

父亲不要我们去。这仿佛是家中的默契。

只有母亲去过。她曾到那里去与父亲团聚，为他缝衣服，为他把翻破了的字典用一块布做了封皮。现在，这本字典还留在父亲的书架上。

旧字典补缺——父亲从学生时代用到最后的字典，母亲曾用布重做了封面

　　而对于我们，年年岁岁，文山就是一个牛皮纸的长信封，上面是熟悉的父亲的毛笔字，写着母亲收的字样。里面最长的那一页是给"曼曼、小弟、三妹"的。文山，就是每个学期，我们都将把学习成绩单寄到那里去的地方，也是父亲在那里读到我们评为优秀生和获取种种竞赛奖的地方。

　　文山那里，一定有一个高处，父亲在那里仰望着皓月，对我们吟诵着："春城亲友若相问，一片冰心在玉壶。"他将王昌龄的诗动了两字，用今之"春城"代替了古之"洛阳"。

　　父亲在一次回家的时候，特与我分析这句诗。

　　我说，心在玉壶，就是寄托思念于明月。父亲说："这还不是全部。想一想，一颗冰做的心，多么透明，本来就很美，又把它放在玉做的壶里面，两件纯净透明的东西辉映着，这就是对月思乡时人的心境。有寒意，然而美，是最单纯的一种境界了。"

　　还有一次，父亲引了"遥怜小儿女，未解忆长安"，然后说："你们三姐弟，是太解忆文山了。"我认为，杜甫的孩子们也太傻了。自己的父亲在哪里也不知道，不会想念。他们的成绩单寄给谁呢？

　　到知青的时候，有一年，我与弟弟一同回到昆明探亲。正接到父亲的来信，说他伤脚卧床，但嘱咐我们不要去探望。

　　弟弟孝心切，竟自登车到文山去了。我与母亲正感欣慰，他却又很快地回来了，神情沮丧。

　　原来，他乘车走路地匆匆赶到那里，是在离县城和集镇很远的地方，直寻到了山背后的一座水库旁边，推开一间小屋的门，父亲正躺着。一见弟弟进门，便大发雷霆，说："我叫你们不要来，为什么不听？"

　　弟弟要求过一夜都不行，立即便被他打发返回。

　　父亲躺的不是一张床，而是一块床板，下面垫了几个砖头。在面前有一个小电炉，上面坐一只口缸，烧着水。此情此景，可想见弟弟心中亲情凄凉。

　　父亲如此不近人情之举，令人叹息。但我们亦能感到他那种自承苦难，绝不要我们走近和更多地进入他的境况的苦心。为了保护我们，为了维系这个家庭向上走的一种趋势，父亲独承厄运，不愿将我们牵入，即使是在气氛上也不愿给我们留下阴影。

　　他在文山的住处，只有弟弟和探亲去的母亲看见过。听说，连床亦是木柴搭的。所幸电站可以用电，取暖做饭，略可方便之。

　　到父亲六十岁退休返回，一辆大卡车载回了他在文山二十年的全部家当，是当地木匠为父亲打造的两把小木椅，后来成为两个孙子的座位，甚令父亲欣慰。

　　另外还有两个小凳，是木柴打的。父亲感念当地木匠的认真，说坐之合适稳当，非其他能代，也千里带回。其实，是二十年相伴之

在富滇银行任职员时的父亲

物，不忍弃之。

从这些带回的东西，可以想见父亲的艰辛生活。那是一种低于父亲幼时在华宁老家的生活。父亲生于文宪名邦的书香之家，自我奋斗进了昆明城，成为省府金融行业的佼佼者，却被迫去过那种野老的生活。

至今，我不知道父亲所躺的木板，是因为脚伤暂就，还是这就是他的床。弟弟回来沉默了很久，不作多言。

总之，一个银行的高级职员被送到大山的背后，为一个只有三五人的水库充当"会计"，这就是让父亲付出了人生茂盛年华的"支边"。

一开始，父亲是在州支行，并创办过银行学校。至今，文山银行界的许多骨干都是父亲当年的学生。这是他引为欣慰的一件事。

他原以为，培养了这么一批人，就可以让他回家了。但是不知为何，父亲干得越出色，越是一次一次往下面放。从州支行又再放到县支行，说是"加强基层"。而父亲的工资级别比当年的县领导还高。终于，将他送往这个水库。

母亲曾做了注释：都是父亲太耿直，到了下面也不会讨领导的欢心，又愿意承担重任。人家乐得请他去最困难的地方。

但父亲一次次的来信，都在赞美着山乡清静的景物，仿佛那里是他最喜欢的地方。在那座三个人的水库上，他培养了一个山民下棋，因此可以对弈。

父亲很喜欢这一首塞上词："千嶂里，长烟落日孤城闭。浊酒一杯家万里……"那正是他在偏僻边城里的一幅图画。今天我才明白，一杯杯的苦酒，是父亲自己干了。

母亲说，你爹是一个人在文山时，养成的每顿饭都要喝口小酒的习惯。后来，在深深的悲痛中，我曾怀疑，父亲临终的病是否与这酒有关。而母亲说，不喝，也许连现在这寿数也不会到。

那么，夺走我父亲的，不是这瓶中之酒，而是那一杯杯命运的不公之酒。

"人不寐，将军白发征夫泪。"父亲是一头青丝地回来了。他说，是这个家在支撑着他。

而弟弟，自从经受了这一番"孝子的洗礼"后，多年来，承受父亲任何脾气，他都能安之若素。也许是在那一次去文山，推开门的那一眼，让他深深领略了"大骂"后面的父爱。这是父亲独承凄凉，不愿我们介入他放逐命运的一种英雄行为。

文山，一向被人们当作荒凉偏僻之地，那里有可怕的麻风病院，后来又成为战场。山头上，是大片年轻战士的公墓。

但在父亲的叙述中，我只觉得，那里是生长滋补人的三七与天麻的富地，水库清冽，山路有趣，京剧团可听。

所以，父亲自己在水库里洗蚊帐，夏天还游泳。每逢赶街天，父亲就走山路，一天一个来回，精神抖擞。当县城的京剧团排了新戏，父亲就进城看。他常从文山的书店里买了书寄给我们三姐弟。

也许，父亲真的也爱那里。

父亲每年回家，所穿着的鞋垫，就是当地女学生一针一线纳的，上面是细致的花样，令我们争相传看。

父亲的个性才情，在最茂盛成熟的年华里，是在世外孤独地发展的。

人说相濡以沫，他的"沫"远在三千里地外的昆明家中。他曾对母亲说，如果没有这个家，他是支撑不下去的。也就是这些儿女，儿女的上进，妻子的忠诚，令他感到一生的目标有所寄托。

也许，如果父亲中年有盛大之业，我们就不会得到那么多细腻的爱了。但我仍认为，父亲应该有盛大事业。

我宁愿父亲对我们的关爱少一些，也不愿意他如此屈没，令父亲走时写下《马说》，为自己不能"千里"的命运，如此伤悲。

父亲是性情中人，天性细腻敏感慈爱，感情丰富，甚至普及于异国生人。

记得当时在北大，有日本同学川考，与我同月同日生。父亲来了，每带我出去时，就要带上她，如同两个女儿。

那一天，父亲将离京时，带我们出去吃了云南的"过桥米线"，然后作别。父亲回头而顾，见我已大步而行，独川考亦回首，与父亲对视含笑。

父亲于是叹息，说我太粗心。

其实，正因为父亲不是那位妩媚的日本女郎的父亲，我才没有回首。

父亲与我们之间，从来是教以大义与克制的。妩媚不得不远离我们姐弟的历史。也因为我的弟弟曾在千里探父时被拒之门外，故柔情缠绵，已不属于我们。放逐家族，须要刚毅。

何况，我们三姐弟，亦曾与父亲一样，同成为放逐之人。

"知青"就是一种放逐。整整一代人被赶出城市、校园和家庭。

"……冷处偏挂；别有根芽，不是人间富贵花。"

我是放逐长河中的一朵浪花，也就没有那些"小鸟依人"的气质。我的气概往往要比男士还要大。我所缺乏者，绕指柔情；我所拥有者，海样深情。

我从放逐中来，亦可以回到放逐中去。那是一条熟悉的小路，那里另有一个家园。

年年代代，世俗不接纳深刻，但"深刻"并不泯灭。无论付出怎样的代价。

百年树人。我们家的三姐弟与两个孙儿，和我父亲之间，不是两棵树，而是一棵树。父亲是根部和主干，我们则是向上的枝叶。

而树根有多大，树冠就有多大。

我们是在用两代人的生命和冲力，划过了一条长河。这就是"放逐长河"，它皎如天上星河，前可见古人，后亦有来者。

二

走遍中国大地山河，最令我感到亲切和放射着柔和漫长光辉的，不是帝阙与都市，不是紫楼与丰碑，而是一处处放逐之地。

放逐，使所有的公卿成为布衣。

穿过新疆的千里戈壁，我曾找到那座红墙黄瓦的林则徐故居。独立于伊斯兰的建筑风格之中，"暝色入高楼，有人楼上愁"，当是此景。

在汕头的蒸暑下，我坐在韩山的石上与卖门票的老人饮"工夫茶"，听他讲韩愈故事。"惹得江山都姓韩"，这是老百姓讽刺皇上想贬斥韩愈，却反而使人们将其被贬之地，永远地命名为"韩水""韩山"。

在海南贫穷的西隅，而不是富庶的东海岸，我也曾踏着一路牛粪，来到东坡的橄榄庵、载酒亭。

每回家乡，我都会在去攀西山的路上，留意那山下的升庵祠。

状元杨升庵，为干预皇帝对生母行大礼，被贬至云南。仅就单一的行为，他过于迂腐，但其负有职责，应该尽直言之道。直言者总是这样下场。云南人见怜其才其忠，故为之立祠。

云南还来过两个失位的皇帝，也属"放逐"之列，被在位者驱逐。一位是建文帝，传说是到了武定，还在那儿留下了帝京的牡丹花种。现在蔚然成田，艳比洛阳。

另一位就是被出卖了的永历帝，临死前还教训了反臣吴三桂一通，不失帝王家风范。

永历帝应属于殉职。而建文帝却不忘京城，传说终于在返回后一年，莫名死在宫中。也有说，他就是要回宫去死。还是不甘放逐。

其实每一个被放逐的人，似乎都死在了回家的路上或是家门口。苏东坡是，林则徐也是。

他们仍有归心。

翻开长卷如画。我最喜读的是"离人词""边塞诗""田园吟"。

放逐客，反而找回了自己的潇洒。"自我放逐者"超脱名缰利锁而自由。民间野老有山妻，有"明月松间照，清泉石上流"的恬静和"相看两不厌"的适然。

其实，人生最大的厌倦，是对自己厌倦，对自己过着言不由衷的生活的厌倦。

可是最彻底的理想又是什么？初衷与行为如何才不背道而驰？

在中国文化中存在着永恒的矛盾：一方面要在庞大的约束下去做

事，一方面又渴望着从流般的自如。

前者如登山，后者似泛舟。在登山时渴望着纵情泛舟，在水上又思念征服高峰。这也正是中国文化的巨大张力与含量。

因好友滕子京"谪守巴陵郡"，聚会于岳阳楼的范仲淹，一篇大记写下了古今的这种徘徊滋味。

"是进亦忧，退亦忧。然则何时而乐耶？其必曰：先天下之忧而忧，后天下之乐而乐，噫！微斯人，吾谁与归？"在诸多的放逐文墨中，却俨然奔涌着一股不可被放逐的深情。

也有誓不回头的放逐。

贾宝玉是曹雪芹的自我放逐。

纳兰性德早夭，是精神不堪现实的一种自逐。自我放逐与自弃不同，依然在追求着自我。而追求不得的自弃，亦是另一种永不妥协的追求。

父亲有一位交往深厚的老友璞叔，是一位富有才华的林学家。他正值盛年，娶妻一载，忽然放弃一切进入山中。无论任何人劝，都不肯下山，只林间一小屋中，以石搭灶度日。

父亲每年带我上山去看他，送他的食物，据说他也永远不会去动，拉他下山来玩一下，更是不可能的事情。

因为情长，他每送父亲与我到山下车站，却绝不同我们登车。父亲每次失望而回，车子开动了，还在望着老友的山林。

直到父亲临终，仍念着要去看望璞叔。

虽然我们爱唱那些俄罗斯的关于"流放"的歌曲，同情着那些在冰天雪地中为真理受苦的人。但中国式的放逐，仍与其他文化不同。

中国的放逐，是在人世中的放逐，犹如"隐"，可以隐于山亦可以隐于世。"迁客骚人"与"高人韵士"，应俱是布衣和放逐者。

放逐之史，其中内涵的价值，是一笔文化遗产。它与历史主体的必然联系，使其本身就是主体文化的一部分。

中国的放逐，是既残酷又深情的一种关系。

"数千年往事注到心头"，知识者逃不出千古忧患。他们承受着方块字所容纳的千载历史悲欢，又与观看春花秋月的普通"渔樵"不同，并非只为每日归去屋下，餐食操作而谋之辈。

放逐，这二字乃是知识者的专利。

有文化之情结者，才称得上是"放逐"。确切说是：思想者被逐出其所关心的范畴，即为放逐。

这才是最苦和最残酷的惩罚。

放逐之人，是被历史所选中之人。

世有特立独行者，就必有放逐和自我放逐。

所以，世界能有今日的进步，当感谢那些历代的被放逐者。

2002 年 2 月 24 日

雅致老家

进 10 月，昆明城阴雨连绵，有如冬天。一旦晴开，便蓝天如洗，透出只有在海洋里才能看到的遥远的青蓝。家乡的天空，常常让我联想起这两句话："青出于蓝，而胜于蓝。"

染料的颜色是可以分出青和蓝的。但在家乡的天空上，却分不出。青与蓝已融为一色，一种清清爽爽、透彻、匀均、深沉的颜色。

我父亲的床单、被套与枕套就是这种颜色。上面用青线绣着兰草，或缝着白布的兰花图案。

父母的用具，历来是从一些便宜的小店和摊位上买的。强调用纯棉即可。有时候，老父亲为配齐他喜欢的色调，是很留神的。

除了眼睛能看到的颜色，他还注意一种在他认为是适合自己身份个性的价位。有时候，我们买来的贵重物品，他会认为与他的生活水准不合而闲置，例如一套大型的文房四宝和一只靠耗电来旋转的七色灯。

他不喜欢在旧物之上突添一种金碧辉煌。相谐，是他生活的主调与自我完成。

我曾从广州寄了浴衣给父母，但回来一看他们都不用。父亲认为，浴后一块大毛巾足矣。回到卧室马上穿衣服，何必多此一举？

我父亲一直到八十多岁，辞世前俱是站着淋浴，不要任何人进去。峭拔，正是他一生的风骨。他不喜欢任何惰性的享受。直到临终，他没有睡过一次懒觉。

很多年前，父亲上菜市去，就买回了修拣好的韭菜，他说："贵点有什么？时间更可贵。"他非常讨厌我们陷进繁杂琐碎中。

他有一只饮酒杯，底小口大的中国式，白瓷底上有几笔中国山水，最妙的是上面的两个小楷——"洗心"。

这只杯绝称不上什么精品，也不是古董。但是称了父亲的心意，它就是好东西。父亲常用它小酌。

傍晚回家，常见母亲在厨房里热锅滚油地炒菜，父亲则坐在小厅中安然啜酒，桌上是小盘香炸的小菜。酒为弟弟所供，酒杯则为"洗心"。

他仔细地在这琳琅满目的世界上，挑选着自己真正喜爱和适意的东西。这就是我父亲生活的乐趣与对世界的态度吧？他不接受那种蜂拥而入的东西，也不以含金量来拥有东西。他只从自己的适用与情趣来精选。

虽然他只在平民的店里购买，但这种生活的雅致，却是那些在所谓的"精品店"里赶时髦挥金如土的俗人不能享受的。这是真的高雅。

父亲不喜欢的东西，你不能强塞给他。如果又贵又不喜欢，就更令他心烦。在父亲的小屋里、床前桌上、书架上，我感受着一种文化与平民的自然和自尊。

前几年，流行女孩子足登"松糕鞋"，父亲不喜欢，称之为"小旦身子花脸脚"。他说，明明是苗条的女孩，上面是秀气的线条，下面却是一双大花脸的粗鲁的脚。

父亲批评的东西，一般不会流行太久。

我们这个家，是由两套家具组成的。一套是中式雕花的深色家具，有古色古香的镂空的木雕。那是父亲初在银行做职员，接奶奶上昆明时买的。我想，它一定很合奶奶的意。

另一套是西式家具，是父亲娶母亲时所购。波纹形的床头，没有床腿，是隐蔽的金属矮脚。大柜带镜子，小柜有玻璃，玻璃内有绿色丝帘。也有一套桌椅，方桌的四面有小抽屉，供人们打牌时放牌注的。这浅色家具，配上父母的婚纱照片，使主卧室很具淡雅情调。

两套家具，分开放在不同的屋里。父亲就这样给他一生中最重要的两个女人都安了家。可以说，我的父亲在亲情和审美上都是兼容并包的。这一点，就是许多人做不到的。孝子和贤夫，又自然地成为慈父。

那些古朴的家具，沉甸甸的锡盆、锡口缸、锡盘和母亲缝纫的布帘、椅垫，洗旧的依然白色的纱帐，和父亲写的字幅、窗台上两个深盆中的兰花，以及冬日的室内弥漫着母亲栽种的水仙花香（母亲能控制它在春节时盛开，让家人欢聚时观赏），等等，这些就是我的家，是我流浪在外二十年来，"每逢佳节倍思亲"时最想念的家，是把我养大的家，也是我父母井井有条地在其间生活了一辈子的家。

当我还不更事的时候，家曾经比现在更加风雅与精致。

一次，面对一只劫后余生的花瓶，父亲事后方知地悟出，说："那时候，每家人都抢着把领导请到家里来做客。大家都是去城门口欢迎过解放的，我们为了保卫银行在战争中不受损失，职员们还自动组织起来值班。可是没想到，却有人防范着我们。就连这些自己喜欢的一点小趣味，什么衣着、茶具，人家看不顺眼，以后'运动'就拿出来搞。台上一说，下面一听就知道，台上讲的是谁家。那就是请他们去过的人家。"

这一下，大家才如梦初醒了。银行里原来的衣冠楚楚的职业要求一下子就改了，人人都比着穿得粗乱没品位。

父亲说，衣服不在新旧，也不在贵，而在协调、雅洁。银行职员在全世界都有服饰要求的。这是一种职业素养，也是职业要求。不能像破产户一样，没有体面与信誉感。不料，这个人家也不能容。

再也没有人敢邀请"领导"到家里去坐了。家家也都在收拣那些"旧社会的物件"。银行里也就再没有人敢种花养鱼，敢有什么收藏爱好了。

虽然还没有达到"文革""破四旧"的程度，但是"晚秋惊落叶"已经让人胆寒。果然，不久便是"无边落木萧萧下"。

"雅致"的人们，大祸临头了。

我们家在"文革"中被抄一次，自己上缴一次。当时的"家底"也不过是一个银行职员的工薪所得。

抄走的，有父母美丽温馨的婚纱照，有奶奶给我这个头生子做的缀满了玉片与琥珀的小帽子，有许多用丝绸做的坐垫、香袋、笔袋、印盒袋，上面绣有若干古代仕女与神仙和古诗，还有一些美丽的小物件，如一套从巨大的贝壳到较小的贝壳做成的小盒、大匙、茶盘等。

母亲的那只梳妆盒，因为我下乡插队时将它带上而得以幸存。

那些曾经装过父母迷人风采的镜框，我亲眼看着，被父亲用绳子穿过空了的中心，处理给进城来挑粪的农民，大概是当柴火了吧。长大后，我曾经在各处找寻，都再没有看到那么风雅的镜框了。

那是一些非常艺术的镜框，边沿之宽超过照片本身，是一种从里向外扩张式的。中间往内凹，有白色石膏做的花纹。父亲曾告诉我，这样可以聚光，使中间的照片看起来更清晰。

就这样失去了，再也没有寻到。

到现在，人们都认为凡是好的雅致的东西都是舶来品，中国人只会造粗货。可是从前我们家的东西的确是精致的国货。那种现在令人追赶不及的时尚，我的父母就曾拥有过。

损失中最珍贵的，是一幅马汝为的真迹字幅。那是父亲从华宁老家带来的我祖父的遗产。我祖父就是为这些字画而败家的。

父亲告诉我，当年有"杨状元才高天下，马汝为字压两京"的话。杨状元就是杨升庵。马汝为的地位就是书法状元。曾经有文物单位来向父亲出价，父亲因是祖上遗物，舍不得出手，而就在"抄家"中遗失了。

《红楼梦》中说的，从外面杀进来，是一时杀不死的，要从里面行抄起来，才能一败涂地。虽然成年后的我们，也给这个家更新了一些配置，但是家庭中那种雅致的气氛和环境，仍是今不如昔。

我曾见过当年的照片上，父亲披有斗篷，母亲则穿有颇具现代女性美的背带裤。而经历漫长荒芜年华，他们失去的不仅仅是韶光，更是那一种明丽的心境。

风水循环，曾几何时，父母被批判的服装现在又变成流行。母亲常说："怎么又回到我们那时穿过的样式？"

我出生翠湖边，那里至今仍是昆明城中最美丽清新的地区。在银行业被封闭者管理后，我们被人家赶了出来，搬到盘龙江畔的木行街住，从湖畔楼房搬进大杂院。院子里全是银行同事。而那些外行也就占住了我们原来的家。

不久，他们亦占住了父亲的办公室，让我父亲远去边地了。父亲的悲剧，绝不仅仅是不能穿西装、不能保持雅兴。与此同时，中国的新兴的银行业亦变成了一个"攒钱罐"，真正实行封建落后的"地主式经济"的，正是这些不懂银行业务又要排斥内行的人。

但父亲还有他自己和他所缔造的家。这个家就留给了我们，在其间生息。在文化的唯一滋养下，家庭依然有朴拙之风和内在的雅致之气。

在这个家里，我的世界更多的是从书上想象而来。我依然崇尚雅致与相知。我始终认为，古诗词与现代屏幕的差别，有如一桌盛筵与一盘快餐的差别。

年复一年，家里的桌上增添了电话，也增添了父母的药盒。现在，只要我走进家里，仿佛还会听见父亲的一两声咳嗽，在里屋写字的纸的抖动声。我不忍心移动家里的每一件东西，唯恐父亲还要回来。

有时，我正在屋里浇那两棵父母从海南带回的杉，听见对面人家有敲门声，是邻居儿女回家探望，一迭声地叫着："爸爸，是我，开门！"泪水便禁不住地洗面而下。

那些平平常常的原以为会地久天长，伴我生命的平凡日子，再也没有了。我再也不能敲门高声地呼喊："爸爸，开门！"再没有父亲带着喜悦的应答声和走来开门的脚步声。

有时候，人在外面，或在车上，会突然地拨电话，良久无人接。一看，竟是父母家中的电话号码。那部只要我打过去，就能听见父亲那不缓不慢的应答声的电话。

从前，当电话这样地响着无人接，我们三个孩子就会在一个早上串通了，都知道爸爸妈妈不在家里了。这时，一阵惊惶就会传遍我们三姐弟。而一旦又听到他们的声音，我们都会怨怪，这时父母就会说，去哪里参加老友的活动了，并抱歉没有事先通知我们。

母亲随我们住后，那个老家里已经没有人住了。然而，拨打这个电话的事情在我仍是不时发生。也许是父亲在那边呼唤我。也许那铃声并非只是在空响。它响在我的家里，响在父亲的心中，那是一根连接父母与儿女的最热的热线，它永远不会断。我们一直在交费，不愿意让电话停止。

在这套父母不愿以宽宅交换的小小居室里，阳光、盆罐、小树、筛子，间着笔墨，衣架衬着窗台上的花，依然保留着父母的古朴、悠然与尊严。即使外面人家的装修，楼上楼下的嘈杂，也不能渗入这和谐安谧。

透过窗外，是父亲晨昏散步的林荫，春花夏绿，老少怡情。

有一天，我第一次走进了父亲最后岁月里的欢乐之地。

那是在旧城区的一隅，一幢旧楼里。一家华宁县企业将歌舞厅的周末提供给老人们。父亲每周必到这里与老友们相聚。母亲曾告诉我："你爸爸，一进舞池可以跳到最后一支曲子。"

这就是父亲老年的激情发挥之地。一些硬硬的座位、暗暗的窗帘、茶水，和那些诚挚准时的老友，还有耳熟的华宁家乡腔。

事隔大半年，父亲的老友们依然在惋惜着他的猝然离去。他们叹息着他的字写得如何漂亮，他的精神又是何其健朗，他们曾将我父亲选为老年协会的名誉理事长，在这里对他的称谓是："张大哥。"

"你父亲与你母亲在学院的那一套小单元的日子，真是过得井井有条啊！几点写字，几点休息，都很有规律。"

我知道，一种自我遵循的"规律"意味着什么，那是对人生的自信力，是对生命的节制与爱惜。父亲直至病重临走，没有睡过一天懒觉，虽然他已是浑身疼痛，母亲却从来没有听过他哼一声。他看书，闭目静思，在前三天，还在写字。

正是周六，在这父亲常去的老地方，老人们仍然在聚会着，在歌舞，在亲热地问候，他们还会经常地交换着一些小物件，一些世人认为不屑，而对于他们则是那么心爱与珍惜的小物件，包括旧友的照片、喜欢的书、自制的咸菜。

那里正响着父亲最喜欢的几支曲子，《魂断蓝桥》，现叫作《友谊地久天长》。我听见父亲用英文哼唱着那首《沿着斯维尔尼河畔》：

沿着那青青的斯维尔尼河畔，

芳草萋萋，

沿着那青青的斯维尔尼河畔，

故乡在何方？

走遍天涯，尝尽苦辛，到处奔波……

他们的关系之深挚，他们的追求之细腻，正如那些他们最喜欢的老歌一样，是永不变色的。那是一个在世俗看来的旧损之地，亦是一个雅兴之地。它是父亲晚年的另一个家园。

在那里，有老年朋友自置高档相机，自告奋勇为老朋友们拍照、洗印，分文不取。大家过意不去，要凑份子给他，他却说："想那么多干什么？要那些钱干什么？这钱花得最值，大家高兴。"而一对老夫妇从城郊携一罐自制的卤腐来。不辞其沉重，不愧其寒薄。心意所到，与老友共享之。

在那里，有轻轻的开门关门声，有亲热的说话问候声。这和我常见的，时髦女子们在公众场合弄出的尖锐声音不同，在父母的老友间一切都是轻柔的。至今，父亲不能适应那种市井的撒泼，他只能愕然、愤然，而后生气许久。

在城市的另一角，那些正在逝去的人与楼房，正在逝去的井井有条与自我世界，他们依然带着力量与若干珍贵信息。残暴的历史曾把老人们逼到最后的底谷，但他们从来没有失去过自我和自信。

而那些到处为红灯绿酒、声色犬马的喧嚣所模拟和假冒的"雅致"，其实并不属于那些浮躁的狂浪之徒。所谓城市的"高雅一族"，亦不在那些时装广告上面。

我至今记得，父亲一次走进一处华丽人家，回来后纳闷道："他们灯都吊得那么高，在哪里看书？在哪里写字呢？"弟弟不由笑道：

"他们根本就不读书不写字。"父亲于是摇头，不可思议。

遥对云水恬淡之处，我祈祷：父亲永远拥有他雅致的所在和读书写字的场所。

2002 年 4 月 25 日

布衣者，虚怀若谷

"布衣"这一称谓，我并不是从大学课程里，从"学院派"的某本书中得到的。我是在我的早年生活中，在家乡和家庭里感受到的。

早有许多独执偏见、一意孤行的人物，他们衣袂翩翩，自幼就进入了我的感知世界。

家乡昆明，有大观楼长联作者孙髯翁，父亲的笔记上记着他的事："自幼负奇气，应童试，功令必搜检乃放入，愤然曰：'是以盗贼待士也，吾不能受辱。'掉头去，从此不复为考。"遂终身布衣。作闲章自云"万树梅花一布衣"。

这就是我对"布衣"最初的最实在的定位。

还有那位写出"疏影横斜水清浅，暗香浮动月黄昏"的林逋，自谓有"梅妻鹤子"，这也是父亲讲的。使我明白人可以生活在自己创造的梅的世界。

布衣者，仕宦之外的文化人，知识者的自我称谓。其中，自谦和自尊并重。

它确定了自己的等级是在绫罗绸缎之外。

它宽衣大袖，朴拙舒展。这一袭布衣是清洁的。或许上面有风尘仆仆，月色汗气，墨渍酒染，但它风流自在，"不为五斗米折腰"，不"朝叩富儿门，暮随肥马尘"。

它可以"采菊东篱下"，可以"散发弄扁舟"。可以憨眠卧龙岗，可以白眼看鸡虫。然而在种种旷达落拓的细节中，却又显示着他们对历史和文化的总体关怀与责任感。

那些混迹官场的长安途上客，当他们疲惫和失落之时，他们灵魂的归站是"布衣"。那些大有作为的人，当他们难以承受屈辱，或是战败时，退后一步，发现海阔天空之处，是做一名布衣。

无数被屈没的文化人，或者是甘愿埋没于民间的志者学者，他们是生来的布衣，一生的布衣，构造着一种最纯粹的属于自我信念的生活。但虽身着布衣，与穿绫着缎者有别，是无位无财无势者，却又不是一般的贩夫走卒辈。一般的纯体力劳动者，"穿布衣"是不用强调的。

中国历史上诸多布衣，俱是报国无门的不得志者。"贾谊屈于长沙，非无明主。"而不能被任用，或者从被重用的部门打下来，成为布衣者，又含有极重的被放逐者趋向。

从小到大，在我同辈人中，不乏以其父自矜者。我习以为常，心平如水。他们的父亲是一种外在的名位，一种可以凭仗的物质。而我的父亲不是，他是高山那一边的一股泉源。我独享他的甘饴。

我发现我早已领悟了布衣的一种内在：虚怀若谷。

从来没有将父亲与什么人比过。因为他是父亲，是我的来源，不必要去比，亦不必他人来识。

父亲辞世后，却突然会想到将他与一些我认识的那一辈人来比——那是一些名家巨儒。忽然感觉出，父亲比任何人都自然。他可以不必按照人们的期待来打造自我。

他可以率性而为，有时还会负气从家里出走。在他的朋友家住上

难得的重逢——全家人与亲戚们合影

十天半月，又由儿孙们迎接回家。当然，在这段时间内，家里人不会透露发生了什么事。父亲发完脾气回来，尊严依旧。他甚至可以自由地选择生还是死。他知道家人是可靠的，一切会按照他的意思办。

也许，名家大儒们在他们的儿女眼中也是自然率性的，是我将他们太过圣化了吧？

但还是不同。

我父亲因为不在社会舞台上，下无观众，上无灯光，所以没有表演的责任与意识。

"有"好，还是"没有"好，也说不上。比如，我就一直是有"在台上"的感觉。虽然也知道，其实自己并没有那么重要。但是摆脱不了。上了一下台，就再难摆脱。即使观众忘了你，也得提防着，担心有一天他们想起来呢？那时一声喊：某人，你在哪里？什么样子？自己岂不是拖衣落食的让人失望，属于不负责了。

父亲是一个始终对自己负责的人，与我们这些有点舞台化的人不一样，他活得自在、自然、真实，不跑题。

我发觉，自己要向那些名家靠拢容易，可要想学到父亲的真谛却难。

中国的"道"与"禅意"都说过，好的东西，一旦意识到和人为地要驾驭，那立即就会变成不好。这是很妙的。

对我的父亲，学皮毛易，比如早起、律己、公正、杂学。但要学其气，得其道，则难。

有时觉得，我父亲就像没有照过镜子的乡间少女，那么天然丽质。而我们就像是在化妆间长大的杂技团的孩子，每一个动作都被镜子照得分明。已经忘记了自己，只记得镜子，在为镜子里的影子而生活。

不由得羡慕起父亲的人生来，他虽不"得遇"，却能自己"得意"。而我们，也许得到了更多的机遇，却并不"得意"。

有时思索，父亲崇尚的是道还是儒呢？他是"静而虚"还是"静而虑"呢？

渐渐地我明白了。父亲是布衣的思路，是一种兼容的浑成的大谷。布衣，不在那座炫目的舞台上，所以，不需要标榜，不需要旗帜，故没有任何矫揉造作，没有任何主题先行的形而上。"主题"就是人生，就是个性，就是自我的意识与理想、情趣爱好。

他没有必要排斥什么，没有必要封闭自我，更没有什么祖传的门第之见或矜持之心，他只是虚怀若谷地行走着，在大地上，涵纳一切他所热爱的内容，融汇所有能进入生活的信念。

他具有"儒家"于国于家的自始至终的责任感，又得放达舒畅、洒脱的"道"之自我解放的真谛。

父亲醉心于苏轼的诗心，而赞叹关羽超脱于政治功利的义，欣赏周瑜的"曲有误，周郎顾"。他赞赏司马迁的浪漫情怀，而亦能接受班固的按部就班。他以为人生可以失遇却不可失意，人生重义气，家宽出少年。

身世悲欢逐浪花，淡如烟水是我家。

我发现，这正是我所理想和追求的那种非党非派非欺非卖的文化，一种属于民族属于人类的文化。这是一条浩浩茫茫的山谷，父亲正是虚怀若谷。

很多名人，因为他们太伟大了，反而使子女找不到自己的位置。这就是中国"月盈则亏"的道理。

而我们家不会。我们家也不是那种"一穷二白"，一穷二白就没有什么"盈亏"可讲了。

我父亲是"虚怀若谷"，为子女做好了一种高屋建瓴的准备的。

比如说，名人家是住在府第里，因此有自满和门户之见等，而我

恰同学少年——中学时代的父亲与同学们

们家则住在大山谷里，这是一条文化与历史的山谷，只觉得满目芳草青柏，不胜仰慕。

平时里，父亲讲我们张家的事很少，讲一个概况，也不为尊者讳。所以，我知道我的祖父像那时的乡间文人一样，也抽点鸦片，酷爱字画，不懂理家。还有，总是在楼上吃"小灶"，不与孩子们同吃。

我父亲曾叹道："在我，是觉得看到孩子吃，比自己吃还要甜还要愉快的。"

其实，我父亲的左手在幼年落下残疾，也是长辈的不关心所致。父亲说，地偏僻，人不开化，这样的事情是习以为常的。亦无怨言，也不遮挡。祖父早逝后，我父亲的少年时代，是在孤儿寡母的清贫中奋进的。

父亲是讲古人、讲杰出者为最多，几乎时时刻刻，将他所感动的、所崇敬的人物、事迹，点点滴滴地传给我。

我们张家，"世泽"也有，但仅此，不足以造就父亲与我。父亲是不断地向上向外孜孜不倦地汲取着的，这一点我继承了他。我们没有什么作为留守的。我们的一切都在奋进的路上得来。世泽就是这样光大的。

父亲讲自己家事时的那种平和与平常心，是那些"名门望族"没有的。

我们家只是一个太小的园子，被山谷涵纳，而不可以囊括山谷。许多名人的后代却会有这种"要主宰什么"的天生意识。

不少名人后代会骄矜与"护短"，这是我没有想到的。名人子女与名人不是一回事。仰其德馨的同时，也尝到些别的滋味。理想之光只闪射到那一代。

名人的后代还容易受到门户之见这样的局限。而我，没有什么门户，我家的门户挂不上号。我只有追求大气的浩荡心胸。所以，虚怀若谷，正是我这样的布衣子女所具备的。

我的父亲好像是生于天地间的一个直立的人。他总爱站成一个"人"字。在许多照片里都是这个姿势。

这使得我也染上了这种天地无私的精神与襟怀，常常将家中事诙谐一番，不以为忤逆。父亲还说过"逆子不败家"的话。家是要振兴的，但不是用一种保守的方法。

既非"名门"，又非"权门"，而在狂风中又不愿意偏倚。我将往何处去呢？微斯人，吾谁与归？结果是"唯文化精神而归"。

我怀疑自己能否完全地将父亲的"精、气、神"写出来，让活的不能白活着，死的不能白死去。

这是我作为女儿的一己私愿。这也是那些知道我父亲故事的人，包括季羡林先生叮嘱于我的。

父亲不是那种苟活者与健忘者，他和其他人的父亲区别实在是很大的。他不愿为了轻松而堕入肤浅的混同。他的人格魅力，曾经吸引了我身边很多找不到父性意识的人。

他的记忆在对历史负着责任，即使社会不在乎他"这一票"，他也绝不愿意苟合与遗忘。他是一个特立独行者。

父亲是一个品种，对于我，他比很多名人更珍稀，更真实深邃。

"民间文本"，不是一种文章样式，它根本就是一种性格，一种行为模本、人生方式。父亲就是"民间文本"的一种，或者说是重要的一篇。

我们家的家教是："吃得菜根，百事可为。"

父亲早年出差到乡下，带回来一种香甜的土产，我们姊妹三人用手撕来吃，吃了还想吃。问父亲："是什么？"他笑答："草根树皮。"我们一直喊着要吃草根树皮。有一次令客人很奇怪。一问之下，原来，这是云南名产"鸡枞菌"，经山民炮制后，成此美食。

父亲说："这是'金玉其外，败絮其中'的反面。表面很粗，有土味，是名副其实的草根树皮，其实是最好吃的山珍。"

"草根树皮"之典一直在我们家沿用。我想，这就是朴实无华的布衣之旨。

人们以为，我这个"名人"，在家中一定很得宠，其实我们家并不以虚名为重。我在家中属于略受歧视。曾有电视台记者问我的小外甥："你一定很崇拜你的姨妈吧？她在你心目中是一个什么样的人？"不料小学生的外甥说："她？我姨妈，睡懒觉，买贵东西，乱花钱，水龙头开很大，浪费水，游山玩水，丢三落四，天天有人来请吃饭，回来生病。"

我家只兴过老人和小孩的生日，从来没有庆贺过升官发财获奖之类的事情。皆作淡化。在家中一律平等，而我总属于弱智一等，是习惯于被斥责的。因为我对家事太陌生了。

我回家爱睡懒觉。大侄洲洲来了，就跑到我的床前，喊："姑妈大懒虫，爷爷和奶奶都起来了，你还不起来？"爷爷奶奶把他拉走，

小事宏观大事微观战事非横识败事主文靓年树英雄宇宙观车舆壮我深谋善断手谋万机争朝夕筹谋唯勤

德性昔师嵘岁月旅法西鲜备尝艰险诺语长征桂岭打狼中原逐鹿淮海缚龙巴山枝萦为解放鸿基屡建珠勋抗

群魔柱重灾竞莨浮抄家削籍怒抱初衷为悔联趺兮积愤萦怀万信马列志弥坚十年浩劫岁浮沈不减英雄

本色九洲思治四抚狂澜净担江羊甘受命昭宝帅民货塔冤案全甄洗余浮消余恁废墟撼乱弘扬实拯神

无那鋒敌乍喧仰赖才遍驱吵赫赫军成震撼逮退我全瓯披贤若智古尊舜尧谋定评夸住检班延斥江数林基高

风亮节龙俩千秋举世尊称当代伟人堂堂亻豪貌秩秩德音袋岳峚莘天下小

邓小平美居新春联

四川摄影宗会弘利撰

布衣者，虚怀若谷

说我累了，让我再睡。他却不依，一定要把我叫起来。那时他五岁，是家里的公平裁判。

在追悼父亲的那天，外孙小白致悼词：我在医院做手术时，是您送米线去给我吃。当我做错了事，您总是维护着我。

这就是在他的童心里最亲的爷爷。

这是一个真正的家庭，亲情高于一切。

我的受宠是在小时候。我是家中唯一吃母乳长大的孩子，故父亲常说我"元气足"。幼时的相让，也难以忘怀。在吃"定量"的年代里，住校的我每次回家来，都在分吃母亲和弟妹们的那一份肉食。

初中那年，我因顽皮骨折，每天在学校里靠弟弟送了饭来吃。我记得，一次他冒雨送饭，站在一旁看我吃那"净饭"，然后带走饭盒，回家去吃杂粮饭。那段时期，全家人把极少的米饭省下给我吃，弟妹们因为我，吃了太多的杂粮。我那在医学院执教的母亲，想尽办法没有让我像幼年时的父亲一样，因伤而留下残疾。

最近，有人对我说："怎么西南联大这么一个了不起的题材，会落到你的手里？"

我并不以为此话不敬。的确，来做这件事情的我，实乃一个布衣之女，本来应该在我之前，就有那些举世闻名的杰出者和杰出者的后代，可以做这件事情。

我回答道："是文化的敏感性，还有文化的胸怀、文化的正义感和热情，以及对中华民族文化精粹的那种感激之情、珍惜和渴望之情。"

这都是布衣的父亲传承与我的。"西南联大"这四个字，我是从父亲那儿听到的。

童年时，我父亲那些热情的讲述，让我记住了这个魅力的花园，这些魅力无穷的人。我早就想寻找他们，与他们在一起，像他们那样来度过自己的一生，沉浸在他们的清芬空气中，过一种纯净的生活。

父亲告诉我，从西南联大的师生们来到昆明，边城的人们起了很多变化。街上的行人常指点道："这是闻一多，这是朱自清，这是……"名人们衣着随便、朴素甚至破旧而精神铄然。

他们在抗战时期成为民众的楷模，昆明的富户都不好意思穿丝绸了，太太小姐们都改穿布衣。每逢联大的先生们开门讲学，昆明的店铺都上了门板，老板和伙计们都去听演讲了。因为演讲内容都关系国家命运、抗战前途，还有每个人应负的责任。

父亲听过刘文典讲《红楼梦》，潘光旦讲"优生学"。

联大的学生们为谋生，到昆明和各地县去教中学。各地乡绅们甚为欢迎，都当作地方的福音。联大人在那里的话，都有很大影响力。许多关在家里的女孩子和不读书的男孩，由此而入学。

当年我的母亲在昆明市女中读书，她的老师就是西南联大学生。她们犹能记得，老师的皮鞋是鞋面与鞋底脱节的，用麻绳绑来上课。

我为什么从边地到了北大读书？在北大我如鱼得水，北大是我的一道龙门。没有北大的知遇，就没有今天的我。这都是几代人的缘分。从西南联大的一条隐线，引导而来。

作为布衣文化人，我们深知：自己要划过生命的长河，不是只靠自己平凡的姓氏和平常的家族，而必须从中华文化的长河中汲取不尽的力量和养分。

我们没有出众的家世和家谱，没有让世人能记住的地方。我们是以"记住"世间的人杰为自豪的。民族的自豪感高于家庭和家族。我们这个布衣家庭没能拥有一座高山，却拥有了虚怀若谷的大海。

再者，我们没有门户之见，没有派系之争，没有高山下面的那种阴影，没有名人效应带来的负面，没有僵化，没有偏执，没有什么要掩饰要辩护的"示人以完美"的吃力心态，也没有什么要隐讳、要回避的巨大脆弱。

我们平平淡淡的人生，如青菜白菜，点点滴滴在自己和亲人的心头，可以坦率任性，可能不惧人言，我们更具有自由，具有自然，也具有那种不在高处，而却永远仰望着崇高的虔诚和纯朴。

我们也有足够的毅力，因为一个普通的人活在世上本来就是需要有足够的耐心和韧性的。做这么一件事情，实在是太需要虔敬下的坚韧了。

而且我们担心会失落了这宝贵的精神遗产，因为它对于我们不是一种家传，不是天经地义的，我们也不敢自负能够从血液里得到这种遗传。于是我们怀着极大的珍惜如获至宝地来发掘和搜寻这些历史。

这就是布衣。布衣所做和能够做的事情。

布衣与"西南联大"有着妙不可言的关系。西南联大的许多著名学者皆自称为平民、布衣，不归属当时中国任何学派。联大的学风是平民化和走向民间的结果。

布衣即是保存有独立人格和本色文化的人。

但是布衣的"不在其位，不谋其政"，却不等于不关注国家与民族利益，即"天下忧乐"。"家事国事天下事，事事关心。"这种关心因为出自一个平民的立场，更加透明与无私，也更倾注于感情、更纯粹与投入。

既为布衣，已经做惯难事苦事硬事，未想过幸事易事便宜事。

西南联大的事情，我在做着，有时是感到似有"攀缘"之嫌。

在做的过程中，我也感受到，学府之中亦有高山派与平地派之分。我非世家子弟，名门望族，虽亦入北大，属"平地派"。

但平地上更能真实地看到历史。布衣比名流更源远流长和广袤。

一切真正的文化与历史，真正的归宿在民间。

做一个布衣，"竹篱茅舍自甘心"，这对许多人是不易做到的。

幼年的我从父亲遥寄来的《一心小楷》中，读到范仲淹"四面边声连角起。千嶂里，长烟落日孤城闭。浊酒一杯家万里，燕然未勒归无计"时，我忽然感觉到，这就是文山。

这就是父亲独饮孤宿二十年的地方。它雄浑苍凉，极尽人生。

被放逐者，这是中国的一种人，一种历史，一种个性，一面旗帜。

它远离中心，但往往却比中心更"中国"。

在那里，堆积着现实的沧桑与史实，深郁的文化、悠久的故事、永恒的动人、浪漫与亲情，被放逐者超越了抛弃他们的世界，在精神的历史中锐进，成为这个民族光辉的一翼。

对某些个人而言，历史就是冤枉，冤枉就是历史。但历史前进，也是需要有人去做"受冤枉"这种牺牲的。沉冤千古，这种事是永远都会有的。

父亲对我们从小的教导是："别人虐待你，你还可以反抗。如果自己虐待自己，那连反抗的希望都没有了。"

父亲的自我意识如此强大和清醒。每当他受到不明白的对待，哪怕是在家人中，他也会百思其解：我如何得罪他了？困惑许久，直至澄清。在对自己与别人的裁判上，父亲从不轻下结论冤枉谁。如果是触犯了他的自尊，那他是不容易原谅的。

布衣者，视身边人为友为亲，视交往关系为情，而非为势为利。故父亲对所遇者皆谦敬欣悦，见其善，而我要点其陋处，父亲总不甚欢。这种赤子之心，在当世极易受伤害。"凡事皆为友情"的人生理想，古朴人生，也令我继承了一颗多感之心。

这颗心令自己痛苦，令人世温馨。

最近，中国社会暗中出现了一股对"布衣"吴宓、陈寅恪的"发烧"热，这是一次良性的文化复归。它意味着，在与人类大文化对接的态势下，中华民族那"万劫不灭"的人文理想，再获生命力。

2002 年 7 月 20 日

「我写字就是为了自由」

　　父亲走后，南来北往之文界朋友，在我的客厅里看到父亲的字，无不惊叹赞赏。都说他：功底深厚，传承之中有创造，且字字有风采，含感情，每一个字和整体都美，耐看。

　　人们说，看字便知道老人家的修养极深，一看到就能被深深吸引和打动。一位友人从京城来，观赏墙上字幅，赞叹中说了一句："你父亲的字不是为了讨好谁而写的。"

　　一句话，为千里知音，惜乎父亲已辞世。

　　现在，很多人写字都有媚世之心。我父亲的字却不是这样的。

　　有的亲友责备我：早就应该帮助父亲出版他的书法。

　　我的确是个粗忽和不懂得"为家人谋"的女儿。

　　早在若干年前，曾有过一次，我打听"如何出版书法"。当时问到一个编辑，告诉我："必须按照指定的规格来写，才能出书。"

　　父亲听了后，沉思数日，告诉我："我写字就是为了自由，那样不自由地写，不是给自己找负担吗？我不愿意为了出本书，而失去晚年最大的快乐。在束缚中写字，也写不出好字来。我写字，是有我的选择和构思的。每天晚上我想好了，想哪首诗、哪段词，是什么意境，用什么体最好，写横幅还是直幅，总体如何安排，有的字如何处理，这对我是莫大的乐趣。要照他们的规格来写字，这一切就都被剥夺了。我想好了，这书就不出了。我愿意这么自由地写下去。"

考虑到父亲说得有理，家人也认为，父亲需要的是一种身心畅快的乐趣，如果成苦役，反而不佳，出书的事就停了。

后来才知道，根本不是这么一回事。都怪我，没有上心再去落实这件事。

当年，昆明园林方面，欲在翠湖内为昆明书法家立字碑，父亲亦入选，算其中一块。这一次，就是按他们的规格大小内容而写。父亲写了两天，人家来拿走时，他仍是不满意。父亲说："这种写法太累人了，没有乐趣，也出不了我的风格。"

父亲所追求的自由，是一种个性的自由自在。

个性亦是一种文化。甚至就是文化的最基本的原细胞。

我自认为，自己是一个和父亲一样不愿失去自己"个性文化"的人。因为我们自信，自己的个性所蕴含和代表的那些文化，是可贵和健康的，它源自一个古老家庭和民族的血脉与积淀。

虽然父亲没有出书，但父亲自己的为人个性，他与文化相依存的那种人生，本身就为我，为后代写下了一本大书。大书无书，大音希声。

起码我是在天天地读着父亲的书，回味着这本点击到我的灵魂深处、弥漫到山河大地、传承了五千年文明的父亲的书。它给予我文化生命之源。

或许还有许多人，也喜欢读父亲的这本书，他们，或许也是这本书中之人。从这一点来说，父亲不只是我一个人的父亲，父亲是那些父亲中的一个，一个离我最近的缩影。

没有这种文化的个性，即使从事文化业，也只是一种"表象文化"。

书法界难逃污染。更早是权势的毁坏。

父亲曾叹说：许多领导、名人题字，是由拆字拼凑而成，人只知"字"为"书法"，岂不知字的格局、摆布、章法，也在书法之中。

字间有气，密不可藏针，宽可以走马。写者事先运筹于胸，既落笔后，不留一格。枯笔空白，天头地角，俱是定格。

今人如此阿谀奉承，强行拼凑，却不知这样做已经破坏了这字的章法。不同时候、不同心境，为不同的事情所题的字却拼凑在了一起，气不顺则字不美，此书家大忌。写者如果珍惜其书法，一定不能以为然。

父亲还说，书法如公孙大娘之剑舞，意兴所至，淋漓见性，唯自然自由得仙风道骨。有的字虽然写来熟，却只是练达而已。字如其人，人有媚骨，其字岂能得神韵？

我父亲不是世所称道的书法大家。他曾被"隐形放逐"的，是"性格与历史罪"。并不明言，叫你"支边"，不让你干银行本业，亦不让你留在大城市。让你那些耿耿直言自己消化去。让你孤老边陲，让你妻儿受尽凄惶。也是一种统治术需要的样板，令社会自去回味。

这也决定着父亲的书法，那些精湛的饱含了他人生追求、布衣文化的字幅，不能够沿着社会渠道进入所谓"书法界"，更不用说在那里占一席之地了。

中国现在的书法界，总是要以"前冠词"为中心的。比如，"老干部书法协会"，那么肯定要以"干部"之"老"资格为前冠，以我父亲此类的真正书法追求者为"垫后"。我与父亲同行时，常看到许多依样画葫芦之作，悬之大雅之堂，而父亲的作品，却被冷落。

常常有亲友来说，某处举办的展览，其中大量字幅在父亲之下。

亦有同事来家中惊诧道：为何你父亲这样的书法却鲜为人知？

我曾在父亲的遗物中看到一些退稿信，人家编撰的书中没有选我父亲，书中作品大量冠以"官衔"，父亲何以相争？

而父亲依然保留下所有这些关于书法的信函，并珍藏着那些为他发表作品的刊物。

父亲走后，我曾想，如果我来运作一番，可能情况会有改观。可是父亲生前却从来没有表示过。那是他自己的世界，他的平民身份，普通人的遭遇，他愿意如此。

也许这样正是父亲所愿。就让他们去行阿谀之术吧，父亲要的是自己的自由。

布衣者，也不一定以文化为职业，或许像《儒林外史》中的王冕，一面放牛一面却可画荷的。但布衣的文化却是最纯粹的。而他却恰恰不以文化谋生。

父亲对他造诣极高的书法，也不以为谋财之道。曾有开招牌店的熟人欲高薪请父亲写字，父亲谢绝了。在别人认为是可以增加些老年收入，在他认为是将被剥夺了晚年最大的快乐。

有的人写字是一种附庸风雅的手段，可我父亲写字却不愿擅入名人之堂。

父亲其实最器重的，是女儿我的评说。常常我一回家，他就高兴地唤我进卧室，拿出新写的字来让我看。

现在追忆，我太孟浪，虽然也能说到一些点子上，但因自己并没有浸进书法世界，更没有太用心去领略父亲的内在风华情操。

当我后来检点父亲遗给我的字画，才发现父亲在各体中皆有大的变法，一幅李商隐的《锦瑟》满纸灵气。可我当时没有细心去看，却一口否之，并说父亲只有行草最适。致使所遗字画中，行草居多，而大草却仅止一幅。今悬于室中，久赏不倦，人皆慕之。

父亲的手抄本——春江花月夜

　　这个遗憾难以弥补。举世之下，父亲唯重我为知音。我却随便一语，损折父亲才华。

　　身着素衣，心礼文典。他敬仰的是"屈平辞赋悬日月""李杜文章在，光焰万丈长"。他信奉的是"天行健，君子以自强不息"。他所依者，黄天厚土。

　　父亲过世后，在他随身穿的衣服口袋里，掏出几张裁成小块的宣纸，上面是写废了的唐诗。这就是在数天前，父亲一面与我谈话，一面艰难地站立着，用小刀将他认为写废了的一幅字叠着裁成数方。

　　当时我问："为什么一定要裁掉？"父亲说："留下贻笑后人。"

　　哪里想到这就是父亲最后的遗言，最后对我的教诲与要求。

　　父亲就是这样，即使是乡邻的称颂，他也极其喜悦和自谦。

　　在他的笔记中我发现一页纸，好像是一次书法活动后对自己的自律。上面写着："认为只有自己的好，是孤芳自赏。要学习每个人的长处。"

父亲的作风是与世风相悖的，所以他亦不去追求任何名分。现在书法界与文学界浮夸风盛，那种"语不惊人死不休"的自我要求已被遗忘了。时尚是"炒不惊人死不休"。许多人也不想想：自己是不是被抬举过分了。

收检父亲的书法作品，发现被他选中留下并上了红印的，实在不多，都放在他那个简朴的书柜顶上了。而一大包也是写好的，来不及裁碎，却已裁成两截，放在角落，是给母亲作废纸用的。其中有些我认为还是不错的。但父亲既然严选淘汰，就不能再将它们留下。

父亲衰年变法，用退休后的二十年潜心研究书法，所留下的字不过六十余幅。他常常对我说，古人写那么多，不是人人皆李杜的。诸如一句"春风又绿江南岸""春色满园关不住，一枝红杏出墙来"，能留下来，就算是有作品了。

在父亲的影响下，我也一直对出自己的文集不积极，总因有所惭愧而止。父亲病体强支，站在桌前裁他的作品的样子，将永远地警示着我：不能以浮躁之作问世。

在父亲的八十高龄，即使是书法家的字，也失去了气概。而父亲却在此高龄常常长篇一气呵成。给妹夫写的那幅《劝学篇》就是。即是在父亲辞世前的三天，所写的《龙说》与《马说》，现在人们也看不出半点颓败之气，依然脉理清明，字气峭拔。

而父亲却先于他的艺术生命而去了。许多人却是生命犹存时就艺术早萎，敷衍之作络绎不绝，令人恓恓。我愿走父亲之路，勿失我家清白，慰我父亲之灵。

父亲知我将迁新居时，专门为我择写了几幅字。并送去装裱好，交代我说："曼菱，不知你的新屋想如何布置。以我看，一切装潢，都不如挂字画最雅，最有中国风和我们的家风。"

"我写字就是为了自由"

早些时候，他说，我把历代写女子和以女子口吻拟写文人姿态的诗集在一起，不知你以为如何，是否喜欢？

那一束束用细绳扎好的白宣纸，我将它看作父亲没有写完、留下来给我继续写的洁纸。我必须将它写完，用父亲的期望、父亲的态度、父亲的纯净之情。

我能否追随父亲，做到"我写作就是为了自由"？能如此，我将不愧为其女矣。

近日读到一篇佛门中的评议，比较中缅两国和尚，文章说：中国和尚熟读经文，作法事娴熟如戏，但读经为了求"职称"，作法事如做商业。其修养德行，却是十分不符合佛门教义，甚至完全破坏了人们心目中的"和尚形象"。

而缅甸的和尚却重修行。对佛门来说，每日打坐静修是修行清心最根本的一课。佛，不是靠学问可以接近的，要靠诚心。诚则灵。当今，出现了连"和尚"都成了"职业"的现象，可见中国人对精神事业的误解太深。

这种误解和可怕的肤浅亦在文坛盛行。中国文化因此遭到极深的创伤。这创伤，比起"十年浩劫"中人家不准你读书写字还要毒化与糜烂。

文化与文学，竟与人的精神灵魂脱离了。无怪乎，当代的不少作品对于社会有如毒品。

我看到吴宓教授曾说，始皇焚书，孔子也焚过书。但始皇焚过的书，后来又出。而孔子焚过的书，却从此绝迹。可见为世人认可。

吴宓于是得出结论：有些该焚的书还是要焚。吴宓还说，他有时看到有的书，也很想焚之。我对此亦有同感。这就是文坛上的那些"职业和尚"的作品。

我父亲虽然被迫居于边地，远离了文化中心，更不上什么文坛雅堂。但他与当代某些文人学士相比，类于"缅甸和尚与中国职业和尚之别"。

他正是真正文化意义上的"和尚"，即指：对中国文化总体上持一种皈依的态度。他是以他的身心、他的日子、他的立场来体验和感悟，来忠诚和爱护这一片净土的。

净土，正是为父亲这一类人而存在的。

2002 年 7 月 10 日

父亲的左手

我父亲肌肤天生雪白，全身从脸庞到四肢都呈修长状，是一流的人才仪表。加之穿着总是整洁得体，色彩与四季相谐，风度则不急不躁。"腹有诗书气自华"，更有别于一般众生，令人见而不忘。

就在去世前两年，父亲去查钙，得出的数据是和年轻人一样的，令医生惊讶。

然而，我们儿女都知道，也都从不说的是，父亲的左手与右手不一样。

平常，父亲的习惯动作总是左手微微缩于袖中，似畏寒意。其实，那只手的手形较瘦，细看发育不良。由此，也可想见母亲当年对父亲的爱情，和父亲当年在同辈人中的佼佼优势。

父亲的左手，是父亲出生滇中南的半山区、出自贫寒人家的见证与局限。

我小的时候，一天，父亲特意露出他左手，向我讲述了他的童年往事。

在一个秋末冬初，我父与同伴在巷口玩耍，忽被推倒，左手触地。回家见我祖母很辛苦，祖父亦很严厉，于是父亲就忍痛不再开口。就在那几天，吃了糯米饭，于是手的伤处就定形再不能好。等祖父母发现，医生已经没有办法。

从此，左手就不能使力气，亦不能灵活。日久，就与健康的右手不一样了。在家乡民间，人们是一直认为：伤筋动骨时是不能吃糯米饭的。

父亲讲此事时，是要强调：做孩子的不能因为害怕挨骂，生病受伤就不讲出。同时也说，做父母的在此时不应责怪孩子，而应该立即就医。

父亲正是以他为前车之鉴作为告诫。我们三姐弟都健康长大了，没有什么暗疾。

"左手"对父亲一生的意义，远不只是童年的寒苦与伤残，更是父亲突破这环境，突破自我局限，突破命运不幸的一个明证，与战胜者的佐证。

左手之残，并没有能局限住父亲。他自珍自重，在家乡学界名列前茅；骑马兼步行，来到昆明一气考上所有可考的学校；他还乡教书，语文数学音乐皆通；又以最优成绩和品行成为银行学校首批毕业生代表；当他进入富滇银行，即从家乡接来了他的寡母——我的奶奶；父亲是老四，不承家业，却独养老母直至送终。

他习字，自幼便可在家乡为人们写春联，自嘲是做"相公"，过节总是被华宁人家遍请，"只吃人不还席"的。

当时人家请客，都以有一两个文化人在席间为荣庆。父亲吃过饭，就叫人研墨铺纸，给人家写几副对子，就算还席了。家乡人过年贴的春联，多数都是父亲写就的。贴了大门还要贴堂屋，有的是人家，有的是店铺。现成的不合适，父亲还要替他们现拟一个，都能满意。

父亲向我得意地说："秀才人情半张纸。"

及至后来，父亲在昆明成了家，也接走了我奶奶，过年不再回去。乡亲们贴别人的对子，总是不那么惬意。有的上来还要求写一副带下去。

父亲对曹雪芹"举家食粥酒常赊"，以字画易米事尤有感触。他说，有人悯才，举荐曹雪芹，但曹不愿入御画院，宁在民间过此清贫日子。

父亲说："笔墨挥洒，能换来米粮，这也得真文人真本事才行，这是文人本色啊，清苦而高贵。"

"富贵富贵，富不如贵。"这就是父亲对我的家训。

父亲是一生都有人来求字的。

他打算盘，更如戏珠。父亲说过，算盘是中国人聪明才智的一例，要我们三姐弟都学会它。我就会打，一生中不时能用。其有声有数，唰唰悦耳，也是一乐。

父亲年轻时打过排球，老年后舞剑，常做表演。在老年协会存有父亲表演剑术的录像。

他的左右手，已超过别人的双手。

"你父亲是当时华中班上学问最好的。他可以说是德才兼备。"父亲已经去了，他的乡亲们对我说。

父亲的华宁乡亲老辈们，应是我家"世交"。父亲虽然逝世，我迁新居时仍是首请他们光临寒舍。他们与我父母的友谊都是六七十年了。有的是在父母亲还没有认识时，就与他们为友了。

当初，正是这一伙儿来自云南三迆的青年学生，周末在昆明无家可回，都聚到一起，做饭吃，共享家中带来的佳食美味，共度节假日。父母的恋爱就是在这些活动中，由这些朋友成全的。

乡亲们的子女，一位我的同龄人说："你妈是当年这些华宁人娶的媳妇中最漂亮的了。华宁人的一朵花。"

所有的照片上皆看得出，母亲是所有人中最出众的。现在，也是这群人中文化水平最高的女性了。

父亲是娶得了他满意的女人。父亲在婚姻上也是极其勇敢和胜利的。如果他有左手之虑，还会得到我母亲这样的少女吗？

凡是父亲所爱的，他都去爱和追求了。

在"最后"那几天，父亲对我回顾他的人生之路，自己首肯道："我在任何一个团体中，都是出色的。"

父亲的左手，在儿女的心目中，已不是一种残疾，正是父亲能"超越自我，把握生命"的八十二年见证。

当年西南联大在昆明，父亲常去旁听，而对潘光旦先生印象最深。潘光旦夹着拐杖能打篮球，能跳舞，还骑马考察社会，是中国最早提出优生学的人。潘光旦说，我是一个正常人、一个完整的人，腿残一点不能妨碍我，我从不把自己当残疾人看。凡常人做的事我都可以做，从不要人照应。

这正是父亲的知音。令他深感欣慰，所以难忘。

父亲没有给我们留下任何伤残的印象。其为人，其学业婚恋，由表及里，无不堂堂，无不一流。

父亲左手带残，但认识他的人基本上没有觉察到这一点。

一直到八十二岁，父亲辞世，他的身高没有萎缩，体态没有佝偻，形貌胜过周围的六旬老者。

在他辞世前二年，有一个夜晚，我的同学们曾邀请他一起到舞厅去跳舞，父亲的风采令她们犹记。

他一生追求完美，并以美展示于这个世界。

2002 年 6 月 12 日

寒不改叶

一天，小侄见到父亲与母亲新婚合影照，说："爷爷太像徐志摩。"
年轻时的父亲有股执着的诗人气质。而父亲另一张在大海边的照片，虽晚年犹似中年，也有人说，"像闻一多"。父亲从来没有成为名家，本不拟妄比。但我想是"腹有诗书气自华"之故，是一种读书人的气质，倒也无分什么高下的。

父亲一生的照片变化很大，但一股轩昂之气，仪表堂堂，风骨挺拔是不变的。

孔明语："温不增华，寒不改叶。"这是父亲最喜欢写的两句话。亲友间凡来索字，要求父亲替他们选句，父亲好选这两句话。送平民送名人皆得其旨。

父亲一生，行则挺胸直背昂首，坐则不畏寒风。

洁身自好，起居有定，不为欲贪，读书细品，昼夜笔画。

所惜者光阴，追求于性灵，特立独行，生活自处，不依赖于人。

即使是入医院做了手术，尚坚持要自理。那是他老人家刚出手术室的早上，要小便，一定要下床去卫生间，不接受病房的尿壶。弟弟跟着他，他却要弟弟"出去"，弟弟说："我是你的儿子。"依然不行。

尊严至上，从不闻其呻吟谈要求。传家以文化，护幼成性，皈依自然，挚爱故土。心绪细腻淡泊，不为时势所染。

父亲的着装，一直保持冬夏分明，上下一身，鹤立鸡群。分别为深浅不同的咖啡色，为银灰色，为湛蓝色，皆是一身。帽子皮鞋也和谐。领带更是佩戴得花色雅致，保持着那种银行高级职员的风范，而不顾外界强加于他的各种辱没。

二十年间，父亲每从乡下归来探亲，依然一身素洁，仿佛只是从昆明威远街的人民银行回来一样。"温不增华，寒不改叶。"父亲在外形上也是一直至死不失其尊严的。

"鸡声茅店月，人迹板桥霜"本是父亲的壮年生涯，却从不带有一丝潦倒，反增其沧桑厚重。每次，从那些穷乡僻壤风尘仆仆归来，出现在我们孩子面前的父亲，与在昆明工作时的父亲并无二致，衣冠楚楚、精神勃勃、慈爱依旧，只是带给我们的礼物更多起来。

有年糕、香蕉等土产，有许多书。

故此，儿时的我们，从来没想过父亲去的是一个什么不好的地方，也不知道边远和穷乡僻壤意味着什么。在父亲的嘴里就没有这样的词。

父亲最后工作所在的那个大山里的水库，总共只有三个人。父亲就教身边的人下象棋。我们都知道，一个叫小陈的，父亲说他来自山区，很可怜。为了省钱，在寒冬下水库洗澡，结果得了肺炎。父亲常把自己用不完的东西给他。

然而，父亲自己并不任人"可怜"，也从来不会给人留下这种印象。在我们三个孩子心中，无论在哪里，父亲都是那么文雅而又洁净地生活着。即使是城里有地位的那些同学家长，也不如他有"父亲威仪"，仿佛"苏武执节"而志不可夺。

就在父亲在下面的日子里，我在学校看到别人的父亲那种委顿态，心中都会可怜我的同学，怎么会有那么一个父亲？便感到自己和别人就是不一样。这种"不一样"的尊严感是父亲给的。

父亲始终以他的尊严保护着我们的心灵。由此，我得以养成一种不屈从的骄傲天性，从而也决定了我的人生。

直到当知青下乡后，我才知道，父亲去的文山比我们插队的德宏苦多了。

即使是在我们经历了下乡生活，父亲还是不愿意我们看到他生活的苦处。他的有些怪癖与洁癖，正是长期孤独生活、尊严自守的留痕。

凡出门，皮鞋几乎每天擦。这些习惯，父亲老年还有，反而是一直生活在城市里的母亲和我们有些"看不惯"。父亲说："我自己擦，又没有妨碍人。你们有什么见不得的呢？"

母亲有时不愿与父亲同行，她说，学院里有很多地位比父亲高的人，都穿得随便，而父亲却如此出众，引人注目。

父亲说："有没有法律规定要什么人才能穿得出众？我也就是挑选了自己喜欢的色彩和样式，并没有奢侈。为什么我要像别人那样穿些不和谐的使自己和别人都难受的衣服呢？穿得好看也是一种学问，也是为社会增添美。现在社会上有的人嫌弃老年人，我们更要自爱，穿好也是一种自尊自爱。"

家人皆为世俗所扭曲，唯父亲保持他的天性天然。

母亲有一次出差去上海，买了三件衬衣回来，给父亲、弟弟与妹夫。父亲挑了最花的一件，是母亲原定给弟弟的。而弟弟却挑了一件最老成的，倒是母亲原定给父亲的。

母亲于是说出原意，但他们都各得其所，不愿交换。父亲说："老了就要穿新鲜的。"弟弟说："我就喜欢这素色的。"母亲就说父亲是"老来俏"。父亲说，这个外号好，就怕老来俏不了。

父亲过三峡

现在来想，父亲年华最茂盛时的岁月，在"一穷二白"的地方度过。多少中秋与春节独自翘望家园，他把爱与热情都积攒起来，直到六十岁回家，才能按照自己的意愿生活。

父亲酷爱室外散步。有时家人团聚，他也会暂弃我们而径自下楼，要完成散步方归。散步时还有一癖，不干任何杂事。有时母亲让他顺路到校门外买几根葱，父亲也勉为其难，说："散步就是散步，心无旁骛。还要记得买什么葱？"

每当雨天，父亲不能外出散步，便在狭小的家里来回踱步。负着手，从阳台走过客厅到厨房，又回头走到阳台。反反复复，优哉游哉。

这"斗室踱步"，来回面壁，却如游深海，是一天中思绪自由的时刻。父亲焉能放过？他一生中能在山间遨游，亦能于斗室中信步，有此境界，人皆可自处。不为蛮荒所欺，不为六面墙所困。

散步与读书，是中国文人构建自我心境的传统方式。对于曾被放逐久远的父亲，它更是填补了亲情世界与纷纭人寰的大量空白。

与之相应的是，父亲一生亦颇多那种形散而神不散的文思、感悟和世虑。他总是在细如毫发地切实思考着，每一句话、一句诗文、一件事的得失、一个人的作为，而又总是那么大气大度。

回家后的父亲没有放弃这孤独静处的习惯。一直到离世，仍然在他最喜爱的风光中做了最后的一次散步。

父亲在看书、写字与散步时，均是茫茫状。有一次我回家没带钥匙，下楼遇雨，正好父亲散步归。他亦一点头，便自上楼去了，并没有注意到我冒雨而去。这时，父亲沉湎于那个遥远的神秘之境。此时的他如闲云野鹤。

我得其传，更兹疏放狂浪，每出门远游必丢衣物，是有意丢的。为了轻逸，不惜赘物。惜的是自己那份情性。父亲曾与我讲，古人雪天访友，行至，却不入门，"乘兴而行，兴尽而返"的典故。此最称

独立小桥风满袖——父亲在旅游中

我意。

　　其实，人生亦何所求？乘兴而来，兴尽而去，乃是上策。

　　濡沫于父亲，时闻燕赵慷慨之悲歌，久仰荆轲仗剑以别易水。我想，这正是我从青年到中年，都不断地参与排演了当代中国史上的若干风云"事件"的潜质吧。

　　父亲走后，我将他的字画悬于正堂。亲朋故友看到，皆惊叹不已，观赏良久。其中不乏京都与沿海的文化名士。而有闻父亲日常细事，只言片语者，俱钦敬思慕。人们常向我追问，父亲最后的症状，如何医治的；无不惋惜他老人家走早了，都说：当今世上，这样纯粹的人太少了。

　　人们关注父亲的温婉之语，本是父亲应该得到的。在我听来却如雷霆之击。这两年来，凡闻此语，无不令我有肝胆俱裂之痛，泪峰悲洪不绝。我是完全靠着回忆中父亲最后的刚毅之容，获得一股定力，来强忍满眶盈热，锁定心中哭声的。

我不能失态，不能给父亲失脸。要承接一点他的刚气。

父亲是一直到最终都保持着清醒的思考、行动决断的能力的，带着他全部的尊严而去。

他凭着自己蓄养锻造的一腔精、气、神，来撑持人生这八十二载。

父亲不是那种久唱"病中吟"的人。在此前，他从来没有住过医院，没有打过"吊针"。仿佛还是昨日，见父亲手术后，静脉注射却不习惯，手有时一动不动，有时却忘了，径自去端杯。

在父亲住院的时候，弟弟的守候最为尽孝。父亲曾对我说起，在病房里，弟弟端来水，蹲下，双手为他洗足之事。病友无不羡慕。孝顺，其实也是一个家庭之德的反射。

那幢父亲住过的病房楼，而今已成断肠处。每逢走过，不忍张望。既有斯楼，何不医我父？不医我父，何造其楼？悲心不已，细究难禁。恨比天高。在平民病房中，父亲所受到的那种淡漠和缺少人道的治疗，令我心中永远作痛。

当是时，父亲与病友们甚融洽，还说，人生也应该有"住院"这种体验。

父亲病势日重，但只要我们回家，他仍与我们谈说各种事情。他最后一次和家人在桌边吃饭、看电视，不知道是忍受了多大的痛苦，却仍无流露伤感之意，仍然威严地训导孙子。其实他已经在暗辞人间。

只有母亲才知道，我们一走，他便闭目独自吞咽着巨痛。他让我们带着轻松的心情走了，而我们还以为一切正常。

回想到，最后一次我陪父亲上医院打针回家，他不坐"的士"，要从小菜市走回去。我一路与他相搀而行，父亲仍不失其步履。现在我知道，他是在留恋那些与母亲一起早逛菜市的平常岁月。

吟遍半生，今上长城——父亲游长城

万里孤舟，自入海流。

他在这世上闯过了一关又一关，有的是先天不足所设下的关碍，有的是世事不平人为的阻碍。他心胸不断开拓，宽厚自立，无求于人甚至亲人，以爱而终。

一家之长，一朝猝走，全家难以接受。尤其是我，猛惊觉：有许多事情是应该为父亲做的，却没有做，以为来日方长。

如果当初采取另样的治疗，如果再做一点什么，能否留住父亲？永远的悬念折磨着我。

留不住父亲，一生功名又有何意义？知音一失，又有何乐趣偷生于世？作为子女，我没有照看好他老人家。在父亲最后上路之时，也没有陪伴在他身边。

痛彻肺腑时，则跌入尘埃，诅咒自己是不孝之女。曾有数月，我不见人，不接电话，万念俱焚，心如死灰。

庭园散步，我却清楚地看见父亲站在一旁，如松似柏，那模样像刚放下手中卷，依然是慈蔼中含着一股刚毅。

他分明对我说道："不要这样虐待自己。站起来！把你的事情做好。如果你对自己不公平，还怎么要求别人来对人公平呢？你的事业是需要挺起胸膛去完成的。是我的女儿，就要活得寒不改叶。"

父亲是预见到这一切的。为了抚慰我们，他留下了明心写志的遗嘱。上面首先是感谢母亲，一生照顾他。然后他称我们为"一大群孝子贤孙"，称两个孙子是他的"掌上明珠"。

父亲留下了爱，这理性的坚强和达天知命的信念将传承和支撑着我们。在我最后陪父亲那次校园散步中，父亲触景生情，从容说："一叶落而知天下秋。"

他实有将生命视同春秋的天地之心。

如此总是恨恨不可终日，有违父亲教诲。

> 志在白云谁可奈？
>
> 性归大海成磅礴。
>
> 风拂山林高士卧，
>
> 千秋手握一卷素。

一个有着漫漫历史、博大精深之民族，拥一个丰饶的生命之海。其中：有人的生命像娇花，有人则如涧松；有人宛似朝霞，有人却如寒星远睐；有人的生命做成百代功业，有人用生命开启千年闸门；有的生命当翱翔蓝天，有的生命却要承受巨石之沉。

而我父亲的生命，是用来做一股隐泉，潺潺于幽谷，滋润于芳草的。

命运阻碍他，不让他成为一匹驰骋得意的千里马，他却为自己铸造了一颗自由的飞马灵魂。而只要有这么一颗骄傲的心跳动于胸口，这个民族就永远会拥有那么一批批热血奔涌的儿女，情操之旌旗就会高扬。

这样的生命，虽然没有能够掀开璀璨之页，却有如蓝田深层的美玉，只呈现蔚蔚青烟；有如沧海中的明珠，含而不露，然令波成碧色。

谁能说，这样的生命，这样的布衣之节，不是我浩荡中华的黄钟大吕呢？

2002 年 11 月 22 日

墙上留联

"肝胆照人"这四个字，可谓是我父亲的为人本性。

家中客厅里，墙上一副对联，是在他逝去前四个月光景，应母亲之请而写的。父亲写完立刻就送去裱好，并亲自指挥家人挂在客厅墙上。

念载漂泊无遗恨，万里归来有知音。

至父亲猝然辞世，家人悲伤不止。有友人来家，忽见墙上对联，惊呼道："你父亲早已把一切都写进了这副对联。这是与家人告别，并对自己一生和家人做了较满意的结论。你们仔细看，就明白了。你父亲其实早有思想准备，也早想好了对你们的安慰与交代。"

在全家儿女回去与父亲团叙的那最后一个周日，父亲一一把我们叫进寝室，逐一交代，他对我说："曼菱，爸爸已经是病入膏肓了。我从回来，计划再活二十年，现在我的任务已经完成了。"

我打断了他。大家劝他，爸爸却只是无言，以前他总是要争论和表示同意的。

爸爸依然坐在饭桌上和我们一起吃了饭，并一直坐到我们各自告辞。谁也没有想到，这就是最后一次与爸爸一起吃饭了。

爸爸是讲"心相知"这一条的。他一生很重这个。一旦相知，一

父亲患病后，应母亲所求，为家人留联，
并吩咐挂在小厅里

生牵念。

墙上留联，"万里归来有知音"这一条，是为母亲写的。

父亲走后一年，又见老人春游。我忽然想起父亲与母亲去参加春游的事。

我父母常常在行前准备两份饮水、两份食物、两把雨伞，各人带一份。我曾奇怪道："你们不是一起去吗？"他们却得意地说："到那里就各有各的伴了。难道吃饭还要再去找对方？怎么高兴怎么玩，按各人的兴趣，方才潇洒。"

原来，父母到了朋友堆里，并不拴在一起。他们都渴望着自由的交往天地。世间做夫妻五十年，能得此境界，实可谓"知音"了。他们常常同去同回，却各有千秋。

爸爸当时还指着墙上说，"知音"二字，也指洲洲和小白两个孙儿。他的心灵与最年幼者是最近的。

上联写明应我母亲之请留字。在下联上，则有细字边题，道："哀莫哀兮生别离，忆昔别家儿女泣"一句，明写当年别家，其实已经暗指其将与亲人生别。父亲借了龚自珍的旧句"不是无端悲怨深，直将阅历写成吟。可能十四珍珠字，买尽千秋儿女心"。

父亲曾告诉我，原句"悲怨生"，他改为"深"。"十万珍珠字"，今作"十四"。因为他作的对联只有十四字。原文是"可怜"，现在改为"可能"。他说，可能负尽，也可能不负。我当时却如在鼓中。

我将这一切只当作"纯文人的行为"，没想到父亲竟在这十四字里面，寄托了他整个生命的告别与眷恋。

我是职业文人，父亲却是心灵的文人。

这就是差异，这就是造成我忽略了父亲告别的千钧重语的原因。我只知"立言"，而父亲却是"立德"。

父亲与文、与人，都没有那种而今遍及整个社会的双重性和隔膜。

父亲仍然以洁质和真诚相对着人与文。这才是真正意义上的中国文化人。父亲与文学的腐败隔岸而别。

这种双重性和隔膜的造成，是中国社会几代人的悲剧，是中国文化的悲剧。

如今亦造成了我与父亲之间不能理解的悲剧。

我虽承袭了父亲的刚烈耿直，但我渐失却了父亲那一种透明的心怀。历练与做事使我变得冷峻、尖刻。父亲曾直言道："从海南回来，你怎么变得这么无情？"

其实，还不只是无情，而是学会了一种"隔"。将自己与尘世隔开一些，与人们隔开一些，也与文字隔开了一些。

我曾以为这种"隔"是一种能力、一种进步、一种能够入世做事的本领，或者说是"强者心态"。

（上联）念载漂泊无遗恨　　　　（下联）万里归来有知音

在父亲所投射于我的不改初衷的这道光明面前，我感到，我是在做某种沉沦。父亲曾说过："已作真金，讵复成矿？"

既然已经成了金子，为什么还要回复到矿石的地步去呢？

这正是在警示我。

正因为父亲给了我一颗诗心与真性，我才会那么从容与天然地行进于文学的路转峰回中。

回想起我初入大学的那几篇作品，包括《有一个美丽的地方》的成功，莫不是因为真性情的保存。

当年，就有人说过："你怎么能把自己保存得那么好？"其实，这才是我的成就，我的真正成功。一切的创造，皆基于对自身的创造中。

史学家认为，自《史记》后，中国文化分离成为官方性质的史学和重在个性的文学。可是，几十年的文化虐待使中国文学不得不躲进了"绕"与"隔"的生死劫圈里。求生不能求死不得的逆境，使一部分人忘记了文学的初衷。

就在父亲走的前一年。我读到那一本接一本、一天不落、一事不苟、一情不矫的《吴宓日记》，我被深深震撼。

就在父亲走的次年，我终于有机会面对《吴宓日记》的原稿。手握那一页页用各种纸头写成的日记，看到那一天吴宓教授被工宣队打烂双腿，即日所记，我泪水涌出，连呼："愧对先生！"

愧对那在日军弹雨下，和在国人暴行中，数十年来永不停歇的记载，愧对那一笔笔疼痛中认真的字迹，愧对那一颗不屈的真诚到永远的心。

愧对那种坚韧、执着和独立的伟岸人格。我难以直视吴宓先生眼镜后面那一双挚诚的眼睛。他以书生的固执、日记的方式，完成了这件对当代失落的中国文化界最急需的"史"与"文学"，纪实与自我重新合一的作品。

这亦是他对暴政的反抗,莫道书生空议论。他凝结了文化的力量。世纪之后,胜利者将是吴宓先生。

将文字化为了生命,将生命融进了文字。这才是中国文化的精粹所在、希望所在。

吴宓做了一世的学问,并没有把自己做丢。满腹经纶,没有淹没他的自我人格,他对国家对民族,对朋友对自己,对文化对文人的种种真切观照。没有这种观照,一切文字都只是文过饰非的华丽烟云。

别林斯基曾说,普希金的诗,是一颗高贵的温柔深厚的心对那个时代的感受。可见一切伟大的文学,重在感受,重在"心"的存在。

要说"中国现代文学丢失了这颗心",这份真切的感知,可能并不算过分。我们必须承认,古人留下的纯净天空,已被不肖子孙败坏。

所以才会发生,我这身为"作家"的女儿,竟不解父亲所书的心灵之文。与其说我有罪,不如说我有孽。这就是我自身对文学发生的那一种出世的态度和隔。这是我的歧路。

父亲的每一言行,都有父亲特行独立的章法。他做到了与亲人"肝胆相照地离去"。他曾用语言,用文字,用书法,多次地留下他的遗言,告诉了我们,他的全部心情与欣慰。

父亲的仁爱宽厚之心,就在他生命完结的时候,也永无止境,伴随我们,和他那令人流泪的钦敬和深爱的人格。

我们得以做他的儿女,做他的孙子,实在是一种荣誉与骄傲,如果得以传承他的精神,那才真正地不枉做人一世。

人,不能亏了真性真情、真人生、真自在、真感悟。名利富贵不过是浮云虚度。

古人说,身体发肤,受之父母,不可损伤毫毛。

言语文字,就应该像文人自己的皮肤一样,紧紧地包在身上,连肉贴心,触之有觉,撕之则疼。休戚相关,息息相应。而不能像衣裳和饰物一样，可以"绕"可以"隔"，可以花哨的。

中国人所谓有"才"，是与"情"与"气"相连通的。才情，才气，不可分。"情""气"是一种"内美"。才，则是"情""气"所驾驭之凭借也。

我始悟，父亲为何独喜纳兰性德之《饮水词》。

如鱼饮水的那种自如，正是纳兰性德对中国文学的独特贡献。他的词与众不同，一扫那种标榜了数千年的"文以载道"宗旨，他不是言志咏言，而是"言性言情言人生"。

纳兰词与李杜诗另是一种格调。在中国封建社会的末期，更突兀出一种要求摆脱任何庞然大物和桎梏的人格意识。也可以说，他的词和他的感受个性，更符合布衣一层人的生存方式。

《饮水词》里那种自我所显示出来的人格和人文观、文化立场，与吴宓先生写日记有微妙相通之处。

父亲亦做到了在文字上的"如鱼饮水"，从容自如，自然无矫。

中国当代，为什么缺乏伟大的作品？因为缺乏伟大的心灵与感知。

在一种丧失自我的状态下，哪里还会产生出大人物、大文豪、大文学家呢？再出色，不过是秋虫唧唧之声，岂能振聋发聩？

秋雨又来，独坐客厅，遥望西山。细赏墙上父亲为我所书《锦瑟》一诗："此情可待成追忆，只是当时已惘然。"

父亲的命数，正合在他所挚爱的中国精粹之诗章里。

回归父亲身边，回归到这种真诚与洁质中去。文即我，我即文。我信我言，我言我信。这就是中国文化现在急需的一种洗礼。

只有回归，才能使我得救。

这正是父亲对女儿所希望的。

2002 年 4 月 16 日

不是无端悲怨
「深」

父亲最后在家中墙上留有一句诗："不是无端悲怨深。"

将离世时，他最悲痛的，并不是自然之人寿将尽，而是他的生命曾经无端地被强行荒废，所积累的春华秋实殆尽。悲怨之"深"，压抑之久，阅历之厚矣。

我父性属鸿鹄，并不是一个只追求"乡里称道"的中庸者。虽然拥有了孝顺的儿孙，最终在"乡里间"做了一个德高望重的老人，但在这个社会上，他这一生没有得到应有的认可与知音之慰。

父亲曾经在我探家中几次与我提及，他这一生中不能平复的那些伤害之事。我至今不愿意一一叙出。因为这是父亲单独与我的私谈。对于布衣的父亲，我也无须使用"春秋笔法"，我只是遵从父亲对生活的态度。它有如禅意，是愈到高深处，愈是无可言状的。

父亲曾说过："对于不明白的人，何必说？明白的人，更不必多说。"

我考上北大后，还家那年，父亲曾告诉我，他每每于夜半愤愤而醒，不知自己身在何处、年龄几何。不知自己缘何故，不能驰骋千里？慨然泪落于枕前，竟忘却已过花甲之年。至天色渐明，为孙儿去打牛奶，走入校园花径，迎面与人打招呼，还怔怔不能回复。自己也觉诧异。可见心深处的积压，竟是经年不能排解。

母亲说："你不知道，你爹有多古怪呢！他竟和自己的儿女去比。"

全国恢复"职称评定"那年，我与母亲一下子都是"副高职"了。父亲说，他是全家唯一没有"职称"的人。他所培养的儿女们事业成就，也抵偿不了他即将逝去的人生所留下的缺憾。一面为新的一代有云帆沧海之欣慰，一面却愈增他对自己人生的不平和恨根。

因为他首先是一个志士，其次才是一个父亲、丈夫和爷爷。他与我这个女儿的关系，在最深层处，乃是一种志士对志士的关系，是文化人与文化人的关系。

人家都是夸儿女便心满意足。唯我父亲特立独行。他常说："你们是你们，我是我。"

在父亲的身上，便屡有古怪之事发生。

那年家里搬新房子，大家都高兴。父亲却在一旁闷闷不悦。当母亲将新家的一串钥匙交给他时，父亲竟不伸手去接，说："你先放着吧。"母亲正在忙安顿新居，便生了气，将这串钥匙挂在父亲的蚊帐钩上。

那些天我正好在家中。每至中午，大家安憩小息，蒙眬正好，忽然有人敲门。先想不理，不料越敲越响，如雷霆之声，发怒之气。跳下床来打开门一看，却是父亲站在门外。咦！还以为他也午休了，气得我转身回屋。

原来，他有饭后下楼小走方休的习性，因不带着钥匙，便成为令人讨厌的中午敲门者。

全家人都醒了，母亲在内室的床上也挺生气，道："有钥匙不拿，专门不让人睡午觉。我下午还有课。真的太讨厌了！"父亲在大家的

父亲悲愤身世，已觉来日无多，尤牵念于儿女

抱怨中一言不发，闷头入室。

这样的一幕上演了好些天。他宁可忍受全家的不满，也不接钥匙自己开门。大家只有妥协，每天有一人暂不睡，等父亲回来开门。

过了十天半月，有一天我忽然见父亲在那里试钥匙，忙告诉母亲："爸爸拿钥匙了。"母亲说："快装作没看见。"

以后，父亲就自己开了门，听见那轻微的小心的开锁声，我便知道，他又恢复了内心的平静和慈爱之怀。

家人都知道，当他下雨打雷的时候，千万别去对抗。那时候父亲不是父亲，而是霹雳火。有时一股气竟几月几年。

母亲说，他是"自己跟自己过不去"。

"此情可待成追忆，只是当时已惘然。"对这个家，他一直是给予者、庇护者、承当者、共患难者。而后来却在物质地位上变成了家庭中的弱者。

那个历史巨大的断裂，造成他人生层次深重的错位，就在这些久已的小细节中，偶尔一泄其悲愤。

有时，出远门旅游中，他会突然决定返程，因为不能接受怠慢。父亲有一阵子不出去玩，他说："我不用你们的关系。"并悲愤道：现在成了用你们的关系了？

后来有了旅行社，他高兴地说，这好，出门不需要用谁的关系。母亲说，自己的儿女，跟自己一样。可父亲就是不能忘却一种尊严感。这是他生命的底线。

父亲有着过人的洁癖。

诸如，他一天擦三次皮鞋。家人不以为然，父亲竟自行事。

只有妹夫理解，他说："爸爸又不要别人帮他擦，他自理生活，我们有什么权力干预他？一盒鞋油也不贵，只要爸爸有这么好的精神头，我情愿每天买一盒鞋油来孝敬。何况爸爸自己能买。"他还说："我是伺候过生病的老人的，我的父亲就是在病床上多年后走的。一家人受罪，他更受罪。像爸爸这种精神气质在老年人中太少见了。我情愿伺奉这样的老人。每天擦皮鞋，我觉得很好。"

父亲甚至建议也帮我们擦一擦，他说"反正我也闲着"。有几回还真的擦了。

父亲的衣着亦总是和谐的。兴致好的时候他总穿一身西服，冬夏分明，色彩典雅，风度翩翩，气质清逸。这除了与他的习性，后来入银行的职业习惯有关，还有一重原因。父亲曾对我叹道："现在有一种看不起老年人的风气，如果你穿得不整洁，他更轻视你。"这是我们现在也有的一种切身的感受。

父亲在以"雅洁"来对抗社会的不尊，以"自理生活"和"尊严""言而有信""作息有律"来形成一种对内的尊严。因为他知道，在这个社会上，他没有任何外在的包装点缀，既没有呼三吆六的随从和捧场者，甚至也没有我们有的"职称""职务"之衔，没有一种可供利用的"关系网"和余威，只有老朋老友、乡里乡亲那种最本分最本质的从根上带来的关系。

他以"雅洁自好"来告诉人们，一位布衣老人的尊严是不可随便侵犯的。

还有就是他的固执。"固执"是他唯一的防身武器了。

他不怕任何仗势压人的东西。只要冒犯和侮辱了他的人格尊严，他绝不让步。曾经有一家亲戚上门来，在口角中用了市井的泼妇语言，当面辱骂不绝于口。父亲说，这是攻击人身，于是断绝来往，达十余年之久。许多人来劝解，父亲不允就是不允。他要自己保卫自己。

是的，假如我父亲是一位退位的官员或者是有地位的学者，那么会有人敢这样冒犯他吗？何况是在家中。正是因为他只是一位和蔼的无位无名的老者，领取着寒薄的退休金，所以即使不冒犯别人，那些市井小人也会拿他当弱者而发制之。

父亲如果连"绝交"的武器都没有了，那么，难道要他忍受随时随地的诟骂吗？

当父亲还在边地时，曾有山中猎人，将一袭狐皮筒子向父亲兜售。父亲因想到我远在北国，便拿出大部分的积蓄买下，准备给我制衣御寒。当父亲拿出给我看时，我真没有想到他会为我置这么奢侈的东西。我说："先放着吧，我现在有羽绒衫就够了。"

不料，有一天父亲偶然发现，我在与他所绝交的人来往，父亲一怒收起了送给我的狐皮。

此后，我又被迫到海南去搞公司。此非父亲心愿。他一向认为中国文化中心在北方，我的道路也从北方走顺，所以他希望我一直在北边发展。他看我不再用那狐皮，便做了一件大衣。

大衣现在挂在我衣柜里。母亲说，本来你爹就是给你的。我至今以为自己并不值得穿这袭山中狐皮。我令父亲失望的地方太多。

在儿孙绕膝、家庭为人称道的欢愉中，在恬淡的书法生涯里，那一段不愿与人说起的悲愤往事，那一股平生的不畅不快不平不公之气，那一腔难以冷却与凝固的男儿热血，那一番接受了中国现代历史中启蒙光明所做的人生设计与社会理想，父亲并没有抛下和忘怀。

这一点，世间有几人能理解父亲内心的怆伤？

"无名有品，无位有尊。"

父亲走时，我不由地写下了如此二句，以为挽联。后来季羡林先生亦将它题写赠我。许多朋友皆喜欢这两句话。

"无名有品"，无名，不受拘羁，品格反而更加纯真自然。无名有品，是一种乐趣、一种逸然。人的品位，是与其品性、品格，相连在一起的。

自从社会提倡与风行一种的粗俗文化、劣质文化，几千年来积淀的"品文化"便被打入阴山；并且要这些骨子里的文化人忘记和抛弃他们的品位，从衣食住行到风情雅趣，从生活方式到交往礼仪，"文质彬彬"被公开批判，再不许分清浊分层次，再不许有细腻有感觉。

今天出现的社会道德下滑的恶果，"冰冻三尺，非一日之寒"矣。

我幸而有一位拒绝"格式化"的父亲。他依然在那些最贫乏最粗俗的最集中营式的年月里，以一种清白的寒士风格，保持着他细腻雅致的内心生活，让我每每在他的身边复苏我的良知。

有一次，全家人一面看着电视一面评论着。父亲说了一些不合时宜的话，我就说父亲"不懂政治"，父亲惊讶地说："难道父母对自己的子女都不能讲真话吗？"

时隔很久，我永远记得自己的鄙俗。"太懂政治的人"只会对惯性让步。真正的历史是属于像父亲这样的人的。其实我说父亲的话，正是别人贬我之辞，今却回赠父亲。可见我心被染，本当"洗心"。常常觉得自己比许多人好。而在父亲面前，我会深感震撼，会发现自己"变坏"。

我父亲甚至连鞋帽衣袜的色彩都非常协调。他洁身自好，无愧是"无名有品"。

而"无位有尊",却令我泣下不已。想起无数往事,父亲付出了多少辛酸与坚毅。

一生中遭受了极大的不公平,经历了生活中的大欺骗,父亲便对"欺瞒"之事特别不能容忍。保姆的说谎、菜市的缺斤短两,都会导致父亲的勃然大怒。

父亲已经病重,朋友荐来一个小保姆。开始父亲很是怜爱她,说她"伶俐得像《红楼梦》里的小红"。曾为她准备写字本,找了中学教科书,要她不要中断学业。父亲还说,凡在我们家待过的人,都应该让她有所提高、有所获。可她意不在此,尤其当面说谎,使父亲愤愤,认为:"待之以诚,却还之以诈。"父亲厌恶之至,几次表示"宁可去吃食堂,也不愿意和这种人相处"。

最后在人间的日子,父亲的痴性依然不改。这些为人们所习惯的丑恶,在父亲则永远不能习惯。人们的混浊变成合理,而父亲的清明变成古怪。

不知道什么时候、什么地方,家人的粗忽和得意,也会伤害了父亲那敏感而自尊的心。

最突出的事件,是父亲曾经离家出走。在衰暮之年,却离开自己挚爱与牵绊一生的家、他创建和赡养的家。可想而知,当时父亲心中的悲伤与失望达到什么程度。

家里人多以父亲在外二十年造成的"性格孤僻"为理由,我却不以为然。那是二十年历史在他心中的悲怆,一触即发。而家人却生活在蝇营的世俗,不能进入父亲孤寂的内心,感受他细腻的情感,以致引发他胸中悲愤,不顾年迈而出走。

很多年后,友人建一来信说:"你父亲生活在这个丑类百出的世界上,他一定有很多很多不为人知的伤怀、忿郁、忧叹和苦痛。"相知之缘,已隔生死。正被他说中了。

"士可杀，不可侮。"这是父亲的格言。

我在海南，只从信中知道，父亲在他的一位也是孤身的老同学处住了两周，两个老人连喝开水都不易。后来由妹夫与幼孙小白去接回。

有一年回家，我也遇过一次虚惊。那天，记不清是什么事情，令父亲很生气，也不说话，到了下午就不见了。晚饭没有回家来吃，全家人立刻沉浸在不安中。

母亲调动我们全体子女，到父亲常去的亲朋好友处一一寻找，并交代我们，不能说是寻找父亲，只能说是"顺路走过"，看看父亲是否在人家玩。因为家中的这类事情是从来不公开的，父亲的出走也是默默地去、默默地又回。如果中间发生什么扬旗打鼓的事情，会导致他一气不回来的。

大家分头行事去了，由母亲在家中作正常状。而突然，父亲推门进来了。母亲也只是一般地问问"吃饭没有？怎么这么晚才回来？天黑了路上不好走"之类，一点不能表现刚才的惊惶。

一会儿，找父亲的子女们陆续回来，也是装作"顺路回家来看看"的样子。父亲冰雪聪明，早已了透。也许，他的内心亦有感动，后来就没有再发生这样的事情了。

尤其是两个孙子的尊敬与爱，使父亲后来渐渐地融入了这个他在一气之下曾想离去的家。父亲在天伦的真情和文化的乐趣中，渐渐养复他的积年之创伤。

当时，父亲的长孙洲洲五岁，却会说："爷爷从前太累了，所以现在会发脾气。"当父亲发脾气的时候，小洲洲总是叫我们："轻点！"家里于是静悄悄的。

洲洲七岁的时候，一天早晨，父亲做好了早餐，叫我们起床。洲洲对我说："别家的老人都是衣来伸手、饭来张口。爷爷还煮早点给我们吃。"有时他到别家去，回来会自豪地说："我爷爷就是看点报、写点字、散点步。不像那些人，一天就是'红中'啦，'白板'啦。"

中学生的洲洲，一次看了他爷爷的字画和笔记，不禁点头道："是个人才！是个人才！"父亲听到孙子的评语，笑道："他这么评价的吗？"

我在检点父亲的遗物时，发现他最爱写的诗有两首，一首是杜甫的《登高》。

父亲的晚年有儿孙环绕，安身于春花秋月之校园，在物质上他自己认为已经达到养老的善境。然而，这些安宁和宽裕却不能改变他内心中"万里悲秋常做客，百年多病独登台"的孤凄。英年磨难的凄风苦雨是永远伴着他的灵魂了。志士不甘，他的灵魂永远在飘荡、在抗议。

写得最多的，还有一首，是陆游的《临安春雨初霁》。他写过并保留的竟有十幅之多。那么写过而不满意不保留的不知有多少了。那些不满意的书法作品，总是要在次日就亲手裁成碎块的。

我知道，他为什么独钟情于此首《临安春雨初霁》。因为在这首诗里，不仅有我爷爷当年写在老家耳楼上作对联的"小楼一夜听春雨，深巷明朝卖杏花"，还有父亲在习书法时所揣摩出的"矮纸斜行闲作草"的写字规律，更有那第一句："世味年来薄似纱"，写出了一个真挚的人在浮俗浅薄的社会中所感受到的内心痛苦与失望。也许父亲还能从中寻求一种安慰。人不怕痛苦，而怕寂寥。世情稀薄，古人做伴。

至于"素衣莫起风尘叹"，倒常常是我的感受。"骑马客京华"是我半生的主要阅历。况且，又曾涉猎于商海与官场。我的素衣上早是风尘斑斑了。

父亲自题

庆幸的是总逃不出一个复归于"素"的结局。也许是：天爱我文章，不令为高官。李太白终敌不过高力士。何苦金殿久留恋？见过经过，不过如此。"云想衣裳花想容"终究不是李白本色，必须仍是："黄河之水天上来，奔流到海不复回。"

父亲常常为我不能坚守于素衣而担忧。我却自夸自己能够"出神入化"。

在陆游的这一首诗中，竟然融进了我们一家三代人的生活与身世。或者说，我们一家三代都从他的这首诗中找到了自己。父亲总令我"以文章为正业"。他对我说，文章是不作史之史，不立传之传。

用与自己相通的古诗来表达心情，来传达人生的滋味，这在父亲最后离世的时候到了极致。

"不是无端悲怨深"，那深抑的悲怨中，有四十二年前无端的妻离子散、无罪无辜却被逼迫的生别离；有他鸡鸣起舞、自幼奋斗、青年有成的人生被活活掐断；有他生机勃勃的才情天赋、长年磨砺的志向抱负与刚毅品质，不能施展，不能为国为民所用，被弃置蛮荒；就连他自己创建养育和领导的这个家庭，也一度对他变成陌生。

这悲怨之深，还在于它是愈埋愈深藏不露。

到后十来年，父亲生活上已趋平静，对很多事情，也都抱一种"不了了之"的天地之气了。我回家时，父亲会拿出一些刊登他书法作品的杂志报纸来。我一看，便说："这些人写得都不如你，还排在你前面，这么大。而你的这幅字本来应该放大，却这么小。这是按官场规则办事，哪有书法的清明之气？"

父亲则笑道："反正别人也知道，他们是靠官衔才上的稿，像我们这种平民，不好的就根本不会给你登了。所以，反而证明我的字是真正好的。同样地，送参展览也是这样。我们这样的字，他还是需要用来点缀点缀的。"

父亲从来没有托我的"关系"去为他的书画说话、出力。他以自立和自信为骄傲。这种在书法生涯中的隐忍态度，又何尝没有一种深悲大怨？

父亲爱写的书法作品还有《芙蓉女儿诔》。他说，晴雯的傲骨与冤屈，是和那些正史中的名臣将相，大人大业一样的、平等的。所以，雪芹在此以治水的大禹之父亲来比她。并不因为她是丫鬟，她的委屈就低人一等，就不能上史书。晴雯是丫鬟群中的黛玉，而林妹妹说"孤标傲世偕谁隐"又完全是古来孤臣孽子的口吻。在曹雪芹认为，"傲骨"是男性美也是女性美的支撑点。没有风骨哪来风采？

这个家是父亲所创，是他所养，他所支持。只因社会对他施加不公，迫使他在荒野之地度过锦绣年华，失去人生最宝贵的建业之年。他成了一个要靠妻子与儿女的关系来办事的人。上面说到的不接家门钥匙，只是一种"失位"之痛。

在他最后到医院打针时，为了安全，来了两位科主任，父亲竟在病床上笑对站在一旁的母亲与我讲："全是仗着你们的关系了。"

他在垂危之际还与家人分明如此，我当场痛心欲泪。

很久以后，我一直在回味：也许是平时无心的伤害刺痛过父亲的自尊，也许这就是他的自立的人格禀性。家中人人忙于俗务，似乎忘记了父亲的往昔，更不来体贴他这种"永远是强者"的悲伤。

回味父亲所谓"古怪"之性情：那不接钥匙之悲愤痛苦，离家出走之辛酸刚烈，临终前尚在病榻上对妻女言"感谢"……令人心肺欲裂。那是一个悲怨的大海，莫知其深。

一生傲骨当自惜，可怜竟向何处伸？

2002 年 5 月 19 日

此文作罢，与父生离别已历两夏。当晚查看父亲字画，韵气逼人。入卧，如刀锯割心，呻吟复醒。黎明大雨，踽行寻父于野。白茫茫天地，唯路人绰影。有雨滴打伞，如父之谆谆。渐行渐定，遂归来做事。

最后的细节与《马说》

2000 年 12 月，家人尚安之若素时，父亲每天安排纸笔，赶着写完人家来索要的那些字。后来，他的长孙洲洲回来闻此，泣道："他已经知道他的时间不多了。"

原来，他要完成人世上的使命，要令周围的人为之心安，以慰晚境。我们当时见此，误以为父亲精神尚可，反而宽心。大谬了。

那些日子里，他每天一大事情，是把答应亲友的字写就。对身边的母亲，他也早为她写下了一副对子。

一位亲戚为在北京上学的孩子求字，父亲写了《龙说》。又写一幅专门给我，在我的这幅上面父亲题道："新千年，世纪末，人间龙岁写龙说，龙年好景君须记，最是橙黄橘绿时。古滇宁州张进德残墨。"我当时竟没有注意到"残墨"这二字。

父亲嘱咐我说："我想这《龙说》对于你们作家的状况是比喻得最好的。作家就靠自己写出来的文章，形成自己的气候，就像龙吐气成云，像龙一样靠自己的气南来北往，东走西去，来影响社会和为自己开拓道路。所以，我给你写了这幅《龙说》。"

我说，这个意思就像爸爸从前讲过的，曹丕的那段话，文人是靠自己的文章立世和传世的，不必要其他张扬。父亲点头。

他忙着打电话给我的一位老同学，让他来家中取走一幅："温不增华，寒不改叶。"父亲赠他，并特嘱他要提醒我"光阴易逝"这四字。

而最令我心碎的，是父亲为他自己写就的那一幅《马说》。那幅没有来得及钤上红印的《马说》，现在挂在我客厅里，那峻拔神敛、伸张有致的书法，谁能相信，那是一位在辞世前三天的人写就的？哪里有一丝懈怠之气？哪里有精神把握不住的灰丧之意？

这是他留给我们的遗产。

从前，我曾慕名请过一位高龄书法家题字，结果大失所望。不仅笔力不敌，且神气完全是"散"的。本人似无知觉，仍然出示于我。不忍说破也。

我父亲，一生中没有睡过懒觉，没有玩过夜半，没有因佳肴而滥食，因任性而伤身。他惜光阴而薄财物，喜亲友而远尘嚣，切自然而弃虚浮。

"独立小桥风满袖。"父亲常对我说："富贵富贵，富不如贵。清贵之门，人所仰之。虽富家亦不可及。"

高贵，尊贵，"骨气"为贵。从生到死，父亲都在用自己向我证实和说明着这一点。即使是亲朋相处，也须明月清风，失尊则腻，则贫乏，则人生无趣。

父亲最后留下的话是："生活要有质量。不能读书写字，我的生活就失去了乐趣。""活着要有质量"，这是他的生命观。

他老人家是八十岁以前，还没有打过一次输液针，没有开过一次刀，住过一次院。这回做手术，起初很住不惯医院，后来出了院，他对我说："人一生也要住一次院，也是一种阅历，还是有意思。"他还对同房病友各有所评与关心。

只为秋园一句吟，从此解意惜枯叶。我根本没有想到，那一次陪

渡尽劫波，唯遗一架书——父亲卧室里的书架

父亲在校园散步，竟是最后一次。那天，父亲看到落叶，吟诵了"早秋惊落叶"一诗。我却在鼓中，不明白这就是父亲对自己生命的叹息，只在一旁说三道四。

每看到那一张最后的全家照片上，父亲在开怀大笑的面容，我的心中却在流泪。那是在他走的那一年的 8 月拍摄的。那天全家人走出医学院的大门时，独父亲在后踽踽。我便喊两个侄子："去扶爷爷！"父亲却摆手道："不用。"

大家欢笑上前，竟没有想到年迈病重的父亲，已经不是当初那好强的状态，而是到了从心情和步履都需要我们搀扶的时候。那珍贵的一刻，我竟也没有触景生情上去搀扶父亲。我们是一群不能体谅父亲的粗鲁之人。

父亲亦原谅了我们，并不愿意打扰我们，只是缓缓地在后面走着、支撑着难以忍受的疼痛。

父亲在拍照中是不爱笑的，可是在这张照片中他老人家却笑了。这是一种告别人世的留给儿孙们的慈爱的笑，是刚毅和奉献的笑。

我饮泣在父亲留下的诗画前："此情可待成追忆，只是当时已惘然。"父亲参透了古今之情，亦参透了我们。

他最终将整个八十二年的生命，做成了一个向上的箭头。他并没有跌倒在人生的舞台上，父亲是庄严谢幕而下的。

我一生中所见父亲悲痛之至，到泪将涌而不出，是在他向我展示这幅《马说》，并读及其中："骈死于槽枥之间，不以千里称也。"父亲已是喉头哽咽，止住了话，强忍了一下，眼眶周围都红了。这时我却说了一句笑话："爸爸谁让你属马呢？"我又打岔说："你脸上这边的小伤疤好了。"父亲遂恢复原状。我是想止住父亲的悲伤，不料却止住了他最后要说而没有说完的话。

许多事情，不必在细节上后悔。我只是仰望着父亲最后写的那一幅《马说》，惭愧自己配不上这么一位刚毅不屈的父亲，沉思着，他不同于别人的地方。

他不是一块冷却的煤烬离世，他是一块火热的未能燃烧却自我保存着巨能热源的矿石，他是带着悲痛和更多的热量与希望之爱走的。这叫我如何平静？他至今燃烧着我，将催化着我的一生，令我不能冷却和消磨。

许多名人志士，到了永别之际，都早已是一片虚无之态，说什么："一切是上天或主的安排。"许多人早已经淡泊。父亲却是于淡泊之下，仍然储存着青年时代的热情壮志。犹如利器，虽经磨砺，不能卷曲。这就是为什么他至死不愿意我们环绕于膝下侍奉而终的原因之一，愿儿孙们继承奋斗之遗志。

父亲最后的一幅字，写罢悲愤难尽。父亲属马，
叹息其终生不遂千里之志也

那幅最后的《马说》永远悬挂于我室我心，它属于我属马的父亲。而临终的父亲以《龙说》赠我，我能不负此《龙说》吗？

仿佛就在昨天，他还扶着桌子，亲自把写废的字纸用刀裁成小块。嘴里说："不要留下来贻笑后人。"那几张裁成小块的纸，就这样一直留在父亲的衣袋里了，随他老人家走完了最后的几步路。

这正是父亲一生的愿望和志向：不愿以残象败笔留存于世。这是大人大计大业大才之质啊！我痛哭吾父之不遇。漫长准备，刚毅清奇，天何不公，不允成其伟志？

有时一些小的文章写得不如意，本想马虎过去，一想起父亲最后的细节，便再也不能够敷衍。

用了半年的时间，我才接受了这个事实和理解了父亲的弃我而去。用他自己常爱说的一句话是："得其所哉。"

有一些宗教界的领袖人物，为了不让自己最后"被死亡压倒"的样子破坏宗教信仰的形象，他们选择"坐化"。

我的平凡的父亲，你有这神明般的尊严与力量。

父亲在我的心目中就如"坐化"而去的，保持着他的全部清明、沉静，全部的爱与智慧以及那种舍我的精神。也告诉了我，一个自尊的人，应该怎样完整地活着与完整地离去。

我去陪父亲最后一次打针时，他问："你是从单位来的吗？来很久了吗？"

回忆这最后的日子，愈明白父亲的慈爱与宽厚。就在他老人家辞世的那一个月里，因为母亲轮到办同学会，邀请老同学来家，办两桌客。此时，已在病魔折磨中的父亲依然笑迎宾客，他已坐不住了。其实此时父亲已自知来日无多，可他仍然怡然对待这与他已无份的人间欢乐。

就在他辞世当日，那一天，父亲从楼下艰难上来，看见母亲买来的小菜放在门口，他依然把这袋菜拎进屋，放在厨房。在父亲看来，生命仍在延续，别人的生命与家人的生命，这也是他的生命。

这一个小细节，在后来巨大的悲痛中成为搭救我的深海绳索。父亲要我们好好地活下去，将生命、生活与理想志向以坚强的精神延续下去。

我没有任何逃逸的理由。"逃逸"即是又一大不孝。

只能做父亲期待我成为的那种人，这是面对"天地终无情"，而迸发出的人的尊严之力。它将战胜悠久，战胜一代代逃不脱的死亡，冲出生命的局限。

2002 年 5 月 25 日

择生与择死

读屈原和司马迁的故事，是在儿时，在父亲的启蒙下。

父女二人读起历史来，总是那样的激昂与投入。几乎忘记了"史是史，我是我"，直将自己比进去：遇此我当如何？

在这激情的阅读中，培养起一种世界观的奠基，一种非学者化的思考。它一经父亲启发，就再也没有离开过我。它带给我一生的营养，培育了我的个性。

这种真挚的思考也没有离开过父亲。每遇大事，父亲就会比将他所钦慕的古人，从而清出思绪，做出重大的抉择。

我深信，这种思考，并非我父女二人独有。某种程度上，历史是为这种非学者式思考存在的。中华民族，世世代代地活在那些杰出的生里，亦活在那些杰出的死里。五千年积淀的，绝非只是出土的竹简，而是这中国式的生命。

去冬，父亲猝然辞世，凄风寒水间，我第一次认真地思考起，一个人对于"生"和"死"的抉择。

同是中华"留取丹心照汗青"的杰出人物，为什么屈原与司马迁，一个要死，一个却不惜带辱而活？

后世一直将屈原定位为"爱国诗人",值得商榷。

我以为,这忽视了他作为"政治家"的一面。这个偏差或许是有些故意? 后人出于不平,以为楚国那样的昏君,不值得屈原去忠于和殉命。焉知屈原的"政治"是一种理想,而政治家与政客的不同,正是由于前者是献身的、别无选择的,后者却是投机的。

身为"楚臣",三闾大夫,楚国的高级官员和决策大臣,屈原不能承受楚国亡国的事实。

如果仅作为一个诗人,"国破山河在",亦不必去死。诗人以"诗"爱国和救国。他可以行吟,可以留作"薪火传人"。但三闾大夫必须沉江。屈原的这种"相始终"的意志,是他作为政治家面对失败时唯一能做出的坚守。他是把"政治"的身份放在"诗人"之上的。这才是屈原对自己的定位。

所以鲁迅把《红楼梦》中贾府的焦大比为屈原,其实非常之准确。屈原的首要价值是那个"与国共存亡"的信念,而不是诗才。

屈平词赋悬日月,楚王台榭空山丘。

若只作一个诗人,可以不与某一个具体的政体和君主联结成生死的关系。屈原的这种始终精神,是他在不可挽回的狂澜中对祖国负有的责任。而后人尤重的却是他的诗赋。

冯友兰曾经说过,中国文化中有一种西方没有的精神,这就是当一个人认为他不能够拯救国家时,为了不在内疚中偷生,便选择去赴死。所以,在抗日战争中,日寇及盟军均不能理解:在寡不敌众的时候,会有那么多的中国将士选择了"以卵击石"的壮烈行为。

"人生自古谁无死?""生当作人杰,死亦为鬼雄。"

对"死"的意义,中国人自古有一番确认的标准。虽然"悲莫悲兮生别离,乐莫乐兮心相知",已经将生乐死苦的滋味体会尽致,但是主动迎接死亡,"在不可选择中进行选择"的精神依然确立,这是一种英雄主义。

高人志士们，亦很重视死亡的权利。

倘若不能按照自己的意愿和信念完整地活下去，不如选择死亡。将"死"看作一种意志与尊严的使命。这是勇毅，不是逃跑。

屈原即是著名范例。他是不会等到敌国军队进入，将他抓获后受辱才死去的。因为羞辱他就是羞辱楚国。他必须自己选择早一步去死，以完成一种自由的高尚而独立的死。

头戴巍峨之冠，身着兰草香服，悲吟着，高歌着，行走着，徜徉于故土汨罗江岸，再度游览着他挚爱的这美丽山河，从容如归一样地去赴死，如同赴约。

死的原因不是"诗人的"，死的方式却是诗人的。政治家只要死得其所，旗帜鲜明。诗人却要死得美，死得浪漫。屈原在他的政治理想破灭之后，紧紧地拥抱着诗的理想而去了。这死，亦是一种决裂，与以往所从事的政治决裂，与终生所爱的诗章同归去。

中国古人发明了一个伟大的词——视死如归。

"浩气还太虚"，回归自然吧。我们承认，自己是从自然中来的。精、气、神为天地所化。死，则是将这从大地而来的浩然气概，归还到造化它养育它的泥土和水中去，回"来处"去。

死，可以明志。而生，则可以践志。

当死亡临到司马迁的头上时，他选择生。一种令肉体与精神，令自己与亲友都极度痛苦的生——接受宫刑，继续活着。

司马迁一家都是史官。只因他出于公正之心与人性悲悯，为李陵作辩护，而开罪于皇帝。假如就此而死，亦不失为一位直谏烈臣。但司马迁为自己规定的人生使命却不是仅此而已。他要完成千古之史，中国的第一部纪传体史书。

正是这毅然之举，使"受刑"后的司马迁从匍匐于地的殿臣中站立起来，超越了君主，将他的事业和人生寄托，从朝廷的体系中分离了出去。此可谓：弃一帝而得天下千秋！

这是何等勇敢的一步，他从朝臣转变为千古第一史家。

当年，父亲对我列举出司马迁最令他钦佩的三点：

一是"不以成败论英雄"。

《史记》将项羽、陈涉、吴广尽列入"世家"，因为他们都是有英雄气概和历史作为的人。"秦失其鹿，群雄共逐之。"推翻暴秦，使历史前进，不能只看建立王朝与否。

二是民间布衣亦入其史笔中。例如《滑稽列传》。

三是文学语言及优美情思。

像"桃李下言，下自成蹊"这样的句子，为父亲所喜爱。父亲说它语言美，所表达的意境美，而用来比喻名将李广的性格，则更美。父亲还说，本来"口讷"是一种缺点，可是联系李广的行为与功绩，像桃李一样充实和美，反而像是优点了。

《史记》是一部民间文本的经典。它以作者个人的人文立场、正义和善恶观来创作，于史实进行多方严谨考证，尽其可能地采料全面，又充满了人性及文化激情，因而能够超越政治变迁，经历物换星移。

《史记》之功，可谓"再造"中华，陶冶情操，有明鉴之义，指引后人道路。

"生还是死？"这是莎士比亚的名句。父亲曾经撰文说，哈姆雷特代表了西方选择生死的思索形象。西方人也有弃生取义的意识。

中国古人也有将"生"看得比"死"更难的时候。

《赵氏孤儿》，这是父亲带我去看的第一部京剧。那时我七岁。戏中，二位忠义之士在争执。父亲解释道，他们所争之事，是"谁当去死，谁当留下来保护孤儿，并负责将血海冤仇告诉他"。于是年迈的公孙杵臼争着死，并说这是选择了容易的事情，就请盛年的程婴来承担活下去的重任吧。

择生与择死的思考，构成一个人、一个家庭、一个民族隆起的脊梁。没有这个思考和选择，就没有伟大的人与伟大的民族。

祖宗给了我们一个清明节，此时，生人走到阴界边上，冥冥之中的灵魂也来到人世边缘。此时，父亲也会来到家中的书桌前，与我继续着这一番探讨。

作为一个中国人，活的不只是自己这不足百年的小小人生，还要将自己活进那千年的文明史中。这使得我们"在精神上的人生"比肉体的人生更加漫长与浩渺。

让这思考传递下去吧。

2001 年清明之思于父亲灵前

高山流水哀知音

当年母亲工作的学院里，有几位留过洋的名教授。朱伯伯，名讳锡侯，是其一。

我和他的大女儿新地上同一所小学，相交甚好。虽不同班，却每天相约上学；一起做作业；一起偷豆角到地下室去烧吃；一起通宵不回家，到足球场的大草坪上"望星空"。我俩顽皮而又骄傲，都属于班上的"尖子"学生。

朱伯伯是一个落落寡合的长者。他总是静悄悄地做自己的事情，也不和学院里的人们来往。他是一个"摘帽右派"。因为他的学术名气，才给他"摘帽"的。

人们对这样的人总是既敬重又以"异类"视之的。连他的学生，每天到他家里来吃饭的，也在"运动"时出卖了他。虽然我还是个孩子，却明白有种潜在危机：他们这样的家庭，平时生活得比我家显贵，但也比我家更脆弱。

多数，是新地到我家来做功课，我很少上她家的楼。好像是母亲交代过我，说朱伯伯搞研究，要安静。

我们家是有很多规矩的。例如：不许在吃饭的时候到别人家里去；不许穿别人的衣服，吃别人家的东西；不许借用人家的自行车、相机等贵重物品。总之一句话，就是要有本分，不羡他人之器。这也是"寒门"的自重之法。我发现学院里那些家境比我优越的孩子，是不懂这个的。她们经常乱拿乱要，令我不以为然。

一天，又去叫新地，她却在窗口招手要我上去。只见朱伯伯从他那平常紧闭的小书房里出来，脸上带着柔和的笑容，用他浓重的江浙话对我说："来来，我就是想问问你父亲的情况。"我一看，他的手中举着一本我借给新地的《唐诗一百首》，正是父亲从文山寄来的。朱伯伯欣喜地翻着书页，指着那里面的写给我们孩子的一些话，问："这都是你父亲写的？"

朱伯伯说，他发现新地经常在看一些很好的书，一问才知道是我父亲寄来的。我父亲所选的书，及在书上的那些留言、所做的记号，都令他十分钦佩。他说："你父亲是一个涵养很深的人，字也写得很好。什么时候，等你父亲回来时，你一定要告诉我。我要请他到家里来，我还要请他给我写几幅字。"

他还说，他很愿意新地和我交朋友。以后我和新地吵过几次，互相不理睬时，她的母亲会叮嘱她先来找我。

后来我才知道，朱伯母是因抗战从北方辗转到云南的。她曾与张瑞芳同台演戏，与邓小平夫人卓琳亦是同宿舍的同学。他们夫妇几经沧桑，阅人的确"眼毒"。无怪乎，他们能看出我父女有鲠骨。

那一年，父亲回家探亲时，果然，朱伯伯郑重地请了他到家里来做客。父亲说："太厚爱了。他是一位留过洋的名教授，我不过是一介普通人。"然而，朱伯伯甚是情重，说是要亲自上门来请。父亲于是随我而去了。

那天，朱伯母用人家照顾他们的"富强粉"包了精致的饺子。那年头是要到一定的级别，才可能配给精面粉的。父亲与朱伯伯二人在小书房里谈得很高兴，谈什么，我们都不知道。我想就是说文论字、交流心情吧。朱伯伯的那间小书房，平时是连儿女老婆都不进去的。

后来我曾想过，父亲一生没有过一间单独的书房。但他一生都做了书斋中人。中国的"书斋"二字，确有讲究。任凭茅屋农舍僧庵野寺，只要有一案一椅一书，中有一读书人，即可名之曰"书斋"。反之，任你金玉满堂，图书盈室，可称"华屋"，或曰"藏宝屋"，或曰"雅玩室"，因无专心读书人，而书斋无存也。

父亲读书是不择时地的。试将父亲在一本《鲁迅诗歌注》的批注录下：

> 辞岁返昆度春节，友人——一鲁迅同榆以此书见贻。颇珍惜之。原来以读毛主席诗词甚力，时迈除夕，函云儿寄我，更将吟味今朝风流。旋于寒食节在铁厂旅寓收到。如获至宝。今值清明时节，鸟语绿柳婀娜中，读之胜讨可花村也。因此志之。

德

一九六五年四月五日

清明于麻栗坡铁厂旅游寓

对于读和写的环境，我也有父亲之风，不讲究，只要"清静"即可。"有仙则灵"。最看不起的是，那些空夸书房排场，却"读不进去"和"写不出来"的人。

那天，我和新地在另一间房照样做作业。后来朱伯伯将父亲送下楼来，二人依依不舍。他送给父亲的宣纸和书写本，父亲一直不太舍得用。

父亲也是一个来去无闻、在学院里无人问津的人。这是真正的无人过问，与朱伯伯不同。无名布衣，当年被分配到边地工作，是被社会视为异类的。左邻右舍不会来问候，更不来往。父亲每年一来一去，只与我们这个家庭发生关系。

自从两个孤寂者因"书"而相交，诚挚的思念就一直伴随着他们后半生。后来他们没有更多的接触，只是通过孩子的关系相互问候。现在想来并非自然。中国社会有一种分离人们的力量。父亲已被长年"分"在了边地，朱伯伯则随时生活于"杯弓蛇影"之中。那时，像他这样的人突然与谁亲近起来，肯定又要有一番说法。朱伯伯后来告诉我，他不想影响我父亲和我们。

果然，"文革"又来时，朱伯伯家从日记、图书到琴谱全都被抄出，在楼下"火烧"。我当时钻在围观的人群中，但我没有随人们举起手喊口号。感谢父训，我自幼都是要三思而采取自己立场的。我相信，对面的朱伯母看见我在沉默，也有一丝感觉。

人散后，在袅袅青烟旁，只剩我和朱伯母。我对她说："阿姨，您真的当过上饶集中营的特务吗？"朱伯母抬起头来，对我这中学生吐冤道："曼菱，我是在上饶广播电台工作过，那是一个抗日的进步电台，负责人现在还在北京。上饶是江西的一个地名，跟集中营不是一回事。我根本就不知道什么集中营，是后来看电影《红岩》才知道的。我们当时是进步学生，一直流亡过来的。"

朱伯母一直都将她订的《收获》《人民文学》借给我这个小学生看，她喜欢听我的读后感。我的当代文学基础，大部分超前地从她这里得到。我认为她是进步的。

我沉思着回家，而母亲已经从旁人口中知道我和朱伯母搭话的事情。我说："朱伯母是冤枉的。"母亲说："你怎么管得了那些大人的事情？"我说："他们要弄清楚这件事情很简单，为什么要故意乱说？"

当时学院里的"当权派"，当他们被押解劳动的时候，迎面遇上，我仍然叫他"伯伯"。我不管那些"工宣队"对我怒目。我行我素，也给母亲添了不少麻烦。

朱伯母的小女儿所在中学也来折磨了一回。那些与我差不多的少年逼着她："赔还我们的江姐、许云峰来！"又把她上升到了"重庆中美合作所的女特务"。新地的妹妹在那一回被打成重伤。我才知道，在从前的"运动"中，朱伯伯曾被逼跳楼。他们是死里逃生的人了。

到知青插队的时候，新地一定要到我去的地方。果然她离开了她们学校的群体，来到我所在的盈江插队。在前途莫测时，她选择了我们幼时的情谊。

昆明的环境一直险恶，新地家的来信和汇款，都是先寄到我这儿，再悄悄给她的。我从上学到知青，从来没有见过那么多钱。我将它藏在床头的大木箱里，塞在衣服下面，然后巧妙地通知新地来取，从无失误。

父亲知道我所为后，只说："应该的。落难之时，需要真朋友。疾风知劲草。"

后来我才知道，她们家当时又遭遇一劫。秘密托付给人家的全部家庭积蓄，被人侵吞了。乘人之危，禽兽不如。

朱伯伯一家人被逼而离开了云南。新地走时的路费，也是我秘密地代转给她的。多年来，只有我知道她家迁往江南后的地址。终于，我们异地相约，都考上了大学。

我在北大时，朱伯伯与朱伯母到过北京。朱伯伯说："你考上了北大，你父亲真是太欣慰了！"他们是那种不用见面就理解对方的人。

在北大，朱伯伯带我去金克木先生家去做客，他说，我家与他家是"世交"，我的父母都是非常好的人，可以患难。他要金先生今后多加指引我。

此后，我与金先生常常聊古谈今。金先生讲给我听很多文化典故，直到临终前，他仍惦念着我。我知道了，朱伯伯是与朱光潜先生等人同期回国的。他是我国心理学的开拓者之一，也是最早介绍"弗洛伊德学说"进中国的，因此而被重点批判。

父亲知道朱伯伯渡过了大劫，在杭州大学任教，十分高兴。听我说了朱伯伯的底蕴，为之感慨。有一年，父亲到北京去旅游，朱伯母听说了，就介绍父亲住在她的亲戚家里，记得是在张自忠路，故宫旁边。她说，对于旅游，那里位置很好。

朱伯伯后来在杭州很得学生们的爱戴。他不时有信来，还向父亲索字。父亲亦自哂道："这真的是偏爱了。江南灵秀之地，他在杭州大学，还愁没有好书家吗？"我说，可能是患难之交，情有独钟吧。

甚至朱伯伯要送别人的诗，也寄来请父亲代书。那一次，父亲还随寄了一幅自己写的《大观楼长联》，意思是请他不要忘了昆明。虽然当初走时受了委屈，但还是有朋友在惦念着他们。

我曾两去杭州看望他们。父亲的字画被朱伯伯收若至宝。他尤喜《大观楼长联》，说我父亲知道他的心。我说到，我们姐弟三人原准备凑钱为父母购房，但父母坚持要自己出这钱。他赞叹道："真是一派祥和之气啊！我为你的父母而高兴。"

朱伯伯见我如同女儿，我们谈禅，谈人生，我才知道，朱伯伯的性格是这样的天真稚纯，对学术与求知是那样的专注。一生的磨难也没有能够玷污这一块精金美玉。他永远地对人不怀恶意、无妒无恨，求道而乐此不疲。这一点与父亲像极。

他们的心灵远离了人世之恶，沐浴于清泉之中。无怪乎他们至交如此。进入他们的境界，会为自己的红尘之心感到愧怍。

朱伯母则将一件最珍贵的礼物送给了我。那是一串从印度释迦牟尼出生地带回来的檀香佛珠。新地的那个曾被伤害的小妹，后来到法国去画画，并把她的父母也接去玩了一趟。朱伯伯又见巴黎，真恍若隔世。

两个老友、两个家庭终于熬过了长夜。朱伯伯与父亲是同一年走的。差了半年。

当时，我不忍告诉病重的父亲。但他还是知道了，沉默不语。后来，新地哭着在电话中说："让他们两个老朋友到那边去相叙吧。"我相信，他们会的。

在过去岁月那冷酷无情的环境里，父亲与朱伯伯居然穿越山高水长，不计地位，无畏环境，而成知音盟友。心心相印，牵念终生，这是他们的幸运。

近读宋诗，见杨万里句："机心久已尽，犹有不平鸥。"又想起了父亲曾经与我讲过的"白鸥之盟"的典故：一个人成天在大海边，与白鸥结成朋友。每见他来，白鸥就飞来停留在他身上，与他相戏相亲。一天，他的父亲对他说："何不捉一只回来给我玩赏？"此人又去海边，白鸥知他存有机心，却再也不飞下来。鸥盟已破。

嗟乎！茫茫道路尽炎黄，却因何而机心遍存，白鸥难下？

什么时候棘篱尽除，人们倾心相交，畅怀生活？

2002 年 10 月 1 日

三春杨柳 一介书生

在诸文化及诸文化人中，和父亲最近的是孙髯翁，最"入"的是大观楼长联了。

长联的那两句结语——"莫辜负：四围香稻，万顷晴沙，九夏芙蓉，三春杨柳"；"只赢得：几杵疏钟，半江渔火，两行秋雁，一枕清霜"，正是昆明城的四季与昼夜，亦是一个不得志却诗意依然的文化人之内心生活。

这种"不在中心""疏离于主流"，却独立自如的情感世界，超拔洒脱、积极有为的人生哲学，一生都陪伴着父亲。直到最后告别人世前，父亲仍要看一眼这带着永恒意味的滇池美景。

父亲考据长联，兴趣长久。当中有很多文坛人所不及之处。如他告诉我说，上联中"风鬟雾鬓"一语，从《柳毅传书》而来。柳毅看到龙女牧羊时，龙女贵为公主，却风鬟雾鬓，是因受到恶婿折磨。而髯翁将此语引入，说："趁蟹屿螺洲，梳裹就风鬟雾鬓"，形容在滇池中的小岛上，林木迎风飘拂，仿佛美女在雾中梳理长发，自然舒展。可谓是化"憔悴"为"神采"也。

父亲还说，大观楼长联与《枫桥夜泊》亦有渊源。"几杵疏钟，半江渔火",明显来自后者的"江枫渔火对愁眠""夜半钟声到客船"。然而用得好,融化在滇池本景中。对比原诗,长联更大气,可谓云南苍茫与江南水秀的区别。

大观楼长联是父亲常常书写的,用各种格式书写。一天,他刚写完一幅,忽然回头问我:为什么孙髯翁不说"三春杨柳,九夏芙蓉",而要倒一下说"九夏芙蓉,三春杨柳"?

然后,他自己回答道:"按照天时,自然是先春而后夏。可这里把'春'置于后,正是一种强调,这就数到了下一年。天道又开始了另一轮的循环,周而复始之始。把'春'放在夏之后,作为此联之末,用现在的话讲,是一种乐观向上的精神,寄托着希望。虽然另外一联上,说了很多帝王功业被淹灭的话,但对于大自然,永远是生机勃勃的。"

从父亲这番话中,我重新领会了这幅天下著名的长联。原来其立意,并非要宣泄一番失意文人的消沉与虚无之感,而意在赞美大自然和在天地间、滇池畔劳动创造着的永远的人民。看来,孙髯翁时常在这里选胜登临,游历于四围香稻之田野,感受到其间美好的生活。

父亲对这一切的爱,对这个民族的和对未来的爱,是深而沉厚、历经沧桑不改的。

我奇怪,父亲有足够的理由灰心,可他却永远不灰心,总是看着前面地平线上的光芒。他不倦地书写着这"三春杨柳",也象征着一个古老民族的春意,和父亲的永远年轻的充满希望的心。

记得刚粉碎"四人帮"时,我已被迫害折磨得怀疑重重。我说过:"欢庆完了,下面是什么?还要拭目以待呢。"

父亲对我这么灰调和旁观却不以为然。不久,高考恢复,我积极应试。金榜题名时,父亲没忘了报复我一句:"你不是说,什么变化对老百姓都没好处吗?你不是得了好处吗?"

当我从海南归来，又是父亲发现我疲惫的心态，他说："怎么人下了海，变得这么无情？对人际看得那么漠然？"看到我因为办公司，日日被利害所趋逼，他特为我书写了一幅黄山谷《牧童》诗："骑牛远远过前村，吹笛风斜隔垄闻。多少长安名利客，机关用尽不如君。"

我常被父亲所窥破，从底线又返回家园。

有一次父亲问我，为何不见某友来往。我数其不是。父亲沉默后说："高处不胜寒。"他将我的处境看得很透。

有时，家中姐妹之间有不平衡，父亲交代母亲："他们各有个性，各有孝顺的方式，各人条件不同。不要在他们间传话，告诉他们不要互相攀比，父母都能理解。"

他以"三春杨柳"的明朗生机，来接受这形形色色、熙熙攘攘的万千世界。

中国士子的思想和处世，即令"无道则隐"，也并不是一种自私的龟缩。滇中名士孙髯翁的旧事，早听父亲说过。昔日，参加乡试时，因规定要搜身，孙髯翁认为这是侮辱了士子的人格，愤而从此不参加科考。自然，也就无功名，只留下了大观楼上一副天下长联，挥洒古今。

可是一般人不知道，他还是一位讲求经世致用、研究滇池水利的实干家。人们以为，他会像大观楼的那幅后联："万里云山一水楼，千秋怀抱三杯酒。"可能是一位高品的酒徒、潦倒终生的狂士。

而父亲告诉我，孙髯翁踏遍山川，经实地考察而撰写的《盘龙江水利图说》，至今对昆明水系还有实用价值。父亲列举到，古之文人，如苏东坡、白居易、欧阳修、徐霞客、沈括等，不单单有文采，都有现实的治世之功。他们修堤、修路，勘察地理，测量星斗，造福众生，并不是"书生空议论"而已。

也许是受这种观点的影响，我除了文学，也颇关注国计与民生。

当昆明市重建被拆毁的金马碧鸡坊时，父亲很是关心和高兴。

落成的日子里，父亲与昆明城中的无数老人一样，自动到达街头，徘徊于久违的牌坊下，揣摸着这新建筑与原来牌坊滋味是否相符？在二坊间，他们来回地用步伐丈量着，看此间距离，是否保持原状？

那几个月，昆明老人们谈论和鉴赏着金马坊，成为一时盛事。

金马碧鸡坊，本来就是昆明的标记，用现在时尚来说，是真正的"吉祥物"。父亲说：金碧二坊，是昆明人历史的见证。当年护国军出发，还有北上抗日的将士们出发，都从金马碧鸡坊走。这是一个誓师地点，是一道父老乡亲们送别子弟兵的家园大门。

金马与碧鸡，在地理上，象征了东边的金马山与西边的碧鸡山。在这二坊之间，又含有天文奥妙之理。据说，每六十年，一个花甲，就会出现日月交辉的壮观景象。即一坊的日影，与别一坊之月影将从中间相接。

史书上记载，当这样的天文景观出现时，人民都来瞻仰。父亲说，他没有能够亲眼见过。希望我们有生之年验证。这，是祖宗留下的文化与福佑。

在城的中心还有一个"忠爱坊"。这个坊的来历，鲜为人知。这典故也是父亲郑重告诉我的。原来它纪念着昆明建城的历史，可谓一段天荫祖德的佳话。

昆明城的出现，是建立在现代生态学的基础上的。这是先人的远见与创举，后人得以生息。

它不像上海那一类城市，原来是村子，因为有码头，就来了货船，来了水手和货物，于是就地搭篷，派生出很多为他们服务的行业，仓库与集市、妓馆与酒楼。就这样，将一个村落变成了大上海。

而昆明，原来是水乡泽国，那时的滇池远不止有五百里，漫延在这群山中。现在的昆明闹市区，当年都是"万顷晴沙"。元朝时候，一位叫赛典赤的高级官员派驻云南。他亲自勘察和选址，筑堤拦水，浚通滇池的出口，让水泽退下，露出了平畴千里。逐年建造，有了今天的昆明城。

经过这一番整合所形成的昆明，四面环山，北高南低，面对滇池，风水上讲"前有靠后有照"。东面金马山，西面碧鸡山，如太师椅之扶手，奠定了昆明独有的不受外来影响之温和气候。北面水源清洁，蜿蜒曲折，龙脉深足，南边则徐徐和风，吹拂春城。四周山脉，山势缓和，如人行走，呈从容状。故为"走山"。

用现代语讲，它是一座"生态城市"。天作与人工，巧为一体。

元朝过到明朝，两朝水火不容。可是，明朝的皇帝却为元朝的封疆大吏赛典赤立坊曰"忠爱"。父亲说，可见其中含有"民为贵"的进步思想，实为可贵。

一位官员，如果为天下苍生做出千古功德的事情，那么他的行为意义，便远远不是眼前政治所能局限的了。赛典赤的功勋有点类于李冰父子的都江堰。所以，再后来的清朝，又为他修坟墓、立碑、设祭。至于人民，更是祖祖辈辈，香火不绝。

孙髯翁在大观楼长联中一面说："伟烈丰功，费尽移山心力。尽珠帘画栋，卷不及暮雨朝云。"看似消极。一面却积极地称道："趁蟹屿螺洲，梳裹就风鬟雾鬓；更萍天苇地，点缀些翠羽丹霞。莫辜负：四围香稻，万顷晴沙，九夏芙蓉，三春杨柳。"

杨柳香稻，亦含着赛典赤们的伟烈丰功和移山心力，厌倦了政治的孙髯翁，却对生态保护、农业水利的民生事业一往情深。

如果不是父亲点拨，我根本想不到，一个是写大观楼长联的孙髯翁，一个是朝廷钦派的次丞相赛典赤，他们之间，竟会有如此神通的关系，可谓风流千古。也不知道，还有隔朝皇帝封谥敌国功臣的雅事。

父亲是领略透"天荫祖德"这传统文化的。

"天荫祖德"这话，早被打为"封建余孽"，我却是听得进去的。话是古旧，意思却实在和有益。而许多真正的"封建余孽"，其实正以时髦的名词风行着。

作为他的似乎是有成果的女儿，我在父亲面前只能"高山仰止"，得其余泽。父亲其实是已经取得了极高内心成就的人，哪里是那些"俗书等身"的人可以相比？

无论悟性、志节、清奇刚毅，我皆不如父亲。而父亲竟以"普通人"终。我却徒得浮世虚名，为世所知。这是不公平的。

父亲与我如同一棵树。我是这棵大树上面那些张牙伸爪的枝叶，父亲是根深干壮的大树主体。只有我知道，父亲以其丰美的人格滋养了我。

友人建一来信说：

"你父亲一生如一的独立的追求、思考、才情，那恪守自我的民间立场，既不苟且，亦不媚势；另一方面又是包容、宽和的，蕴含着透彻的洞见与坚强的人格。这是一位真正的伟大的父亲，他的一生足以支撑曾经失传的真正的布衣精神。

"这种几乎流失殆尽的民间神髓，在你父亲身上保留得那么好，实在让我肃然起敬。在这五十年的中国里，要保留这些，不仅需要付出巨大的代价，更需要非常健全的人格。你父亲一方面是不苟且、不媚势的，另一方面又是包容、宽和的。后者需要更透彻的洞见与更坚强的人格。"

此知音也。在悲痛的大海中，追思的缆绳牵引我迫近文化的彼岸。我与父亲的岸都在这里。

我欲作歌《中国布衣》曰：

　　无奈生离别，但求心相知，

　　漂泊乡野借油灯。

　　三春杨柳，一介书生。

　　无限生机在我身。

2002 年 5 月 26 日星期日

落日故人情

那是一片薄暮余晖。

受尽磨难的父亲这一辈人,正在风流云散。

然而他们的确风流过,有过真的人生和真的追求,也付出了更为真实的代价。父亲与他们之间的情谊,也比现代人的我辈之所谓"同学情",更为深挚和淳厚。

因为在他们建立青春情谊的时候,还没有那些掺假的"运动"和政治来扭曲。

在同代人中,父亲的晚境可谓较佳。但父亲常怀"兔死狐悲"之叹,为他人不幸而时时悲悯。有时遇上那种爱攀比的人,父亲也不和他计较,倒说他可怜,其实自卑不幸。

令父亲念念不忘,在逝世前一周还准备去寻找探望的,是璞叔。

终于,在今年的一个节日,我将璞叔从敬老院请到了家中,与母亲和他们的一些老友相叙。

我对他说"我是小曼"。近三十年没见了,他还记得我,伸出指头,说"你们是三姐弟"。

那天,看到璞叔寂落的眼神中闪动发自内心的笑意,我与母亲格外欣慰。

这是父亲的愿望和嘱托。要去看，要接他到家里来坐坐，让他知道老朋友们在挂念着他。就在父亲临走的那一周，还要我去打听"西华园敬老院"在什么地段。

父亲一生都在悬念着璞叔，每次我回家，父亲会说："黑龙潭的梅花（或茶花）这几天正茂盛，我们看完花，可以去看看璞叔。"

一路上他还会提醒我："你还记得璞叔吧，他那时常来我们家，他的经济较好，有时请我们全家去上馆。"我说记得，我们三姐弟还为叔表演过节目，叔还拿出钱给母亲为我们三个孩子缝新衣服。

一次在饭馆，上菜有"鱿鱼"，直到吃完，我都没有看见一条鱼，后来才知道那被切成丝状的就是。一点"鱼"样都没有。这是我这高原上的孩子对"海鱼"特别的印象。

父亲带我去山上找他，而我，总在想着：为什么璞叔要自我放逐？

璞叔的哥哥是我父母的证婚人，旧时曾是省议员，后来到美国去了。璞叔是少年英才、林学专家，当年一伙老乡当中薪水最高的人。母亲曾介绍一个同学给他做对象，可是没有成功。因为一次两人乘马车出游，璞叔要吻她，被她躲开了。璞叔从此就不再理这个女子了。

那位在马车上要吻恋人的璞叔，青年才俊，意气风发，一腔赤热，拥抱生活。

可是我每次随父亲去看到的，都是一个近于"野人"的沉默者。璞叔固执地一个人在山上生活，那是林学院的基地。他住在一个棚子里，用几块石头搭灶做饭。

他带我和父亲在山上转，讲每一种木材的故事。父亲说，他的脑子一点没有坏，就是不知道为什么不下山。

每次都是，公共汽车开动了，父亲还站在车窗前不住地看着璞叔。他就是不肯跟我们进城来家中坐一坐。他的一位妹妹说，他肯见我们，陪我们转山，并送到车站，算是最好的了。父亲一生都在惋惜他、牵挂他。

学院对他很好，他的房子让妻儿住着，工资也是妻子领。他所需极少。

谁也弄不清这个谜。如果仅是家庭怄气，何至于与整个社会隔绝呢？

璞叔爱他的儿子。每次见了儿子，他都把剩下的钱给他，但他从不迈入山下的社会去。他的这种"自我放逐"从我父亲"被别人放逐"前就开始了。

后来也是一位长辈告诉我，因为"运动"中璞叔的"海外关系"被查，璞叔非常气愤，曾经站在院子里大骂了一通，从此就不再讲话了。

有人说，璞叔是一条硬汉。

有一次，母亲和父亲去山上看璞叔，见他的皮鞋是左与右反穿着。母亲告诉他，他也不调回来。父亲说，这是他故意的。因为当时"左"就是右，"右"就是左，有点颠倒世道的讽喻。

我感到璞叔是愤世嫉俗，而不是结恨于家人。就在这一次见面，当我问起他的孙辈时，璞叔慈爱地笑了，说他的孙女在全国图画比赛中获了二等奖，所以同老师一起到北京旅游去了。只有后代的发展能带给他人世温馨。像我父亲一样，他们终于在晚年看到了一线霞光，但愿后代不会再生活于阴暗中。

父亲的老友都不太顺。

我的一个同班同学姓李，她父亲在小铺子里卖杂货。一次父亲看见李伯，很是感慨，告诉我："当年，他是班上的第二名。"李伯生病，父亲去看过。并常常关切地问我，路过那一带时，是否还常见到李伯在跛着腿走路。

父亲班上的"第一名"更倒霉。那是一位姓周的老友，我们背后戏称他"老报童"。因为他在旧社会靠卖报维持学业。后来就说他"卖《中央日报》"，以"国民党"的罪名来处理。

父亲说，他真是冤。以前就是一个受苦人，那时候不卖《中央日报》，能卖什么报呢？就是一个报童嘛。

周老师在附近小学校教课，并且负责摇铃。他到老还是一身"学生蓝"，斜挎只书包。每天中午，都会看到他来我家楼下的食堂打饭，打了就在窗台上俯身吃，和那些年轻学生一样。

看着他已经佝偻的老迈身影，我总是不忍。母亲也几次说，让父亲请他上楼来，和我们家一起吃饭。但他不肯麻烦别人。甚至，他登上四层楼来给父亲送旧时照片，送同学请柬，也不肯进屋来坐一坐，固执地站在门边，然后下楼去。

父亲说，他常常用自己的钱来办大家的事，比如洗照片之类。有一次他非常高兴地给我们送来了一份复印件，是他参加小学界举办的"香港回归"的图画比赛获奖。

父亲的这些老友，会把我的成就当作他们的一份欣慰。甚至他们认为，他们应该为我做点什么。当我在海南的时候，一次，说起海南没有《作家文摘》，周老师于是每一期为我寄去，持续了一年多，直到我告诉他"有了"。

这就是父亲的布衣之交。在父亲去世时，周老师已经回乡了，却从外地寄来一百元钱，作为他的心意，并说父亲对他帮助很多。这样厚道的人，却一生冤屈。

父亲一直认可着他当年的优秀，尊重着他，并告诉我们也要尊敬他。

"温不增华，寒不改叶"，是孔明原句。父亲加上"微斯人，吾谁与归？"成一字幅，自己写了悬挂于壁。

一段时间，父亲常去看望那困难的刚刚回城没有落实政策的老友，男的去世了，他对女的说："要不要发动搞募捐？"

"兔死狐悲，物伤其类，"父亲这样对我说。

他有一位老友，终因一生不顺，受过刺激，老年出走后，迷失在铁路上。人们发现时已经死去。

还有一位老友，因为被放逐，妻子离异，二十年归来后，无家可归，儿子成了囚犯。

其实，在他们每一个人的身上都含着父亲的经历，父亲的感受。父亲每一步都可能走得跟他们一样，如果不是遇上母亲这样的妻子，如果不是父亲自己的刚毅在撑持着。

父亲在初回家时，也常有出走与隐居的举动。

乐莫乐兮心相知，父亲一直与自己的老朋友老同学们聚会到最后的时日。他能原谅朋友的过失，而体贴朋友的疼处。当我的大侄考上华东师大时，父亲专门叮嘱过我们，到有的人家去不能提这些话，因为人家的孩子没有上大学，不要触人家疼处。

父亲有一位老年朋友，自置高档相机，自告奋勇为老朋友们拍照、洗印，分文不取。父亲在照片的背面记录着此事，包括朋友们当场吟诵的诗句。

就在父亲辞世的那一周，家里的电话铃响了，我接到父亲七十多年老友的电话，通知父亲，他要来，要给父亲送自己做的咸菜和酥肉。乡亲乡情依然浓浓，父亲竟自辞世而去了。

我托词阻拦，竟没有能够阻止得住。他们一定要来。我只得摘下孝套，声称是"遵父亲之命"，到他的老友家去取这些"华宁小菜"，以阻止他们来家中。

这是父亲的遗嘱，"缓告亲友"。他在最后的一刻，仍在力图减轻别人的悲伤。

当两个多月过去后，迟来的"讣告"送出。我被父亲的老友们纷纷责问，为什么不让他们见父亲一面？

我承受着这些指责。他们心里明白，这是父亲对老友们最后的情意。

从此，每当我参加那些盛大的悼念会，就会想起父亲的风格。布衣的情意，布衣的风格。

他不想让老迈的朋友们感受"雪上加霜"的悲痛。他希望他们更多地沉浸于生之欢乐。

落日将逝，余晖脉脉。

愿对父亲的怀念也如此自然。

2002 年 7 月 3 日

一

"江南忆,最忆是杭州。"

对于我,西湖成为心中永恒的回忆。

父亲是一个时常反思自己的人,想到的过失,虽不能纠正了,他也要对当事人说出来。在他晚年的一天,他对我说:"那一年去西湖,因为刚刚从那种封闭的地方出来,又从来没有旅游过,没有'消费'这个观念,很多地方是太省了点,没有能尽兴。"

那是我大学一年级,父亲从云南来到上海,等我同行,带我游了苏杭。花的是父亲的钱。而他说这话的意思,似乎对我还有点歉意。

我便说:"主要是爸爸你应该尽兴,难得出去一趟。我后来也数去杭州,在那儿住过一个小阳春,一个雨季。真是'淡妆浓抹',都赏遍了。"

很多年过去了,父亲却忽然想起来对我说这话,我知道他有所指:

那是在父女走上虎跑泉的小山的时候,忽见一幽静茶室,竹藤家具,兰草飘逸。我兴致盎然地坐下,颇想效古人之意趣。

父亲也坐下了。店家便将紫砂茶壶及小盅送上。这时父亲忽见悬挂于墙的价格：每壶三元。当时还是一杯茶五分钱的年代。父亲甚为惊讶。店家说："龙井茶配虎跑水，天下无有。到此地无有不喝的。"

我仍坐着想喝。父亲却站起来，往外走了。店家便当我的面收了茶具。

此后，我一直不悦，以为父亲太不识趣。难道二十年的乡下生活，就使他改变了那洒脱的文人意气？

父亲也沉默着。后来，他提出来要给我买东西，我生气地说："不用。"

我想，此趟出游，贵在雅趣。机不可失，却因价格而失。更深层的，是对父亲的失望与一种孤独的悲伤。一家人数我与父亲知音，往往在这些琴棋书画的事情上不谋而合。

然而，这种情绪却在第二天就发生逆转。我发现，父亲还是父亲，永远为我不可企及，永远让我为之骄傲。

虽然，他刚从二十年的荒僻生活中走出，而我是春风得意刚考入北京大学的状元学生。他的气概是岁月磨砺不了的。在事关人格尊严的时候，我的稚嫩难以和他的苍劲相比。真正的清雅在另外一种时刻显露了。

那是在傍晚。父亲率我走进湖畔的一座酒楼，上得楼去，正好还有一张临窗的桌子。于是我占桌，父亲去端菜。那年月，"文革"遗风犹存，都是客人自己去排队端菜。港台和外国人除外，可以享受周到的服务。

一盘青菜放到桌上，还有一条鱼，父亲又去端。我则凭窗张望，楼下湖上，颇有一些《清明上河图》和《金瓶梅》里的市井气象。忽然一个服务员来到桌前，大声说："你们到那边去吃吧，让外宾坐这里。"回头一看，他身后一大伙红男绿女，熙熙攘攘地刚上楼来。

　　那年头，香港人和华侨都叫"外宾"。我来不及反应，一时间已被这跑堂的将桌上青菜以利索的动作送到了另一张空桌上，那是一张光线和位置都很差的桌子。我自己也稀里糊涂地跟着那盘青菜，走到了那个黑暗的角落。

　　这时忽然听到一声震惊房梁的怒喝："你给我端回来！"一看，是父亲，正端着一盘鱼走到窗口的桌旁。那楼上十几张桌子的客人都回过头来看。父亲一手将那盘鱼放到桌上，再次发令："端回来！你端过去的，还要你端回来。"跑堂的支支吾吾，香港客人们迟迟疑疑地不落座了。

　　这时我醒了过来，我跑过去，站在父亲身边，开始施展我的口才。我说："这里又没有写着牌子是外宾席。"

　　当时他们是把好一点儿的桌子写上了外宾席的。这张桌子可能是因为小，只有两人座，所以幸免。

　　我还说："如果是外宾想在此观光，作为同胞我们可以礼让，但不是由你这个跑堂的来撵我们走。你还是中国人吗？这里总不是'华人与狗不能入'吧？你们西湖上许多做法，我们早有意见。连下雨时都只让外宾进入躲雨。这是什么法律？真的是气不打一处来。我告诉你，我今天就不让！"说罢我坐了下来，父亲亦坐下，我们开始在众目睽睽下吃饭。

　　这时他们的经理早就来了，连忙息事宁人，安排那伙港客坐到另一头去，一面上来与我父亲老先生长、老先生短地赔不是。

　　父亲无言地吃菜、饮酒，早恢复了他的悠然。我则一副胜利出击的喜形于色。这时，旁边桌上有当地人走了过来，对我说："是令尊吗？老先生真令人钦佩。这里就是这样，他们专门欺负中国人自己。我们是敢怒不敢言哪。以后也要学老先生，挺起腰杆做人。"

　　父亲仍是吃菜、饮酒。

红墙黄瓦，一介书生——父亲在旅游中

那伙港客一面吃着满桌的佳肴，一面不时地回头来看我们。我与父亲二人慢慢地享用着，桌上一盘青菜一盘鱼。那光景有点像《儒林外史》中的马二先生。当我们走出酒楼时，港客中年岁长的几位向我们点头致意。这大概是他们在内地少有的遭遇吧？我想他们也是中国人，也能懂得礼数和气节。何况在这西湖上，在岳王庙前。

饭饱酒足，我与父亲便沿着湖边步行，一路欣赏晚霞，走回住处。

父亲背着手在前面略有摇晃地闲走。他早已经将刚才的事情放下了。我却跟在后头继续地激动。

这是我永远不及他的地方。该反应的时候我是一个浊物，事情过了我又在那里反复咀嚼。我能写出这一段绘声绘色的文采，却不能成为这场壮剧的主角。这正是父亲"精金美玉"的人品。我不过是得其皮毛，然后一通发挥，得理不让人，徒有其声而已。我甚至不配去夸奖和赞美父亲。

我默默地跟在他后面，直到暮色笼罩西湖，走到了我们投宿的小客店前。父亲进去了。我仍留在湖边。夜气浓黑，湖水闪着重彩，一派寂静。

想到昨天去"虎跑"，因为没喝上茶，对父亲的怨和评判，我知道自己永远不能挑剔他。我是浅，他是深。正所谓"他过的桥比我走的路多"。我明白了，阅历是什么灵慧与学历都不能相比的。在我与父亲的二人舞台上，我曾经以为自己得其时运，有所发展，可以不再是一个被教诲者。我错了。我也得到了最大的快慰。

父亲永远是我心目中的中国文人。

这件事情一直铭刻于我心，我却从来没有与父亲提起过。也没有告诉他，他这一声断喝，令我一下子贯通了西湖那些仁人义士之景观，领略了岳王庙松柏之苍郁，秋瑾风雨词之缠绵。这真是：功名尘与土，人生云和月。

从此，我屡到西湖，登虎跑泉，看着红男绿女们在那里潇洒。许多不及父亲能品茶的人都在此痛饮。我却从来不坐下来，也不喝那里的一杯龙井。

我记得，父亲因三元之价，买不起茶离座而去。

我只是默默地静静地将它藏于心中，一个从边陲深山里走来的布衣，他来到一生向往的西湖，登上虎跑，却喝不起一杯龙井。

二

苏轼吟："欲把西湖比西子，淡妆浓抹总相宜。"

然而，秀外慧中的西湖，如果只是有"日出江花红胜火，春来江

135

水绿如蓝",再"浓"与"淡",也绝不会达到如此"美的极致"。

天下好山水多矣,为什么西湖简直成了举世闻名的"中国美"的一个象征?

父亲告诉我:很重要的是,它的"里面文章"。

看那戏里画里书里,雷峰塔与断桥边的爱情故事,早传遍了凡有中国人在的大小民间。那人妖之恋,抗争于法规天条,将"执着情愫不可移"的人类至高品性,演绎到了极致。

红尘之中,有苏小小亭,青楼长恨,红颜薄命。灵慧的女性寄附于山水。父亲告诉我,古代青楼中有许多多才多艺、多情多义的出色女子。

那一年,父女一路节俭,也没有随身携带的照相机。只是在选定的特定的地方,才会花钱留影。岳坟即是。

岳坟与岳王庙,代表中华民族的正气高歌。苍柏森森说忠义,令后世人心凝聚有了一个定位。岳飞与文天祥等的精神,并不为当时民族相争的史实所拘泥。它从一个铸造大中华民族魂的雄浑过程中脱颖而出,为所有中国人所珍惜。

"三十功名尘与土,八千里路云和月。"如此胸襟,落落如山河,为多少民族志士一洗壮怀。

记得,我与父亲也走去看了秦桧夫妇的黑铁铸像,跪在那儿,上面是游人的唾沫、垃圾。美丑之分,善恶之别在此。千秋万世的中国,千秋万世的景仰与判决,父亲与我不禁有解恨之快。

中国需要解恨解痛的地方太多。

到此,父亲对我仰天长啸道:中国这个民族就伟大在这里。它在漫漫历史长河中已铸成一把公平秤。再没有一个民族像中华民族这样,追求一种永恒价值的提炼,和一种博大胸怀的覆盖。因为他们历史短,想不了那么远、那么长。

水光潋滟里，显出苏堤白堤桃花夹柳的风流。我随父亲，在苏与白的诗中踱步，感受大诗人的恤民修政，感叹民族才杰辈出。灵隐的飞来峰，茶山文化和济公传说，体现中国佛道神仙的境界，为我们一洗俗尘。

山色空蒙中，蕴含了秋瑾女杰的飒爽激越。一句"秋风秋雨愁煞人"，就把人带入近代史上那个无天无日的中国，带入那一腔志士儿女的愁肠。这就是中国。

跟随着父亲，游西湖就是游中国。它令国人自得滋养，令外国人有所领悟。这是中国的缩影，是中国历史与文化的浓缩。西湖的魅力就在于此。

曾有几个外国朋友向我说，中国就是瓷器与丝绸。我说，请别忘了兵马俑。在西湖的柔美中也含着兵马俑的金戈铁马之气。

一个地方的文化史和文化景观，也像一个人和一篇文章一样，有表象与背里之分，有面貌和性格之兼，有气质与行为之美，有衣履与肌体之谐，有眉目与思想行为的相关传承、互为表里、刚柔相济。

这才是相看两不厌，使人长相守、长相思、长相敬恋的永恒之美，永不消逝的魅力。

其实，西湖也能姑息养奸，容纳那些亡国君臣，也有着一部"山外青山楼外楼，西湖歌舞几时休"的不争气、不成器的历史。

游西湖，看你跟随何人，走入哪一部历史。对于志士，"感时花溅泪，恨别鸟惊心"。美，亦是一种激励。

三

从大学一年级随父亲游西湖，后来我又去了许多次。有一年春天，我甚至在那儿住了半个月，领略了诸般佳境。

岳王墓前参正气——父女瞻仰杭州岳坟

那些天，骑一辆朋友提供的自行车，沿天目山路下大坡，直抵坡底的西湖，便看见那"春来江水绿如蓝"。朋友还为我备了雨衣，让我可在江南蒙蒙春雨中游湖。

雨天，处处无人，处处幽雅。周围遍是已在烟雨中情绪化了的山水。

水墨画图中，只有我，是造物笔下未定格的人物。随便放在哪一处，随便什么姿态，总与这山树水石、亭台楼榭相宜。雨中的西湖在我眼中，我就是这幅画的所有者。我被西湖的情绪提纯了，也有了水墨做的骨肉。

雨大的时候，躲到栏下，与园林中看门的老人相坐。老人正对着一盘豆腐干，自酌小酒。此处不需肥羔与名酒。

雨中的西湖，是自然的西湖，平民的西湖，与老人和小碟小盅正相宜。又何须以昂贵买风流？

从老人的小屋里看出去，雨中的西湖，没有了这"景点"那"景点"，统统就是一个西湖。一个天上人间。一幅狂生与天才的泼墨。

雨中的西湖，冲刷尽那些庸常脂粉、俗闹富贵，还原成一个洁质，回到它的来处与归处。雨中西湖，淡化了年代的鸿沟，流淌着遍地的精、气、神。

在这雨中，我不必费心去寻觅与辨认。

当初与父亲登楼吃饭的那座水榭，它就兀立在我的眼前。

后来，在家乡的秋云与秋雨中，我亦能寻觅到西湖情绪，和那座云天水榭。

云中忽见有人形，雨气一时结孤碑。无论我的中年之后是"得志"还是坎坷，无论我是健朗还是疲惫，在我的天空中，将注定了"无边丝雨细如愁"。

也许，忧愁是中国文化的本质。如果没有这个"生年不满百，常怀千岁忧"，就没有中国式的人生及文化。

我的父亲，就是这样的父亲，乖蹇的命运却让他远离了我们，离开了这个社会的主流。这不仅是对父亲的折磨，更是对儿女的失落。家庭和社会的主心骨被偷梁换柱了。天地当为之一哭为骤雨。

三两笔墨，雨泪入酒。愿在这西湖之上，云气之中，为我那付不起茶钱的父亲，立一"傲骨碑"。

2002 年 5 月 14 日

又是橙黄橘绿时

母亲对父亲的回忆，不是那种系统的、整理过的回忆。她完全是"触景生情"式。家里人也概如此。大约只有我是文人，总伴着一种执着来缅怀父亲。

中秋节后，家中还有一盒盒未动过的月饼。其实在中秋之夜，全家人分吃月饼，是随意打开的，吃了些散装式白饼，对精装的倒不甚感兴趣，嫌麻烦。此吾父遗风也。

清理中，有一盒包装最精美，并含有两瓶糯米酒，出自昆明最大的糕点铺"桂美轩"。母亲一面打开那盒，一面淡淡地说来："桂美轩的老板娘，原来是与你爸爸订过婚的。后来嫌贫爱富，就毁婚约嫁了'桂美轩'。"

原来，父亲还有"穷书生被富小姐弃婚"这一传奇。他的命真是全了。

我问母亲："你见过那人吗？"母亲说："从远处见过，高高挑挑的个子。"我说："能嫁到'桂美轩'，当然是长得漂亮的了。原来，这是'干妈'家的月饼。以后要多买多吃。"

父亲在的时候，我是经常开这种玩笑的。父亲是有些"桃花运"

的。当年，那些"半老徐娘"的热火，常弄得母亲生气。我则在旁边说些风凉话。

母亲便说："拿去献你爹，告诉他，是'桂美轩'的。"

母亲当然会认为，父亲有一阵子是恋过前未婚妻的，说不定后来一直有醋意。

不过，她哪里比得了母亲的外秀内慧呢？

把这段隐痛讲过给母亲听，一定是在很满意母亲的时候了。

此时，我忽然明白：母亲对于父亲一生的意义。

从前，只是从我们子女的角度。只看到，是母亲操持了一个家，在等父亲归来。

前几天是华宁"柑橘节"。我一路下去，想起上次回乡，是父亲引路。当时是父亲有些逼着我来的。幸得有那一次。这次再来，就有了还乡感。诸如庙、塔、戏台、祠堂，我都知道。面对那些高楼大厦，我还能说出方位，算得上是一个"华宁人"了。

柑橘有雅名，叫"秋波兮"。橘园不在这半山的县城，在盘西坝子。那里气候湿热，物产富庶，交通四达，自古为经商通衢之地。盘西古称就叫"波兮"，也许是因为它临着一个清澄的抚仙湖。波兮波兮，令人想到秋波盈盈的美目。

那位曾经与父亲订婚的女子，原来就是波兮的。

华宁的泉水土质，已经在全国的生态区入围。柑橘是最早熟的，无核，味道酸甜适中。秋气日佳，绿黄盈筐盈盘，令人有春华秋实之颂。种种盛世之会，随之兴办。

忽想起父亲最后的几幅字画，落款均题为："龙年好景君须记，最是橙黄橘绿时。"他仿佛预见到了我之行。也许在生命的这个时候，父亲也正在思念着家乡的秋景。我这才发觉，果然是橙子先黄，橘子才熟的。

华宁虽有嘉木，但环顾四周，俱是云山围屏，障住人们的目光。是夜适逢雷雨交加，撩起宾馆的窗帘，觉得又完全是一个山中世界。昔日的父亲，是如何知道外面的世界，而少年骑马走出这山地的？全凭仗着良师、益友和读书。

这次返乡，旧家仍在。周遭全是新房子了，唯剩我张家的一幢土屋。唯一的二进门，小院落。堂屋有石阶，东西有厢房。

父亲幼时读书的东厢楼，是单独有一个小楼梯的。记得父亲指给我看时，很满意地回顾着，家道虽寒，却有读书地。现在小方窗木扉紧闭。若打开这木扉，或能见父亲坐在小楼上，静读千古？

楼上存有神龛一室，祖宗的灵位还在供奉之中。香烟缭绕尘封中，我仿佛听见了我爷爷的咳嗽声，和奶奶的小脚下楼的声音。神牌上我爷爷名叫"张柱"。倒是一个雅俗皆适之名。

当地有人对我讲："你家是华宁的名门望族。"这话也许放在数百年前是合适的。据族谱，元代有一个叫张恭的陕西人，因做官封到云南华宁来，从此传下了一个大家族。这个人就是我家的祖宗。张家有"七代尚书"。祠堂是本县最大的，就是现在的华宁一小。我说，还是不要讲"名门望族"吧，早就是"耕读人家"了。

我想的是，先祖在陕西，本是中原文化初始之地，当初来到云南，是何等的开拓艰辛！

这旧屋存在不会久了。因地处县城中心，南接孔庙，东接县府，是一块风水宝地。现在咫尺之间，就是华灯如林的大街。最后驻守在旧屋的二爹一家人，也已经购了新楼，仍然在这扎兰巷，不离祖泽。

二爹早逝，两代女儿传家。现在三个孙女并女婿，有六位中小学教师。见到我，她们纷纷诉说，竟也梦见过我父亲前来慈爱地关照这里。她们说："四老爹每年都寄钱来资助学费。"她们的母亲亦说："这里的人都劝我：'姑娘有什么好供的。供一个就行了。何必那么苦？'但四叔鼓励我，只要她们能上，就要供。"

这让我很吃惊。因为父亲从来不在我们面前提及亲戚需要帮助的事情。我这才知道，父亲那极少的退休费，不仅供完我上大学，又资助了侄孙女的学费。

父亲为什么不给我说？为什么不让我们来负担？父亲承受之多，留下的德芳之多，如果不是这次专程来，我们就永远不知道了。世代书香终未断，一片苦心可安息。

中秋过后，橘子尽黄时，一对青年夫妻开车来到楼下，接我母亲去盘西家中小憩。他们是我家族中人，其母素珍，年与我父齐，我应称之为"表姐"，今住在波兮。

最早，素珍是随我奶奶吃长斋的。后来她嫁人了，我父亲一直很赞赏她的勇敢。

这是一位模样标致、智慧出众的女子。不幸她守寡，一人带三儿。一次，小儿腿伤，她带着他们，一齐上昆明来看病，自然是在我家住。床不够，她说："不要紧的，我们可以睡楼板。"往昔拮据状，今已全改观。

后来的岁月里，素珍表姐与时俱进，经常一个人，怀揣着一笔钱到昆明"进货"。我父亲交代过，让她一进我家门，就把钱交给我母亲保管。因往昔她丈夫就是被人谋财害命的。父亲说，"素珍是个孤女，自幼跟着你的奶奶，不靠我们靠谁呢？"

像所有的乡下人一样，素珍的钱是用布包着的。母亲替她保管钱，接手时从不打开来数，交出时也不打开，就是一个布包拿出拿进。我家是她远来昆明的一个安全地。

她就这样不辞辛苦地上上下下，一次次、一点点地发了起来。她又育儿有方，终于在华宁县成为富裕之门、兴旺之家。楼房建起两幢，有车又有业。

我父亲听说后，曾说："素珍这样好的女子，总算有一个好的结局了。"为此高兴良久。父亲最后一次回老家，还专门去寻找过素珍他们。惜乎他们搬了家，不在原址。今其子查询询问而来，亲戚们终得又聚首。我母亲也想念这位智慧辛勤的亲戚，便欣然乘车而去了。

想当年，我上大学放假回家，见有人占了我的床，心中还不高兴过。论厚道热肠，帮人舍己，我比父母始终是差一大截的。在父亲心中，善有善报，并不在乎是人家来给予你一点什么，只看着别人转贫为富，渡过了难关，就是得到最大的回报了。

月夜焚香禀告父亲时，几上摆有我从父亲母校华一中带回来的山兰花，橙与橘，"桂美轩"的月饼和一瓶华宁的"扁担酒"。

这"扁担酒"，父亲也讲过的，从前是家乡那些挑扁担卖苦力的人喝的一种散酒。现在却用了华美包装，配上一幅"宫廷行乐图"，不知是不是"反意"。我以为，不如用一个赤膊的劳动者抱着扁担，站在柜台前等待沽酒之类的素描画。山民何须附荣华？

家乡有底蕴，秋日渐得之。

2002 年 10 月

进入家的历史

"我相信，家族中的每一代都会有一个人进入这个家的历史，并把它传下去。我相信，这个人就是你。"（美国黑人名著《生命之书》）

很多时候，幼小的我注定与父亲做伴。

在一个星期天的大早，父亲沉默地拎着沉重的布袋，带我出门到滇池边。他雇了一艘渔船，我们驶向水中央。

我心中有些不明白。我家贫寒，出游时素与人们共搭乘船。而这天父亲却与我独踞一舟。那只布袋里装的，好像不是郊游吃的东西，为什么那么重？上船时，父亲也不要船家来接手。父亲一路无语，我亦无语。

船到了湖中水草丰盛的地方，昆明人称"草海"。当年的滇池就像现在的玻璃工艺品一样，看得见下面的鱼和水藻。金黄色的海菜花点点散落于海面。

划船的住了篙，问："这里可以吗？"

父亲四顾茫茫，示意停船。他解开布袋，里面是一只豆绿色的家中陶罐。

这只罐我是眼熟的。与家中那些做咸菜的各式罐相比，它是最精美的，而且，总是放在奶奶的床边上。这是奶奶从老家华宁带进城来的，和那些粗重的提篮一样。

父亲并不打开那罐，却将它郑重拎起来，拴上绳，小心地沿着船边放了下去。船家问是否要帮忙，父亲摆摆手，放入水中，静静地看它沉没。过很久，父亲说："可以走了。"船就划走了。

似乎是在划走的那一刻，父亲告诉了我一句话："你奶奶。"刚才放下去的是奶奶？我蒙眬地记住了。那年，我有八岁。

那天上岸后，父亲带我去吃了什么，记不清了。我玩乐与吃的心已被冲淡。

那豆绿色陶罐沉入清清的水中央，沉入那些清晰可见的水藻中。我奶奶就这么永远沉睡了。后来我听说，这是她的嘱咐。

她深知儿女无力祭祀，那是一个不许祭祀的年代。而又故土难回，她是继室。爷爷与另一位早去的奶奶在老家的墓，也早荒芜。因我爷爷素不理家，奶奶也独立惯了。虽育有二子，但始终与我父亲相依为命。家产早被爷爷换了字画，况且前边还有儿女。她与世无争，靠做针线，独抚我父亲念书。到昆明后，又来抚我们姐弟三人。

我亲眼见过，奶奶在世时常打糨糊，做些小孩子的鞋，琳琅满目地挂在一个架子上，托人去卖了，做小菜钱，贴补家用。那时母亲上大学，父亲一人支撑家。奶奶还给我做过一双绣花的凉鞋，仿照皮凉鞋的带式上绣满了花，穿出去人家都说"很漂亮"。

奶奶在老家就信佛，吃长斋。从小我就知道，什么是"斋饭"。那个年代平常都用香油就是菜油炒菜，而且定量，奶奶就和我们吃一锅。到每月可以吃肉的那一两天，奶奶就不和我们一起吃。

一口小铁锅是炒素菜的，另外一口大铁锅是炒肉菜的。只要看见那口大锅从墙上摘下来，就是要吃令我们嘴馋的肉了。但那种时候很少，几乎是当我们已经忘记了，又提醒似的炒一回。常常是在妈妈从云南大学回来的日子。

奶奶会很开心地看着我们吃肉。她的"定量"都是我们吃了。我觉得，奶奶对肉并不厌恶。就像她把肉让给我们吃一样，她是想用自己的吃素来祈祷我们的有福。

我奶奶在临终的日子里，曾告诉父亲，她想吃肉。于是，她吃了多年来的第一次也是最后的一顿肉，就逝去了。

多年后，我忽然停吃猪肉。父亲意味深长地说，猪肉之香和营养，是我汉族多少年的总结，你奶奶临终还想要再尝一次。你若不吃猪肉，从此营养不济，脑力受害，如何完成你的事业？

我由此而知道，作为后人，我的责任是要"活好"了。

佛家到最彻时，是可以"酒肉穿肠过"的。我以为我奶奶已到了这一刻。而父亲以"顺"为孝，亦能理解奶奶。我奶奶的长斋与最后破戒，皆是出于真心坦诚。佛祖有知，必说，是真斋也。

还记得，幼小的我，有时去给奶奶叫停在巷口的黄包车，然后带着车拉到我们的院子门口。我奶奶是小脚，出门皆靠乘车。

即使是这样清寒，父亲仍然没有忘记我奶奶喜欢看戏的嗜好。京剧、滇剧、评剧、越剧，凡有好的剧目，尤其外面来的剧团上演时，都要买票让奶奶去看。母亲也陪过，后来就常带我去。

我至今鲜明地记得，《梁山伯与祝英台》那美丽的场景、服饰和人物。最后坟墓迸裂，人化为蝶。那彩虹相映的画面永远留在我心里，一生都如当年那么清晰，在看戏的时候，一边是父亲，一边是奶奶。我一生都喜欢看戏。

我奶奶的大拇指指甲上有一块青斑，一直不散。她走的时候，也带着这块青斑走的。那一次，我父亲举起苍蝇拍要打我，我还没来得及躲闪，奶奶却眼明手快地举手相挡，便将她的指甲下打出紫血，后来就青了。当时，父亲忙放下蝇拍，来看奶奶的手。

这是我记忆中唯一的一次挨打。以后，我再没有挨过打。常是看见弟妹挨打，还为他们求情。现在想来，是奶奶对我的爱佑护了我。那块青伤使父亲一直宽宥我。

虽然母亲说，生我弟弟的时候，我奶奶着实地高兴了一阵，比生我大不一样，连给我母亲的滋补亦不同。但在相处中，我以为，奶奶在感情上还是很喜欢我。也许我大一点，能知人事，或是她看出我的性情，与我父亲、爷爷有渊源。

从照片上看，奶奶曾为我做过一顶嵌满了玉片和玛瑙的婴儿帽。还有一张照片，刚满百日的我，在奶奶怀里头，黑眸有神地望出去。

那年我刚上小学二年级。放学回来，却见父亲已在家中，他就在院子的门口堵住了我，告诉我："你奶奶不在了。"他说，带我去云南大学找妈妈。

院子里很安静。一位亲戚三娘也在家里照料着。我一直没有哭，好像有一种静穆不能扰。父亲带我上了公共汽车，到云大门口，就让我自己进去。门卫是不问我的，我常常这样来找母亲。

还记得那天云南大学的台阶好像比以往多，像密密的格子，数也数不完。我终于到了映秋院女生宿舍，把妈妈喊到走廊上，我就告诉她："奶奶不在了。"

在阴暗的走廊上，母亲拭泪向同宿舍的同学说："我婆婆没有花到我挣的钱。"刚好那一年是她毕业分配工作。她便交代人请假，跟我出来。父亲在门口等着我们，一起回家。

我奶奶丢不下她的爱子爱孙，便这样守在滇池里了。父亲后来是否能够祭奠？我们一概不知情了。送我奶奶去滇池的次年，父亲即被发落远地。也是遥遥相望，令恒河之岸的灵魂，不得安宁。我们于是混混沌沌，不问生死地过了十来年。

没有人提醒过我。我却从来没提过奶奶在滇池的事，甚至对弟妹。那幼小心灵，已深恐世事如蝗，打扰我安息于静水中的奶奶。

从奶奶水葬后二十年，滇池水浪日浊，那些美丽纯洁的海菜花亦绝迹了。

在父亲辞世时，我一下子就想起奶奶来。我忽然感觉到，我奶奶的爱没有离开我。她听见我的奔走呼喊，她心疼我的悲痛流泪。就像当年她为我挡住父亲的打一样，她依然还站在我和父亲中间，佑护着这个家庭和我的心灵。

按照父亲的遗愿，让他安息在滇池畔的观音山上，永远地与我奶奶相望而依，也与留下的一家人相望。对于父亲，不公平的漂泊永远结束了。冥冥中应有一种公道。父亲的慈母在那深处等他。故乡，对于父亲已成这昆水华山。

当我在滇池上抛撒面包，喂着四面飞落的海鸥时，我请它们相伴我的父亲与奶奶。我也相信，在鸟儿中，有一只是带着他们的问候来围绕我的。

让滇池的水快些清起来吧！故乡的月明之夜，总是令我不舍入睡。一种含爱的目光，在窗外向我凝睇。

父亲入殓之日，有一对世交的夫妻赶来送行。这是高娘娘家的女儿女婿。

她对我说："你知道吗？我母亲是从你们家出嫁的。你家三间屋，中间是堂屋，一边是你爹你妈住，一边是我妈跟着你奶奶住。"

高娘娘是父亲的老乡。当初她来到昆明时，其兄不在。父亲怜其尚未出阁，恐孤身在外被欺，便接她到我家，与我奶奶同住一室。她出嫁时是从我家"出门"的。父亲与奶奶做了她送亲的亲人。所以，高娘娘在世时总是说，我家是她的娘家。

这细节，却是在父亲停灵的时候，才由高家女儿一一讲出。父亲在世时，总是对我说，你高娘娘年轻时候是华宁人的尖子，又漂亮性格又纯，却只字未提他的侠义之举。

父亲写字最常用的落款是"古滇宁州张进德"。

我查过历史地图。古滇宁州，地域辽阔，包括滇中、南、西大片富庶的土地。从现在的抚仙湖、星云湖，直至思茅、普洱等地，昔日俱属于"宁州"所辖。

生长于昆明城的我只是隐约知道，张家是世代书香。再详细的，父亲没有明白地讲过。

近年来，我每还乡，华宁文联、"地方志"和华一中的人们总对我说起：明代"改土归流"，政归中原。我祖上张恭为宁州"开府"的第一位执政者，所谓"流官"，负有统一与教化一方之职能。原来在父亲的"落款"里隐含着我家祖上开疆拓土、执政宁州府的家世伏笔。

华宁县城，乃昔日张家献地而建。张家祠堂规模宏大，大堂匾额为"齐滇世胄"。今为城关小学。张家的祖屋当地人称"大花门"，是气派的御史府第。我曾到西村去祭扫祖坟，当地人称为"五台神"。那里有过一座石牌坊。我去时，还看见一只巨型石狮倒卧于山坡上。可见从前威仪。

据滇中刊物《华宁》崔庆庶所著《华宁世族》综述：

宁阳望族，张王赵魏。而汉族宁州甲族张姓，则是首屈一指的功名大姓。

张氏祠堂大匾："兰台世家"；门联："十七世冠裳济济，五百载礼乐彬彬。"

张氏先祖为陕西人，晋天福元年（938年）入滇为大理国创始人段思平参军，六传至张恭摄宁州事，恭子张文礼"首开临安甲科"，即临安府（今建水，宁州隶属临安府）第一个进士。其后张海、张西铭、张凤翀祖孙三代，均官至监察御史，另一后裔张法孔为四川布政史，单有明一代"四掌乌台（乌台为唐朝时御史台别称），六标雁塔（六人中进士）"。明朝三朝首辅、大学士杨一清赞宁州张家为"裕后光前，齐家治国，世族绵绵，忠孝一辙"。清代也多举人进士，名宦乡贤如张凌云、张藻、张登鳌等。民国时，张怀礼、张怀信为护国军少将，张伯寿为国军空军中将。当代的"中国布衣"张进德、"北大才女"张曼菱父女即是其后裔。

乡人将我父女写入地方史志，令我颇感唐突。他们却说，这是必要的。梳理地方文脉，已成大潮，是顺应时代之需。张家的族谱，十代以上都在"地方志"里。我们属于"远行"的一脉，必须回乡"归宗认祖"。

观我家族，世世代代，于国于家，尽力而为。无论仕宦，或是经济、军事、教育；无论身着锦袍华裳，或是布衣，这"清白"二字，重如泰山。

父亲与奶奶的仁善，留下了我们内心为人的骄傲与标准。

一个民族的历史是由无数个家的历史集合而成的。

我们曾被迫抛弃自己的历史，去认同别人的历史。这使我们失去自己个性的真实支撑。本来清白在人间，不必染他色。

面对家的历史，我们才能知道自己是谁。

2002 年 4 月 17 日，2020 年 3 月 2 日修订

乡音

我们家的人，是连孙子辈的洲洲和小白，都知道"华宁腔"的。那是我父亲的乡音。

例如："马屋"就是长凳。父亲解释过，是由马帮的传统而起的。过去在乡街子上，赶马帮的人坐在卸下的马驮子上歇息。人们觉得这高度与样式都很合适。就照此打理，做成了长凳。还有，"顺脑"就是枕头，"马兰哥"是蜻蜓。

幼孙小白，跟他爷爷背诗："清明时节雨纷纷，路上行人欲断'虹'。"

这是他随我父亲的华宁腔调，将"魂"字念走了音。小白曾问过我："虹是什么？为什么欲断虹？"把全家人笑倒。于是他遂知道"华宁腔"与普通话的不一样。

和爷爷下棋赢了，小白高兴得跳将起来，脑袋撞在墙上，他会脱口而出："乐极生悲！"爷爷便称他为"小狂人"。

在花园里，小白让我和他玩"拉人"，一面跑着，就唱起了"彩云追月"。他说，我是月亮，你是云彩来追我。而当他的玩具小汽车被不平之处绊倒时，他说："这里有坎坷。"

凡在我父亲膝下长大，自然就会带上他的语言信息。我家的两代孩子，都是会出语惊人的。

到黑龙潭赏梅，小侄自己爬到一块巨石上面，抱头而卧，说："我就是那个什么什么高士卧。"父亲则含笑说："什么时候被你听了进去？像一台小电脑。是'雪满山中高士卧'。"我问小白："什么是高士？"他说，"就是诸葛亮那样的聪明人。"也还对得上号。

而父亲的长孙洲洲，走到书市上去，则能辨出出版社将《菜根谭》写成了《菜根谈》。他常常从我这个"大作家"的文章中挑出用混了的字词，弄得我瞠目结舌。

洲洲对方块字的喜爱和灵性来得更早。五岁时，刮大风，他会指着窗外，对我们说："看！飞——沙——走——石。"一股特别玩味的得意。

六岁，正是电视片《西游记》播出。我们带他到北京旅游。在火车上，他问一位跟他玩耍的旅客："猪八戒用的是五齿钉耙还是九齿钉耙？怎么书上一会儿说是'五齿'，一会儿说是'九齿'？"人家答不出。

洲洲还一口判定道："电视上为什么总说'师徒四人'？应该是'师徒五人'！小白龙也拜唐僧为师了。白龙马也是徒弟，他驮着唐僧去取经。为什么不算小白马？"

显然，"师徒五人"才是对的。洲洲以他平等的童心发现了一个重大失误。

洲洲并且进行他童稚的研究，他推断出："猪八戒肯定属猪，孙悟空属猴，白龙马属马，沙僧属鲨鱼，流沙河那么深，肯定有鲨鱼。那么唐僧属什么呢？"

寒门多乐趣。家里一代又一代，就这样在我父亲的熏陶下长大了。深厚的中华文化，就这样在童戏中传承。

父亲是一个趣味广博的人。他擅长数学，略通天文，喜爱音律。后代们在他的襟怀里空间很大。

小白五岁时问道："有没有 0 楼？"我说"没有"。他说："有，屙屎屎掉下去的那一层就是 0 楼。"他又问："为什么没有 0 路车？ 0 的另一边是什么？"

洲洲则知道许多星座。他在五岁时就与爷爷半夜同观哈雷彗星，并与爷爷约定：等他有了孙子，正好带着观看下一周期的哈雷彗星。那时他也是七十老人了。祖孙以星辰为约。洲洲因此一直保存着那一根看彗星捡来的树枝。那是他的"哈雷棍子"。

父亲的带有华宁腔的乡音，早与自幼他教我们的唐诗宋词、天干地支和无数的中国文化词语合而为一体。

进入学院后，我见到许多大学者的研究，亦认为中国的古字古音，多为现在边陲之土的方言。西南联大时期，以云南方言来解释过古语的，闻一多是其中一个。

那么也许，父亲那"路上行人欲断虹（魂）"的华宁腔念法并不可笑。

我相信，中国家庭中的固有文化生活，将会以某种现代方式延续下去。这就是一种乡音，它伴随着家乡与家庭的天伦，已难解难分。

我们全家人都爱吃华宁方面来的各种土产咸菜。什么小腐榨、榨馍、乔丝。每到节日和父亲生日，华宁菜肴更是占据席中主位。

父亲常告诉我们，故乡有多么的美。他说，济南是泉城，而华宁则是中国的泉乡，泉水最多的地方。

人们常说"风水风水"，可见一个地方的水好不好关系很大。华宁地处半山区，却到处打出井来，甚至在山上新开辟的公园中，还有一个极大的湖泊。山上是林木苍蔚，笼罩着一股"蓝田日暖玉生烟"的祥和之气。

　　现代人文地理以为，缺水的地方，性灵亦同生存一样，呈焦灼状。泉水主灵气。我想，我的文采，可能得力于祖荫和故土的泉水。

　　上一代的华宁人家故事，我们也略知情。回乡的时候，父亲曾指着半山上说，你高叔叔家就在那里烧窑，因有钱无势官司败诉，从此发奋供几个儿子读书。父亲又有一位同乡，因靠"上门招婿"求学，而被女方要挟，最后投靠了国民党，以致学业不续，后来枉送了性命。

　　在这艰难的半山区要进城上学，确实不易，上大学更不易。那些与父亲相熟的周围长辈，很多是家境比我家要好的。我们家的今天，是父亲与母亲完全靠自己的苦斗得来的。

　　当年，他们一起来到昆明念书的一伙朋友，七十年的友谊至今长存。他们同到昆明创业安家，彼此勉励，也进行着一场积极的人生竞赛，永远有共同的话题。少年时，是比学业、比事业；中年比家庭；老年比子女、比健康。我父亲是八十高龄练习拳剑，尚能下膝蹲低；高叔叔不能如此，但却出门就骑自行车。

　　父亲引领我回乡的时候，我曾拜见过父亲少年时代的老师。正是这位豆老师曾教育他们："吃得菜根，做得百事。"我爷爷将"小楼昨夜听春雨，深巷明朝卖杏花"写作门联的那小楼，我也登上过。张家的祠堂，现在是一所小学了。

　　父亲说，贵在诗礼传家。我们这个家认为，金钱和官衔都不可传后，唯添祸乱。只有读书是可以相传的。乡音声声入耳，如歌似曲。那一次还乡，使我与故乡之间，立即就走完了数十年距离，而趋于认同。我遂将华宁的乡音吸纳，不，是华宁将我吸纳了。

　　"华宁一支笔，今落在张家。"父亲告诉我，老家现在流传这话。

　　华宁为滇中南之秀，林木如笔。相传天赐有一支文曲之笔，这支笔自古就被两大家族相争，一是豆姓，一是张姓。年年代代，总在这两大家族中出文才。这家出另一家就不出，争相竞秀。

这个古老的传说，以及乡亲们现在对张家的评价，常常在我怀父伤感时，成为一种宽慰。我毕竟还是做成了一件令父亲满意的事情——"笔落张家"。

以前，父亲常把我写的书尽送老乡，送得家中几无。有时我回家找不到书送人了，就为此与父亲生气。父亲是把我的书送到了最应该去的地方，那块养育我家的土地上去了。那是我这支笔的出处。现在，我每次出书都送到华宁同乡会。

惜朋友爱知音，也是父亲传下来的乡音。"莫放春秋佳日过，最难风雨故人来。"这是父亲写给我挂在墙上的对子。父亲还说过："有朋自远方来，不亦乐乎？"可见朋友不是就近皆是的。为什么要"自远方来"？旁边住的反而是陌生人和隔路人，虽然面熟，可是心不相通。其实里面也含了一个平时不被理解的"悲"字。

他喜爱"乐莫乐兮心相知"这样的话。朋友贵在神交心知。父亲常说"飘洒"而不爱说"潇洒"，曾令我久久分辨回味。我亦悟出"飘洒"似更自然，带着风，透着灵。

现在想起来，很多事情，城市化了的我们，对父亲太不理解，亦太狭窄。

父亲总是喜欢留家乡人吃饭，挽人住宿。许多在我们眼中看来是陌生的、生活差距也很大的人，突然地到家里来了，说了一口的华宁话。父亲眉开眼笑地接待他们，我们却表现出疏远的态度。

这也是当时父亲与家人冲突甚多的一类事。现在想起来，父亲的忠厚，念旧念乡情，的确是我们这些在城里生长的人不能体会的。父亲常常处于两难之中，但止不住他的下一次仍是真情挽留。

有一位老乡对我提起，当年，父亲常去看望那些困难的刚刚回城没有"落实政策"的老友。有一家人，男的去世了，父亲就对那女的说："要不要发动搞募捐？"并真诚地去发动。

相濡以沫，亦是布衣文化。"涸泽之鱼，相濡以沫。"不图腾达，远离中心，身处困境，不求钻营，但共生存。相依为命，相印以心。精神与存活的空间，全仗着自己与同伴的共创共护。

有的老乡家孩子顽劣，父亲便叮嘱我们，见面不要提起别人不高兴的事情，也不要用自己高兴的事情来比人家。父亲的长孙考到上海重点大学时，父亲亦叮嘱我们，到谁谁家去，不能提这个话，不要触人家疼处。

一位表妹自择工人为夫，自己亦为工人。夫妇甚恩爱，家庭和睦。她常送些自制的华宁咸菜给我父母。父亲对她说过，"知足常乐，不要想自己无的，要想自己有的"，令她感念。

父亲始终惦记他的家乡和家乡人。他在临终的留言中，写道："缓告亲友（包括洲、白），一切从俭。"

彼时正当岁末，华宁同乡会不断来电话与请柬，请父亲去开会议事和参加联欢。每次过年，都有一些要紧的大字书法，要父亲来动笔。在人们的心目中，父亲从无病态，更未想到竟已经隔世。

遵循他的遗训，我们暂向所有亲友封锁父亲辞世的消息。

那些天我们最担心的是：他的老乡和老友高叔几次欲冲上门，要送自制的过年小菜来给父亲尝新。实在难以阻挡，只有由我登门去骗他，将小菜取回来，献祭于父亲灵前。而高叔却还在操心：咸淡是否合我父亲之口？

在人们不知情中，父亲，由他的老妻与儿孙们的哭声伴送着上了山。家庭自己举行了告别仪式，只有两三晚辈陪同。我们没有打扰正忙乱着"过年"的亲友们，没有让那些老人沉溺于这不可抗衡的悲痛中。

"讣告"，是在父亲走后两个月才发出的。尽管我们受到了亲友们的指责，但"缓告"的确能减轻人们的悲伤，这是父亲最后的愿望与牵挂。

此后，每当我去参加那些规模隆重的追悼会，看到老人们受到强烈刺激的状况，心中莫不想起父亲，莫不敬佩父亲的襟怀气度。

他就这样朴素而豁达地走了。正如家乡大观楼后联："万里云山一水楼，千秋怀抱三杯酒。"他永远地牵念着这大地与乡情。

在华宁的同乡会里，还保存着上一次春节晚会的节目录像。那个春节，父亲带着母亲去参加联欢，并做了剑术表演。

打开录像，又见父亲：一身白色西服，面目清朗，身材修长，在人们贺岁的喜悦气氛中，他抱剑出场。父亲先抱拳亮相，随着古乐，闪展腾挪，姿势潇洒，起落如雁。

我没想到，父亲的剑术真的是到了一种境界。我为父亲的人生而欣慰、自豪。这是虽死犹生的生命。父亲飘洒的形象，在乡亲们中出类拔萃。

父亲为华宁同乡会写过一幅字："华山苍苍，昆水泱泱；乡谊友情，山高水长。"天下之大，无可穷尽。而天下之小，人各有土。

父亲指认与我这家园。他曾盼着我远走高飞，又曾带着我回归乡里。只有土地，给予人真正的乡情乡恋。

那些没有走出过城市的孩子是可怜的。城市，是一张棋子竞斗的棋盘纸。一个人和一个家庭，如果不知道自己的根源与土地，就会成为现代城市厮杀的道具。他走得再远，也只是一只断线的风筝。

2002 年 4 月 20 日

冲出云层的闺秀

在这个世界上，还有一个与我母亲长得几乎一模一样的人。

记得童年的那个早晨，我跑进厨房去找母亲。蓦然看见，阴暗的光线下面，坐着一个与母亲相像的人。脸庞，神气，个头，坐姿，回过脸来看我的那份亲切慈爱，几乎都是一模一样的。

那时我还不知道世间会有"克隆术"。否则我一定以为，母亲被"克隆"了。

我能够把"她"与正站着讲话的母亲分别开，是因为她们的装束完全不同。

见我突然闯入，母亲神色一时十分焦灼。

我端详这位"克隆"人，完全是一身农妇的打扮，脸色也是晒得红红的，整个都比母亲粗壮丰满。看她那亲切的笑容，也想与我搭话似的。但母亲严厉的神色立刻制止了我。"出去，这里有事。"她说，在那严厉下面有一种"怕"，就是怕我参加进来。

我在退出去的时候，听见那像母亲的女人说了一句："就是小曼吗？长得很像你。"她用一种亲昵的眼光看看母亲。显然，她对我也怀着一种想亲近的感情。

我当时还小，认为母亲这样对待她有点残酷。而她却毫无抱怨。

她是那样忍耐惯了的样子，似乎没有感到受什么委屈了。我却为她不平。在那次印象中，母亲太蛮横，不懂礼貌。我暗自揣测：是不是有一点势利啊？

等到"文革"到来时，我已经是中学生了。这时，我听到过许多次母亲被逼迫交代"与旧家庭划清界限"。那些谈话甚至就在我家里进行。

母亲说："我十五岁就离开了家，早在少年时代就追求进步，和那个家庭划清界限了。"

人家说："那为什么这么多年来，你一直在接济那个家呢？"

母亲说："我不过是给他们一些旧衣服、一点粮票。我不给他们，他们会饿死，会给地方政府增加负担。现在家里面不过是一些老小，过去的事他们不清楚。再说，政府对他们也教育、劳改过。我不认为我就是和旧家庭划不清界限。"

我才知道了，那个偷偷地进到我家，只敢在厨房里坐着的人，就是我的姨妈，我母亲的亲姐姐，也是她在这世上唯一的骨血亲人。

就凭那一眼，那种辛劳朴实和善的样子，我怎么也不可能和"黄世仁的妈"那一类凶恶的地主婆联系在一起。

母亲自己受够了"牵连"，害怕影响到我们孩子身上，所以她叫我"出去"。

为了资助姨妈一家，母亲头顶重压。父亲事后对我说过，在那段时间里，他日夜悬心的是深怕我们三个孩子因为母亲的资助"地主家庭"而被驱逐出城。

但父亲从来没有反对过这种危险的资助。

母亲看我懂事了，有了自己的是非观，也明白了现实的利害关系，也会向我诉诉苦了。于是，我脑子里存下了一幕幕的小电影：

恋爱时的母亲

我的外公家在姚安那个地方，是大家庭，就是像《家》《春》《秋》里面那种样子。一代一代人的名字都要按着族谱排序。女孩和男孩的住处是分开的。

女孩们只能进本县的小学，而男孩们则可以出外读书，求得新知识、新观念。

在哥哥的鼓励下，母亲和姨妈决意逃出家庭，到外面去读书。她们知道，"说"是说不通的，只能先跑出来。

于是在天不亮的黎明，一位与母亲相厚的女仆打开了后门，母亲毅然出走了。

那时她十五岁，到了昆明，考入昆明市女中，并且以第一名的成绩毕业。按照学校规定，第一名毕业的学生可以留校做教员。母亲找了校长，表示要把这个名额让给班上的一位困难的孤女，因为自己还要继续求学。

直到我上了大学，才知道，原来我中学的班主任谭老师，他的夫人，就是那位顶替母亲名额留在市女中教书的女生。

母亲到晚年时来往最亲密的朋友都是市女中的，她们举办集会，还有小圈子的情意。

在母亲的日记里抄录着《昆明市立女子中学校歌》：

> 滇山苍，滇水漾，昆明市，彩云乡。我们今日聚一堂。同校舍，同操场，相亲相爱，砥砺与商量，他年学成，女界之光。

> 滇山丽，滇水清，昆明市，春常在。我辈欣然聚一堂，同抱负，同理想，一教一学，先生与学生，千秋万代，市教之光。

从市女中毕业后，母亲考取了南京金陵女大。我看到过父亲保留的一张《昆明日报》，上面有这条消息和母亲的小照。然而此时外公给她订婚了，是一个军校的人。

母亲平素最讨厌那些旧军人，所以坚决不回去。这一次是完全与家中决裂了。断绝家中资助的母亲没有去成南京，就上了"英专"。

母亲对我说起巴金的那种感情，不是我们这些文人对一个文化名人的感觉。那是不能相比的。

她说，当时就是《家》三部曲促使了她们那一代人走入社会，不甘心与旧家庭共存亡。她至今能背出淑华走出家时的那段话："春天是我们的……"巴金是她在那个时代的引路人。她由他的文章中找到生活的新路，跳出旧樊笼，将自己塑造成了新的人。

《家》《春》《秋》，年轻气盛的我是不太耐烦看那三本书的。那里面的人，没有一个带劲儿的，看着让人生气。而母亲的遭遇使我明白，它的社会意义高过它的文学意义。

文学，如果能救人出苦海，就是崇高的。巴金的伟大，应该定位于"非文学的意义"。文学展示出关注社会和改造社会的力量。

巴金对社会的责任与使命感，在"文革"的问题上表露无遗，令

一群离家读书的少女——母亲上昆华女中

人钦佩。

最早启蒙母亲的那个哥哥，却因为是"长子"，被外公叫回家去成亲。他不堪忍受包办的婚姻和闭塞的生活，染上鸦片，夭折了。

外公为延续门脉，安排姨妈"招亲"。

而我的母亲，自从那个出走之日后就没有收回她的脚步。

母亲的路，也使我明白，每一代人都应该尽量地往前走。走一步，就多一分光明，后代的路也就更宽广。

可是我的姨妈，却因为约定出走的那天生病，或是胆怯了，没有走出来。

母亲说，当时在姐妹中最聪明最能干也是最好看的姨妈，就这样留在了那个旧家庭里。从此，她的命运听从别人的摆布，一步比一步凄惨。

到我看见她的时候，她已经带着孩子坐牢十八年出来，回到乡下去种田生活，顶着一顶地主和"反革命家属"的帽子。

她丈夫是旧军官，解放初被"镇压"。她听从"父母之命"嫁过去，其实没有享受过什么幸福。丈夫找了小老婆，让她伺候着。每天，她和长工一起起身，一起下田，吃、住都和用人们在一起。这是看看她的手脚和脸色就知道的事。

而到"土地改革"，她又受到那位贫农出身的小老婆的"控诉"。一切按着那个模子来了，人家是"喜儿"一流的人物，她就是"黄世仁"之类。

所有复杂生动的人生和关系都被规范进去了。这世界上的关系就是"黄世仁"和"白毛女"。我的姨妈的一生，就这样做了牺牲品。

看到姨妈，才知道母亲人生的成功。

姨妈有个儿子跟她劳改十八年。他在改革开放之后，成了姚安的第一个函授大学生。母亲为他交了考试费用，资助他投考的路费。

姨妈病逝。她一生没享过什么福。但她总算熬过来，看见了今天这个开放的时代，可以和她的妹妹诸亲戚来来往往，听到了我们喊她"姨妈"。

姨妈，这个旧时代的温顺女子，她被黑暗揽缠终生，带给我永久的遗憾。我真想梦回到过去，帮她走出当年那关键的一步。她也许会成为医生？教授？成为一个有自己道路的人。

有时父母口角，每到母亲说她"嫁错了人"，父亲就会反唇相讥道："你当年可以嫁的那些人，早已进监狱了。"

母亲其实在暗中庆幸吧。她说过，嫁我父亲时，就图的是"穷书生，有才，刻苦"。她不可预测出惊天动地的革命，但是一种纯洁的正义感使她离家出走，又选择了穷书生。

举办婚礼的时候，外公从姚安赶来了。他送给女儿一对翡翠镯和一床英国毛毡。看得出，他是满意这个女婿的。

在婚礼上的证婚人是父亲同乡好友汪理博士，他是省议员，后来到美国去了。

父亲身为银行高级职员，薪水颇丰，而英语专科毕业的母亲，却

夙愿终偿——母亲生儿育女后继续
上大学

仍然在生下我们三个孩子之后，再度考入云南大学去深造。

在母亲毕业时，昆明医学院建院，杜院长亲自到云南大学把她挑来。曾经有人想"走后门"替换，但杜院长坚决地只要她和另一名也是学业优秀的毕业生。

当父亲遭到无名的流放时，母亲的学历和工作使她得以在城里独立撑持这个家，让我们继续良好的学习。

母亲在大学里教化学，她的手因此常常布满了各种化学药物烧伤的痕迹。教学中很多危险的实验都是母亲亲自做。尤其是当那一批批不合格的学员入学，母亲更是提心吊胆，怕他们无知出祸事。有一天母亲很晚才回来，说是做了一个实验，氢氧化合，搞不好会爆炸。

她具有大家闺秀那种韧性的心理素质，不断地承担着父母屈死、丈夫远行、儿女年幼的压力，又天天处于这些不能相差分毫的化学实验中，终于安然无恙走过。

　　母亲的大半生都在不尽的猜疑和委屈中度过，总是被人追问起她与那个旧家庭的关系。

　　母亲曾经是一个青春无畏、向着光明、追求理想的先锋女性，为了这个家的生存，而变成一个"什么人都不能得罪"的人。从这一点说，母亲后半生所承受的压力重担比父亲更多。

　　"文革"后期，一位女干部忽然来到了我们家中。她就是母亲在学生时代掩护和资助过的"地下党"。那种在小说和电影中才见到的人物。

　　父母回忆道：在"一二·一运动"的前后，每天夜里，都听见抓人的警车长鸣。第二天就有些同学和老师不在了。而当这位王孃孃告诉母亲，她要到"山那边"去的时候，母亲把自己的围巾围在她的脖子上，取出二十元钱给她做路费。

　　王孃孃一去不返，母亲也不知道她是否还在人世。原来，她随大军进了西昌，在那儿当干部。因为也出身大家庭，就再没回来过。在她的往事里，分明隐藏着一部云南高原上的《青春之歌》。

　　留在城里的母亲和同学们唱着《渔光曲》《山那边哟好地方》这些歌，做小旗子，迎接解放大军进城。

　　当王孃孃坐在我家时，我很想问问她：知不知道这些年来我母亲受到的磨难？为什么早不出现，来证明我母亲的勇敢行为？为什么要让一个帮助过革命的人，受到革命的打击？

　　但母亲没有问的意思。母亲知道，作为昆明城中的大户人家小姐，王孃孃自己在革命队伍中也很为难。她能在三十多年后，回昆明找到老同学，就算有情义的了。

　　等到我出外求学后，所知更广。我明白了，母亲的命运只能如此。

　　我为晚年的母亲买了一架古色古香的脚风琴。当母亲做少女时，我外公家中就有这么一架琴。母亲一面弹琴，一面说，当年，是姨妈弹得最好。

我暗想，"会弹琴"不如"会跑掉"。

"五四"时期，有一篇小说是歌颂"新女性"的，叫《冲出云层的月亮》。

当母亲再一次弹起这脚风琴的时候，她已经完成了"冲出云层"的使命。

母亲过世若干年后，我回姚安去"寻根"。

终于回到母亲的衣胞之地，看到那位特立独行的思想家李贽的铜像立于县城广场。

母亲曾经自豪地对我说过的：李贽曾任姚安第一任知府。

在铜像的底座上镌刻着李贽的对联：

> 听政有余闲不妨甓运陶斋花栽潘县
>
> 做官无别物只此一庭明月两袖清风

"陶侃运甓"是成语。李贽调侃，为官的无聊无为，倒运砖块为事。

"花栽潘县"亦为典，河阳令潘岳在县境遍植桃花。

李贽是第一任姚安知府，担当"改土归流"的使命。而他本人却抵触主流价值观。在任上他开办"三台书院"，借德丰寺的场所。"收女弟子"就从这时候开始的。

在姚安当官一年，他就辞职了。这是李贽最后的仕途。

李贽的"性灵论"，还很少有人联系地缘文化、民族文化去研究它的生态性特征。

姚安是山歌勃发之地。汉族有"坝子腔""莲花落"。彝族有"梅葛"，从创世造物造人，唱到婚丧之礼上，从日常生活的打趣斗嘴唱到男女爱情。还有"左脚"舞。人民的性情比起儒教化了的中原地区，要生动活泼，真情直率。男女的交往也自由得多。

姚安是李贽的安宁之地，也是他思想成熟的酝酿基地。山野之歌一定滋养了他的"性灵论"。

姚安曾为滇中要冲，古时设有"姚安路"，由大理国王子主持。

至今古镇上遗留着气势宏大的古迹。现在周边是荷塘，山坡种满玫瑰花。但人烟冷清。

县里接待我，安排我举办赠书仪式，在中学做了报告。天真的孩子们问我："你为什么现在才回来？"

母亲告诉过我，外公外婆的坟是一座空坟，所以她自己都不会去的。

在盂兰盆节的时候，我家会到昆明圆通寺为外公外婆"上名"做法事。

这也是一个"没有回来"的原由。"念想"没有了。

我到古镇旁的龙华寺门前为外公外婆上香。在这个寺的侧门，徐霞客留下过踪迹。

随着时代的开放，母亲的嘴也逐渐打开。

我外公姓杨名愈恭，号敬安。民国元年做过姚安县的议长。杨家的正屋悬有"书香世第"的匾。外公的名字就是出自《论语》。

外公在"护国起义"中曾捐出自己的家产为蔡锷做军饷，因而有了军职。

原来外公是这样一个人，应该说他是一个先行者。

在北大时，有研究这份历史的同学问我：云南那么闭塞的地方，但在蔡锷起义保护共和的时候，却还有很多妇女捐赠了她们的首饰。他感到很奇怪。

外公曾经举家在昆明生活，我的母亲就是出生在昆明的。所以她排行"毓"而名"明"。

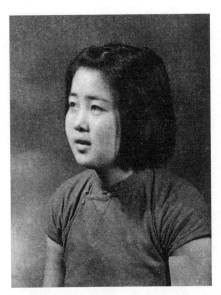

期待新的生活——摆脱了包办婚姻的母亲

"护国"胜利后，外公遵循着"功成身退"的原则，不听同事们劝，执意回到乡下。

可是他这一回去，就导致了后来非常悲惨的结局。

母亲后来多次叹息：当外公辞别他的昆明同僚们，时任教育厅长的杨文清曾经登门挽留他。别人都看出了"退后"的不可行。

这也反映出，外公对于"共和""维新"，虽拥戴捐资，其实理解肤浅。

他以为"革命"是可以一蹴而就的。辫子一剪，大功告成。却不知风潮反复，席卷中国。一旦进入，中途而退，必挟祸而归。

他所谓的"功成身退"，其实是回到狭隘的乡野，守着宅院田产，依然压迫子女，还是在延续千年封建机制的那一套。做着"桃花源"的古梦，终于把自己与子女都拖入了覆灭的深渊。

任何一个时代，所谓接受"新思想"，绝不能只是认同一个理念，

少女时代的母亲相遇父亲之年

做出一个行动，就止步不前的。"新思想"是鲜活的，是时时在发展在变化的。

　　姚安四大户户主曾经换帖结义为"梅兰竹菊"，外公年长为"梅"。与他"拜把"兄弟中的赵清和，那位在大观楼留下字迹的名士，人家就没有回姚安，一直在政府里做事。

　　母亲从姚安跑来昆明读书，最初就在赵家落脚，留下了一张在赵家花园的倩影。

　　后来昆明和平起义了，所有的"留用人员"都受到保护。按最初的协议，"土改"时乡下的祖屋都没有动。赵清和一家获得保全。我外公却走投无路。

如果外公继续追随新理念，刷新自己，保持新的生活方式，他完全可以继续作为一个有贡献的政客，一个医生，在昆明生活下去，参与社会的变革，与时俱进。

到后来，连同外婆，他们也不会有那么悲惨的结局。哀哉外公，终于不能逃脱他命运的悲剧，乡人称"一步错"。

这也是"国情"吧，当时多数从旧营垒里出来的人，求新之路往往是走不远的。

陪同我的当地文史家说：杨家在姚安是后起之秀，而土改到来时，正是外公家发展最红火的时候，四大家族之首，换帖的"梅兰竹菊"，在当地的文史资料和文物馆中可见蛛丝马迹。

现在的中国乡镇，都在发掘那些大家族、世家的历史了，这真是一个轮回啊。

光禄镇，这个地名对我们一家是再熟悉不过了。从我记事，我家收到的最多的信件就来自这个地方。应着这些信中的请求，无数的包裹、衣物和药品又寄往这个地名。我们替母亲跑过邮局，都知道那里住着生活艰辛的大姨妈。

在光禄镇的四方街上，杨家大院位置很显著，有三个大门。

外公他们兄弟分家，三足鼎立，门匾上有清朝的题额。现在院子里已经是多户人家杂居。原来豁朗的格局还看得出来。

母亲记得，杨家有家谱类文字，刻在厅中格子门上，后被拆毁。乡人拿去做了床板。她于是交代堂弟杨士林抄出，因他从小背诵过，至今记得。

2003年夏，母亲将这份手抄稿交给了我，终于留下一个家族来龙去脉的痕迹：

《杨氏艰勤治家传》

民国二十一年，岁在壬申，三小儿愈信，修建蜗庐将近

求学女儿相为伴——学生时代的母亲

落成，乃请命于余曰："吾父为居室一事辛苦半生，请将营谋之状，刊之在户，俾小子一出一入，得以惕目警心，即使后世子孙，亦名创业者这所由始。"余闻之曰：嘻，小子其有心人哉！汝欲志之居，吾语汝。吾家乃大理太和县马九驿中登人氏。于清嘉庆间，先祖杨茂亭公，奉先太祖母氏那，始迁于姚安县右北乡光禄山下之光禄街卜居焉。传至先君春山公，生亡兄崇文，抚之读入文庠，后即不禄。得余也最晚，亦课以诗书，叨祖宗之德，父母之恩，复游泮而食□。后家母年渐衰，余即出而维持家务事。膝下生齿渐臻，而蓬苹又狭隘势，不能不别寻地基，以避风雨焉。南关外有秧田数十丘，余或与乡邻相移易，或与亲友相购成。抱愚公移山之苦心，运土搬石，垒以七八尺之高，始克统归而划一。于是新建后面正房一院，接筑前方铺面五间，由始有而少有，虽非画栋雕梁，亦聊可以栖息也。马星五观察相赠一联云：辟家圃为子孙业，营丘壑作安乐窝。不意人望我作安乐窝，倏而变作瓦砾场矣。乃因匪势猖獗，突由马油坪窜至吾乡，治于蹂躏，烧屋百十余间，即余分授长子愈恭正房，两厢耳室及花厅上下一并毁去，匪去则扫掠一空。此民国十八年春正月初八日也。幸汝志不中衰，辈加撙节，今复勉力建筑中层，以补前日所未逮，亦汝继续者之所应为也。而今而后，吾渐老矣，治理家政一任，汝好自为之。传曰："国之本在家，家之本在身。"主家政者，身偶不正，则人皆效尤。吾愿汝临渊履薄，以勤俭教子女，以友爱处弟兄，以仁让待乡里。在社会上则抱合群之义，凡公益事不妨先为提倡之，凡慈善事不妨量力捐助之，以体吾生病之志。昔吾宗伯启公四知垂训一世，公平清白之家风，至今尤啧啧人口，汝当谨守之。前以识创业者之苦心，后以谋守成之善策，是即余之所厚望者也，小子勉乎哉。

若园七旬谈叟兰圃氏漫识

看这篇《家传》，原来住宅的排场不小。而看当年建成的屋联，就有一种"安乐窝"延续子孙的梦想。所以外公受此熏陶，念念不忘地要"回来"。

自古以来，以房、地传世，终不牢靠。贪恋于此，终无出路。

当地人说："杨家大院的人，不是枪毙，就是坐牢，只跑出了一个小姐。"

这位小姐就是我母亲。

母亲与另外一位也是大家闺秀的女生"考进昆明市女中"的事迹，当年是记载于"地方志"的。

这也算是不负李贽在姚安"首开女学"的创举吧。

2001 年 7 月 20 日至 2002 年 4 月 23 日初稿，
2019 年 3 月 24 日修订

风琴 被剪断的旗袍

我终于为母亲买到了一架脚风琴。

在母亲幼年，在滇西的姚安城，我外公家就有脚风琴，有手摇缝纫机。云南并非像人们想象的那样原始。我的大姨妈会弹琴。母亲亦曾"摸过"。

我外公姓杨名愈恭，号敬安。民国元年做过姚安县的议长。杨家属于当地光禄镇上有名的"梅兰竹菊"四大家族。外公家的正屋悬有"书香世第"的匾。外公的名字就是出自《论语》。

那个年代里，云南拥有许多的进步人士，"共和运动"风起云涌。我外公青年时代一直安家在昆明，与那些热忱爱国的著名人士称兄道弟，具有共和与民主的思想。

脚风琴柔和的琴音，具有抒情与怀旧的气质。放在客厅一角，在我小侄们的台球桌旁，添上一笔古色古香。

母亲坐上去，第一支曲子就弹了《夏天最后一朵玫瑰》，一面轻轻地唱着。她的歌声里，依然带着女性的柔美与纯情。

朋友都喜欢我的母亲，就像他们亦喜欢我的父亲一样。因为在他们的身上，体现了一种正在消逝的中国式男人与女人的传统美。

我有着才气刚毅的父亲和妩媚聪敏的母亲，传到我这一代，却已是一种被扭曲过的影子。我并不妩媚亦乏刚毅，倒有些暴烈。

正如同家里那些失落了的家具再也找不回来。我想，这是一种"人的资源"，比字画精品的损失更大。

"夏天最后一朵玫瑰，还在孤独地开放……"

黄色的落日光芒，映照着父亲清朗的照片和袅袅的青烟。这也是父亲喜爱的歌。

父亲曾呵护着母亲，直到最后一刻。母亲则陪伴相守，从父亲去远方二十年漂泊，守到他归来共度，又守到他病重沉疴。

记得中学时，我曾在父母的大衣柜里翻到一本精致的笔记本，上面题名《东鳞西爪》，里面是父亲的手迹。放在一起的，还有一条芳香的绣花手帕。

我笑道："这是谁的定情之物？现在该我用这手帕了。"父亲欣然点头。

那本《东鳞西爪》记载着一些父亲感念身世、思怀故乡的章句。有一首诗的最后一句是："但得丹心见日月。"当时父亲便给我讲过："'日月'就是你妈的名字毓明的'明'。"

这便是他们的誓盟之言吧。这个誓盟完成了，他们践约的一生，我长大成人。

我进大学那一年，父亲告诉我，你是自由的结晶。

两个热恋的青年都是纯洁的，第一次走到了一起，就有了我。父亲说，所以，你的生命力特别强大，性格也特别自由。

昆明郊外，与莲花池相互映衬有一个菱角塘，青年学生爱去流连那郊野风光。所以，我的名字是"菱"。在我出生的那个早上，昆明大街小巷都在卖菱角。父亲亦喜爱《红楼梦》里的憨香菱，"根并荷花一茎香"。

婚后一年的父母，甜蜜夫妻常依依

听父母说往事，就像听《聊斋》一样地自然和美好。我亦见过父母的结婚戒指，一只是绿玉，一只是红宝石。

那年月，有一伙离家上昆明求学的学生，常在一间租来的房子里相聚，度过周末和节假日。他们会各自带来家乡的土产，一起做饭吃，也带来各自的好朋友。父母就这样相逢相识了。

在围绕我母亲的几个男士中，母亲说，她看中了我父亲有才气、穷书生、有志气，不会像花花公子朝三暮四。

而父亲并没有说过为什么选择母亲。但他很快就将母亲带回家去给我奶奶看。

父亲告诉我，我奶奶一见而知，这女子会是很多人追求的对象，于是对父亲说，要让她"心定"。很快，一切敲定。

所以，我们这个家庭组建的基础是"投缘"。父亲与母亲投缘，奶奶与母亲也投缘。就是说价值观一致。

母亲曾跟我说过："我与你奶奶之间从来没婆媳纠纷。你奶奶对我很好。老人家吃素，每次都要给我做荤菜，实在不行也要蒸一个蛋。"

她时常伤怀道："老人家没有等到我参加工作拿到薪水就走了，没有能够孝敬她。"

这段美满姻缘，却注定要在儿女成三时，分隔千里。半个世纪来，他们共同承受了这个家庭里里外外的一切灾难与重担。

我父亲当年在银行并没出过什么错，倒是专为别人查错账的。但因为他说了"领导不懂经济"之类的话，一个"旧职员"，时常地恃才自傲，所以，一朝被派去"支援边疆"，也算是柔和的了。

"月儿弯弯照九州，几家欢乐几家愁？几家夫妇同罗帐，几家飘零在外头。"成为我父母二十年的写照。

当初也可以不这样。与父亲同时下去的人，有的就将老婆孩子都带到边地去了。于是，子女离开了省城的教育环境，换来合家的不分散。

可父母在面临命运莫测之时，恩爱夫妻顷刻分离之日，所考虑的是我们，是三个孩子的未来。他们于是做出情愫分离与人生牺牲的选择。

我母亲就这样成了那个时代的"留守女士"，看守我们三个孩子和我奶奶留下的一位老人焕娘，留在"男人到边疆去了"的一种暧昧的声名中。

我外公和外婆早就死于不白之冤。雪上加霜的母亲，就成了所有家人的台柱。

那一刻，母亲拿出美丽雅致的旗袍，把它铺在床上，用大剪刀拦腰剪断的情景历历在目。

不知道，为什么这些时候我总是会在场。

我当时就有一种阻拦的欲望。因为母亲总是在父亲回家的日子里穿它，一穿就十分窈窕。

丁香色的旗袍被母亲剪断了，那白缎子做的带花边的衬裙，却被我抓在手里不放。母亲只得作罢。

在一旁的母亲同事说："多可惜，留给小曼长大穿吧。"

"小曼"就是我的小名。

母亲于是将一对美丽的袜子吊带递在我手里。当时我还上小学，根本不知道这玩意儿如何用。母亲于是又将它收入箱子。我阻拦剪刀的意识，完全是因为对母亲美丽的不舍。

我还记得，母亲当时对那位同事说的话："还是改成衣裳穿吧。不要让人家说，男人不在，还打扮。"同事说："那倒是。"

就这样，一剪刀剪断了母亲的锦绣年华。那时候她才三十三岁。

那漂亮的旗袍改成了一件不合身的中式上衣，母亲又把那件昆明城中都少有的洋红的呢子大衣染成了黑色。

当我看到那件美丽的洋红呢衣变成黑不黑紫不紫的一片，我觉得我家里的阳光都变黑了。

母亲的穿着从此有了很大的变化。我认为，她甚至是有意地用不和谐的穿着来淹没自己的。

母亲就是这样越来越"土"，迅速地淹没了她的美貌丰姿。

而父亲，二十年来则是只身在偏僻的异地，过着苏武牧羊式的生活。直到回家后，我父亲的纽扣还是自己钉，内衣自己洗。

他有时会说起，在乡下的小河里漂洗蚊帐是多么干净和方便。只从他带回来的木块做的小凳，便可以想见父亲那"返璞归真"的岁月。

在父母爱情与誓盟的保护下，家庭依然宁静安稳，我们三个子女没有什么不安全的感觉，也没有失去我们的自信与骄傲。从小学一年级起我的评语里就伴着这两个字"骄傲"。这是一个完整的家庭所给我的财富。

在我父亲被发落滇东北的二十年间,母亲有一句话:"只要我的锅还在煮饭,我的三个孩子还在读书。我就什么也不怕。"

母亲逝后,我和妹妹清理她的床铺,发现一沓过去时代的粮票。那是父亲当年从文山托人带回,母亲为防止家庭陷于饥饿而藏在床褥下的。

在使用煤气很久后,家里还储存着蜂窝煤。

每个学期末,母亲让我们三个儿女写信,把成绩单寄给文山的父亲。

三个子女就读于昆明市最好的小学与中学,昆师附小与昆一中,生活在母亲任教的大学校园中,后来都上了大学。

这是父母的第二次誓盟。一对锦绣年华的夫妇,旷日持久地分离,彼此忠诚,看守着三个正在欣荣成长的孩子。如此的深心,如此的深明大义,这绝不是一般的父母所能做出的。因为,那是不知道期限的分离。

这是一段隐含在我们家庭历史后面的重要内容。有时,它常常被那些外在的口角之争与负气之举所掩盖。然而,这确实是我父母为子女和孙儿后代立下的丰碑。

常有许多人来向我的父母讨教,是如何培养教育子女的?父母说,没有什么特别的,基本上不管。其实,就看看我的父母肯为孩子付出什么样的代价吧!这不是一般人能做到的。"种瓜得瓜,种豆得豆。"

在父亲逝世的日子里,母亲最悲伤的事就是:当年没能把他调回来,让他一个人在荒山野岭过了二十年。从四十到六十,一个人的黄金岁月。

母亲说,当时她写了报告,因为学院里需要会计。人家答应了,却调了一个当官的家属。后来有人教母亲，"有空就去递报告"。母亲却骄傲地不愿意再去求他们。

母亲其实也有她自己的底线的。在如此险恶的形势下，母亲只有自闭。

而母亲也说过，我父亲自从到下面后，每回到城里，从来不去找那些领导。别人也曾教过他，只要去求求情，调上来并不难。银行里很缺这样的业务骨干。可是我父亲"犟"，就是不去。

由于外公是死于"土改"的，如今父亲又被离城，母亲已经成为学院里最脆弱的人物。什么"下放"，随时都可以被安排。

而母亲居然在这运动迭起的大学校园里安营扎寨，熬到我们长大，熬到父亲归来，熬到儿辈与孙辈尽显佼佼。这是与母亲的忍辱负重、受尽委屈分不开的。

如果没有母亲这样与世无争地熬着，我们姐弟三人岂能在美丽的昆明优秀的学校里生活与成长？即使是在这学院里受到的那些冷落，其实也助长着我奋发的雄心。

1969年2月，昆明知青开始下乡。我们家是，弟弟7日走，我9日走。接着妹妹也走。

我走那天，母亲端着一盆水从楼上往下走，就这样连人带水滚了下来，待人们喊我，扶起母亲，只见她欲哭无泪，嘴那里成了一个流血的窟窿。这样子，不能再去火车站送我。

有成千上万的知青的母亲都不许自己流露出悲痛。

我坐在车上晃了六天六夜，眼前都是母亲脸上那个鲜血淋漓的洞。

母亲晚年心脏病严重，这样一颗心，负载那么多，没完没了，能撑持到现在，不错了。

她一生中不断的悲伤惨痛，年轻时为父母担惊受怕，独吞了多少凄风苦雨，中年则为丈夫远行牵挂，至晚年则为儿女忧心如焚。

那种在人家晚饭后，敲开人家的门，去为家庭、为儿女求情的遭遇，母亲有过。她付出了性格与精神的代价。而这种代价与改变，又恰恰是归来的父亲与野性的我所难以接受的。

不必讳言。初归的父亲与我，与母亲在各种事情的想法上分歧是很大的。每当争吵起来，母亲言下之意："你们知道这个家这些年是怎么过来的吗？"

而也就是这段父母共度的艰辛岁月，以及这个家、这些儿女被"保住了"的事实，总是使夫妻的争吵注定趋于认同。

父亲是精神的旗帜，母亲是划船的舵手。这个家，没有父亲，则没有精、气、神，没有方向与雄心伟业；没有母亲，则连"家"也没有了。我们必将全家漂泊边陲，失落于蛮荒之中。

母亲必须负责安全。父亲则鼓动我们的风帆远行。这二者缺一不可。

否则，就没有今天的我和我家。如无父亲，我将沉没；如无母亲，我将流落。

他们一刚一柔，在时代的重压下，将儿女"设计"成这个样子，却反而拉开了他们的性格差距。而这刚柔相济的好处，都是我们做子女的得了。

随着儿女及孙子的出色表现，自豪与欣慰充满了家庭。他们团聚后，同心协力，共话平生，扶助我念完了大学后，又亲自养育小孙儿十二年。

父亲曾说过，从我考上北大后，他外出散步的时候，总是非常愉快。因为一路上人们总爱向他问起女儿的近况。

而当长孙考到华东师大时，当幼孙考上重点高中时，父亲一次又一次地享受着精神上的无比快乐。

在这些快乐里，父母间又获得了更深远的沟通与认同。相爱，斯守，育儿和望子成龙。在中国社会半个世纪的狂浪中，他们实现了相爱的誓言，实现了当初面临离散，要保住家园，要保护子女不受伤害的心愿。

当年与父亲同样被迫调出昆明的同事中，有的早已妻离子散：老婆离婚，儿子失去教养后，坐牢了；有的则回来后无家可归，寄居朋友处，不胜老境的凄惶。

从"但得丹心见日月"，到父亲在最后日子里送给母亲的那幅墙上留联，这并非文人漫笔，而是蕴含着父亲对母亲对家庭的最后定论，对这婚姻表达满意与感激。

有一次，弟弟开车送父亲与母亲游玩滇池时，路过观音山公墓。父亲说："这里很好。"我知道，这山势正面临着我奶奶安息的昆明湖，背靠我父亲喜爱的碧鸡山，远处云海茫茫，四围香稻农家。

它成了父亲的归宿地。这是我们的另一个家园，是由母亲选定的。"生同衾，死同穴。"我父母的一生是这样了。这当是他们青春佼佼时，一对璧人的誓盟所愿。

父亲逝去一年后，母亲拿出钱来，让我为父亲出版一本《人文书法》，以了却他的书生心愿。

我的母亲，至今仍是他们那一批老乡与同学中最美貌，也是文化层次最高的女性。时至今日，许多老先生还在关心着她，逢年过节问候她而拿出当年的照片看，女生当中，她是一朵独一无二的玫瑰。

记得一位"有级别"的老先生，总在新年早上第一个把电话打到我家来。母亲接起电话，总是说："问你太太好。"

母亲赠送了一本《中国布衣》给他，他写信来说："你嫁了这样的人，我放心了。"

母亲告诉我，从前在学校里，男生写来的情书，她根本不看，直接当众递还给本人。

父亲去了。现在虽有子女轮流为伴，但毕竟有隔代之异。近来，母亲更多地参加老友们的集会。

母亲有一位老友已经过世，可余下的那位老伴依然坚持一年一度的邀请。大家说："光昭已经走了，你一个人，就不要搞了吧？"他说："你们不来，光昭会得吗（即'能乐意'的意思）？"

于是母亲她们便依然到那位过世的老友家去玩，唱歌、聊天、打麻将。

光昭的老伴为大家做饭。从前光昭在世，请朋友来，也是他做饭。如今妻子走了，他仍然要维持着妻子的习惯，维系着妻子的朋友关系。

中国式的爱情又是最能经久和耐受考验的。"白头偕老"几乎是毋庸置疑的。"糟糠之妻不下堂。"中国人如果发生中途相弃，会留下终生的自谴和自渎之叹。

在我父母的那些老朋友之间，这种无言的终身誓盟，几乎家家相同。像《友谊地久天长》和《可爱的家》这样的歌曲，才是真正属于他们的：

> 家……啊，可爱的家，
>
> 我走遍海角天涯，
>
> 总想念我的家。

我父母在自由地热恋之后，以一生来誓守爱诺，他们的忠贞造成我们的成长之情境。

我出生于一个东方式的誓盟家庭，这一切已成永恒的梦幻。

我亦因此而不愿意跌入一个非誓盟的婚姻。

中国式的爱情很快就转移到下一代身上，永远是重后代、重未来、重发展的。

我的父母并非感情枯槁之辈，更非没有"自我"的愚氓，他们都

寒门夫妻两相知——父母晚年时一起旅游

曾各自勇敢地冲出家乡的重山，求学昆明，是那个时代的先锋派，应该说"自我"都十分强大、完满与自觉。而他们对爱情的追求，更是那个时代的先锋。个人的幸福曾是他们人生目的的重要部分。

可是他们却选择了"放弃自我"，忽略人生本来的幸福与天伦之享，以保住我们三个孩子能在昆明最好的学校里受教育。

面对这莫名的"放逐"，他们把不可选择变成了选择。这是一种无法抗御的命运，可我的父母却不甘愿被这命运捏弄摆布而反抗。

今天，我可以自豪地说，父母辈的这种反抗，具有穿透苦难岁月的锐远目光，即：他们的后代要继续朝前走，不能重新回到大山的后面去。士可埋，志不可屈！

现在二十年过去，两代人的奋斗熬出了端倪。这就像是火箭的底座，由于前代人的压抑而积累了能量，下一代人将冲得更远。又像是在用上代人的生命去打穿一个黑暗的隧道，使后代终于出头见日月。

婚姻也许可以分为两类：一是誓盟婚姻，一是契约婚姻。

与契约不同的是，誓盟是没有时间期限的。所谓"海枯石烂"者，亦是东方时间观念。

　　真正中国式的爱情与婚姻，不是把考验当作考验，而是当作"命"，就是注定要承受的。

　　考验，含有一方受难另一方可以不相干的意思。而"命"，则是不论什么来临，无论冲着谁来，都是两个人共同的。一朝誓盟，终身命定。

　　誓盟，饱含着人格的力量，自洁珍重的根基，和一种将人生"文化化"的理想主义。美的人生，可以是一首诗、一篇文章，可与人道，是足可传与后代的一笔财富。

　　卢梭写下了《契约论》，开创西方世界新纪元。

　　而"誓盟"对人类依然神圣。

　　那黄昏下的风琴声，那遥远的被剪断了的旗袍，都融入了这支忧伤美丽的歌曲——《夏日最后的玫瑰》。那些音符永远美丽。这是属于我们家庭的旋律。

　　母亲辞世的时候，乐队奏着这个曲子送行。她是到父亲那儿去了。

2019 年 3 月 24 日

春风重重地吹

风吹得满天响，窗外一波波"呼啦啦"的响动声，好像一面巨旗在风中作响。

母亲从卧室走出来，一面关窗，一面说："从小，在书里读到的就是'春风轻轻地吹'，可是我从小见过的春风，都是重重地吹。"

我不由得又对母亲刮目相看。信口就来，率真之气。她的"诗心"出自天然。

我父母没有从事职业文化工作，却又终身生活在一种中国文化的情境中。

他们常常从生活中去验证、反驳"文学"的失实。

他们身上带有土性，或者说是"草根性"。这是当代"批量产生"的文人与都市人所没有的。在他们那一代知识分子身上，天然地有一分"中国文化魂"。

对于历史，他们执着于个体的记忆，不从大流。

有一年，"纪念抗战"，记者到我家来拍摄那些美军"飞虎队"的器物，那是父亲留下来的军用物资，望远镜、水壶、饭盒之类。

记者也请我母亲谈谈。

美军"飞虎队"军用水壶，父亲存以为念

母亲却把头一扭，说："那些美国兵，我们最讨厌。一见我们，他们就要来强拉你去跳舞、喝咖啡。我们赶快就躲。有一次躲到一个布店里去，老板开后门让我们跑了。"

我说："妈，人家要拍'纪念美军到昆明抗战'。你怎么这么说？"

我对记者解释道："我父亲的回忆都是感恩的、崇敬的。讲到他们年纪轻轻的为中国百姓牺牲了。'飞虎队'没有来的时候，昆明人民可惨了。"

记者说："你父亲没有被美军纠缠过啊？宋美龄也说过，美军纪律不好。"

一个民族，即使是在最危难的时候，它的闺秀们也应保持着旧日尊严，不可以为了"感恩"就随便去伴舞。母亲们有选择的自由。

母亲这样做了，就这样说。说自己的往事，为什么要去满足"记者"的胃口呢？

父母俱是那种"不愿意修改自己记忆"的人。

他们也从来没有要求对方"统一思想"，他们可以各执己见。

在这个家里，可以见出时代有丰富的色彩，各人的视角可以不一样。这个家庭是允许不同的历史记忆并存的。所以我可以有多种的想象与思考，能够得知当年他们真实的生活情景。

比起他们，我所受的教育是褊狭的，我的天性受到"模式"的规范，常常使我有要"修正"什么的冲动。从父母的身上，我得到一种"返正"。

母亲一生教书，为教授。但她不似我和父亲，抱上一本书"坐下就不会动"，不管天塌地陷。母亲一面备课，会知道厨房里水干锅炸，一下雨，便会去关窗，收晾晒衣物。每晚临睡前，母亲要视察厨房中的水电煤气一番。

母亲教过幼年的我做刺绣，但无改于我顽劣的天性。

我曾讥诮母亲是"半封建半殖民地中国的知识女性"。

她会唱歌、跳舞、弹琴，一口纯正的伦敦英语，自由恋爱，反抗包办婚姻；又精于缝纫、烹调、善制咸菜，拾遗补阙，善于治家。如此才貌艺德俱全，是我们后代人无法企及的。

80年代，我在北大提出过一个惊人的口号："东方美"。

当时很多人嘲笑我。可是我的确看到了中国女性一种偏激的发展倾向。有的人在牛仔裤腰上挂一大串钥匙作装饰，杀气腾腾。很多"宣传"抹杀女性特征，不利于健康与文化。

人们在辩论会上挖苦我："你是不是东方女性美？"

我没有说，这是来自母亲的启迪。

母亲温婉多情，对万物皆有怜悯之心，是"现代女性"所缺失的。

我有一位同班女生曾说，她很佩服我的父亲，她的父亲遭遇坎坷后，颓唐终了。

我对她说：家庭关系很重要。

我父亲在边地二十年，回来后，得到伴侣和孩子们的尊重与理解，所以一直精神不衰。而她的父亲归来却面临家庭破裂，自己患病，难免灰心。

离开省城二十年，父亲已然人地两生。母亲一直在大学任教，各方面都优于父亲。

我时常看到，母亲做饭时，先为父亲来一盘小炒，让他先喝着小酒，再炒家人的菜。

母亲常教育我："不要随便得罪人。"父亲对我说："你妈逆来顺受。"

我把这话告诉母亲，不料她回答道："我的缺点都是对他有利的。"

这话令我深思良久。

耿直的父亲被贬斥边陲二十年之久，我们三个孩子跟着母亲在大学里生活。母亲的一双手因为做化学试验，至今布满裂纹。许多危险的试验都是她亲自做，怕学生出事。

到今天，母亲才说出苦衷："当时一面努力工作，成为骨干，因为自己的出身不好，孩子爸爸已经到了下边，一旦自己站不住脚，三个孩子就要被带到下面去，学习条件就不能与在昆明相比了。"

我戏言道："那我也不用上北大了，就在文山种三七当个万元户吧。"

我们家三个孩子，以及后来两个孙子都上了大学。母亲的一生没有白白忍受。

她把清高孤傲留给了父亲。她说，"我是平庸的一生。"

父亲临终前为母亲留下了一幅字："念载漂泊无遗恨，万里归来有知音。"感谢母亲为他守住了这个家。门第书香终未断绝。

母亲其实有过人的宿慧。

我考上北京大学时，人们都来家中祝贺以送行。母亲一人在厨房里哭。

别人不解道:"这一去,什么都好了。"

母亲却说:"你们不知道,她是去的地方越高,闯的祸越大。"

后来这话不断地应验了。知女莫若母。我的过去未来,都在母亲的心中了。

母亲是"见不得别人受难"的。她告诉我,我们这个家,在过去年代里,掩护过共产党的朋友,国民党的人也来躲过。"都是尽力保护,走的时候给点路费,拿件衣服。"

"文革"过后,在单位上,人们都不理那个"整人"的领导了。母亲也被此人"整"过,但看现在被孤立,又不忍,时常招呼人家在一起。

在我和父亲的心目中,母亲的善良时常"是非不明"。

有一年我们家阳台上好大一盆文竹被盗。后来因别的案件查出来,是楼下人家的儿子所做。母亲却一见那位芳邻就过意不去,还说什么:"为我们家的一盆花,让人家儿子去教养。"

母亲反对我们"钻牛角尖"。她不似我和父亲这种人,一生气,就是一周、一年,甚至一辈子"不理人"。

她以人为善,无求回报,能够放下一生中因种种不公平遭遇所带来的苦恼。

她对我说过:"不要去想那些事,何必苦自己?"这是对的,这是人生的觉悟。

至今,我每每于梦中为一二小事惊醒,自己当时可以为父母做得更好,不由痛愧。

父亲走后,母亲多半时间和我住在一起。我们相处有如"女生宿舍"。

有时她会打开我的卧室,指着那床野外滑雪毯,说:"我要这个。"于是任她取走。

我买来的床上用品，一人一套，她却表示不喜欢那个"老年人的花色"，要我的那一套。

当她不耐烦听我的唠叨，就会走进自己的房间，把门使劲儿关上。

母亲不会游泳。每年冬天，弟弟带我们去温泉，我陪她下水。母亲在水里坐着和站着都会浮起来，她总是惊讶不已。我说她："大惊小怪的。"

母亲戏水的情趣，仿佛历历在目。她热爱生活中的细节，随时享受快乐。

带母亲到滇池大坝看海鸥，她会用唤鸡的声音"咯咯咯"地喂海鸥。

我说："人家不是鸡。"

她说："那我怎么喊它们呢？"

她的意思不仅要丢食，还要与海鸥们说说笑笑的。

堤坝上风大，八旬的母亲不怕，爱看人家放风筝。

风大线紧难收回。母亲问人家："海鸥会不会撞上风筝？"

人答道："会。每撞一次，就下降一点。"

母亲就在那儿看到几乎要学会"收放风筝"了。她的兴趣有如童稚。

母亲是花的知音。无论走到哪里，她总是第一个闻到香气的人，并分辨出是何种花香。她会说："我一定要找到它。"于是很快就从杂树丛中找出那香气之源。

楼下花园里，东边是银桂，西边是金桂，北边则有四季桂。紫玉兰白玉兰、腊梅小桃交替开。米兰与杜鹃，一暗一明。散步时经过母亲的指点，我渐识得诸花。

四季之晨，她都要走访庭园一趟，问候众芳卿。

每次，我抱着一束鲜花进门，母亲总是起来惊惶维护那旧的花。

当我把旧日黄花扔掉，换插新花，母亲来不及阻拦我，会去垃圾桶中寻出几枝残花，一面替它们求情，一面插进新来的鲜花中。

她说："它还没有谢。"

我叹道："妈，你比林黛玉还要伤春悲秋。"

傍晚在窗下听到鸟叫，母亲就会说："明天我来找一找，看这个鸟窝在哪儿。"

母亲的一大乐趣，就是站在家中高楼阳台上，看小学生放学回家。

她不时发出议论：

"那两个要好的小姑娘怎么没有走在一起？"

"你看那个小男孩跟小女孩要东西，不给他，想就一把抢了过去。真有意思！"

"所有这么大的男孩都喜欢跑小马遛弯。"

"小女孩就是喜欢玩家家。"

我常戏谑地提醒她："小学校放学了，快过来看你的风景。"

她总是忙着过来，站在窗前，一点儿不理会我的讽刺。

母亲的两个孙子上大学远走京沪。至今他们玩过的小皮球玻璃珠之类，她仍珍藏着，舍不得丢掉。她亦喜爱所有孩子的童年。

她逛超市，会冲动。一次，买了许多小袜子回来。上面有小鸟，有小熊，有花边、蝴蝶结，很可爱。但我们家早已没有这么小的孩子了。

母亲说："太好看了，我忍不住就买了。"

听到我责备母亲，弟弟就说："妈你尽管喜欢什么就买。买来了就卖给我得了。小袜子也卖给我吧。"母亲说，她要留着，给一个"碰见"的小女孩。

她不似我和父亲，成天忧国忧民的，作沉重状。她喜群乐动，没

风霜不改秀色存——母亲与她的水仙

有文人的狷狂气。她的人缘也非常好。

在母亲的身边总似有一个小花园，一个小春天。而不似我的"高处不胜寒"。我有不少崇拜者，却鲜有以沫相濡的老友，唠叨亲热的故人。

母亲是一个独特的人。用现在的话说就是极有亲和力，令每个年龄段的人都会觉得她风雅、可爱。

她过八十大寿的时候，没有请到的人也自己跑来了，还说："我的请柬是不是被人拿错了？"母亲只能叮嘱我们"悄悄补上"。

母亲的快乐是单纯的。当春天来临，减去一件冬衣，这样年年复年年的平常事，也会令她感到快乐，连说："好轻松啊！"

直到八旬，她很少白发。在她八十八岁时，就在临近去世的那一年，母亲还穿针引线，为我钉纽扣。她的眼力、听力、味觉一直都保持着敏锐，也一直很有主见。

那一年来了一位八旬的老先生，是"有级别"的干部。他是母亲的中学同学。他回忆，当时一伙男生给母亲取了个英文名字"GOD"（天使）。他们都不敢与母亲说话。因为母亲将他们的情书看都不看就退回了。

母亲对我解释道："我要上大学。"

GOD，在这名字后面，我看见一个活泼骄傲的少女的影子。

此刻我在书房里，仿佛又听到，躺在客厅沙发上的母亲唱起她喜爱的英文歌曲。

You are my sunshine, my only sunshine.

（你是我的阳光，我唯一的阳光。）

我说："好听。"

她说："要不要我教你唱？"

生命的最高境界是快乐，是心灵的歌唱。

我能学会母亲的歌，却难以学会她的快乐。这来自人生苦难与付出中的大悟大彻。

2019 年 3 月 25 日

放逐少年

"磨难喜欢选择它熟悉的家庭。"

从昆师附小毕业,我顺理成章地进入昆一中。这是当年昆明最好的小学与中学。

然而在我初三那年,有三个班被"分"出昆一中,到一个无名的与乡村为邻的学校。我即在其中。那是一次名副其实的"放逐"。

在昆明城里,一中,被无数的家长和学生看作一个光辉的起点。一进校门,道路的旁边就是几个花架,紫藤花如瀑布一样奔流倾泻,富于青春气息。我爱坐在那里看书、流连。

教室古朴庄严,大有名校学府之威仪。

"校园"完全有园林气势,"青年湖"生机盎然,足球场绿茵辽阔。

我认为,我有资格上这样的学校。

我们一家五口,有四人是一中的学生,父亲和我们三个孩子。

当年一中是"男中",所以母亲毕业于昆明市女中。

父亲在他的书法作品里一直落款为"昆水华山",就是取自当年昆华中学的校歌:

> 滇南首郡,桃李成荫,一堂师友,亲爱精诚。

有昆水在旁，有华山坐镇，学和养，真且纯。

练好我们的心，练好我们的身，此心此身，成己成人。

复兴民族，猛进群伦。我们是昆华中学生。

十二岁的我，天真烂漫之际，又有亲人渊源，便将一中当作自己的家园、依托与荣耀。

但没有任何人与我们和家长商量，突然地，在一天早上，在操场上宣布：这三个班从此离开亲爱的昆一中。

他们逼我离去，离开我从心底里喜爱的广阔校园，和真心器重我的老师。

这种伤害，当局是不予理会的。但不等于他们不明白。随三个班走的，都是他们不喜欢的教师，或病，或老，或带浓重口音讲课有障碍的。

同学中有传闻，我们三个班就是被这三个班主任"连累"了。

其实这三个班本身也是"弱肉"。并不是我们的成绩比另外三个班差，而是我们这三个班，正好都没有省里政要们的子女。

耿直热情的我，正以少年人的真诚热爱着这个社会，我曾相信一切都是按真理和无私的尺度在运作的。

我父亲到山区"支农"时，曾买了"不要布票"的布回来，我就坚决不穿这布做的衣服，还斥责父亲："为什么买农民伯伯的布？"

父亲说人家特别准许"支农"的人买的。我还是不依不饶。

弟妹也跟随我不穿。最后是母亲将那花布偷偷染成蓝色，再做成衣裤给我们穿的。

也曾经为着打扫学校的操场，我从母亲手中夺走那把打扫家中卧室用的精细扫帚。可我还是被无情地驱逐了。我所热爱的这一切，并不能属于我，而是属于那些并不必付出多少爱意的同龄人。

我第一次羡慕起某类特权家庭出身的特殊少年来。他们可以无忧地在这全省最大最美最高地位的学校上学，以他们差劲儿的学习和荒唐的表现。

那一天早晨，我和一起被逐的三个班的同学，拖着一中指定给我们带走的破桌椅，步行着，走向郊外荒凉的二十四中。

这是一场噩梦。明天醒来，我还会走进鸟语花香的一中，见到那些全省最优秀的老师的。是一中，给了我在母亲学院里没有得到的那种空气，一个聪颖上进的女孩子成长时所需要的种种养分。

我一走进校园，就那样的自信、丰盈、活泼。作为一流学校的一流学生，我不能离开那儿。

可这噩梦就这样做下去了。

我是怀着嫌恶到二十四中上学的，心里怎么也不能把它当作"我的学校"。每当走过一中校门，我们这些被逐出的学生总是远看着那已不属于我们的乐园。而当那些熟悉的面孔出现在校门口时，我们只有闪避开去，仿佛我们是一些"另类"。

那时没"另类"这个词，但是这个范畴，这个感觉，这种歧视，却是心照不宣地一直存在于社会的。

这是人生的第一次体验，第一次意识到：随便什么风，都可以改变我全部的努力。分数与成绩，所有老师的宠爱，都不能救我，不能改变这随意被逐的命运。

这是糟糕的意识。它毒害了我纯洁光明的奋斗。

如何能打起精神来？我从此一直在滑坡。无论是成绩还是心情。我只是思念着那个人们不让我再进去的校园。

我是刚踏进一中就引人注目的。入学的第一篇作文《我的校园》，即被拿到高中去念。课间操时，高中的同学都跑到我们班教室门口来，围着在问："哪个是张曼菱？"

我的作文与周记，亦常被老师批了长篇的赞语，有时甚至比我的原文还长。

在昆明中学界里颇有名气的壁报《一中青年》，只吸收了两名初中学生，其中一名就是我。我写的诗歌散文，洋洋大观地占满着一大块版面。编辑部的那些高中生都很看重我。我却化名"小黄蜂"，每周投些稿子，讽刺高中的才子。看见他们又赞叹又生气，我挺得意。

一中当时有一伙刚从云南大学分来的大学生。他们洋溢着青春的朝气与活力。其中一位罗老师教我们语文。

罗老师是一位丰神逸骨的年轻人，他潇洒俊朗，带着一股浓浓的书卷与人情混合的细腻、柔和、怡悦气质。中学生对师长，有的是敬重，有的是爱。对罗这样的年轻老师，爱羡居多。

多少年后，一想到罗老师，就会有这样一幅画面：在一中校园深邃的绿荫里，一位身量修长的年轻人，穿着洗白了的一套学生装，手里握着一支长笛，走了过来。

当柔石的《二月》拍成电影，红遍中国的时候，我已长成。在我看来，罗老师就是萧涧秋式的人，焕发着青春之美、人性之美、真诚之美。但他同样无奈于这个无情的社会。

而我还是一个十二岁的小毛头，就留下了这道深心爱慕的光芒。小毛头和老师，也是可以"一见钟情"的。几乎是在上第一节课的时候，他就注意到了戴着小眼镜、坐在第一排的我。其实，对语文老师，可以说，我抓住他们是必然的。在"文学"方面，我早被公认为资质不凡。

罗老师加重地肯定了这个"不凡"。那些比我的作文还要长的批语，就是他用红红的细字，批在我的本子上的。每次发了作文本，我都不在教室里打开。我要等放学时，拿到校园深处的青年湖畔，去一个人静静地看、体味。那里只有远处的男生们在踢球。

全班女生也都知道罗老师对我的偏爱。她们的妒忌，愈加令我不当众打开那作文本。这有点像"情书"的味道。

这是一颗没有开放的丁香果，散发着健康而芬芳的气息。

只有一次，我也尝到了妒忌。那本来是我不屑于有的感情。上课的时候突然没有了罗老师。等代课的老师走了，女生们才说，罗老师没有病，是他的女朋友从贵州来了，是随歌舞团来昆明演出的。于是她们便都跑到罗老师的宿舍里去看。

她们回来便大声说，罗老师的女朋友好漂亮，两条大辫子，给大家跳"春江花月夜"。罗老师给她吹着笛子。她们还注意到了，两人眼光一对的交流情景。

不知为什么，我的心里不痛快了很久。哪儿跑来的这么一个大姑娘？在我看来，罗老师不来上课，似乎应该和我打一个招呼，让我心理上有准备。

一周后，他又来上我们的课了。一下课我就首先冲出了教室，不再等待与他交流。他的目光看着我，他对我特别柔和，然而，我刚与他和解，我们就被逐出一中了。我就这样失去挚爱的校园与老师。

现在我认为，罗老师是命运派来惠顾我这个父亲远去的孤单孩子的。

这是一个被离间了"血缘与文化"双重需要的早慧之子。这种赐予，在我十二岁的时候，起过春风化雨一般的作用。

罗老师能理解的并不仅是我的文采。有一次，我跟班主任在走廊里吵架。我看见他走了过来，站在远处。他不走近，走近难免要劝止；也不走开，他显然关心着我。后来，我听见他跟别人说我"不是没道理的"。作为一位年轻教师，这样的态度很难得。

他是第一个到郊区二十四中看望我们这些被逐学生的老师。其他的老师可能根本就没有想到，可能认为人走了，师生的情分也断了。

"罗老师来了！罗老师来了！"欢呼传来的时候，我在同学中觉得很幸福。

他早就来了，先坐在办公室里看望了那几位与我们一同被逐出的教师。待课间操时，他才一个教室一个教室地去看望我们三个班的同学。

同学们都有一种渴望，渴望着来自一中的爱抚与问候。这是一种类似在流放地的心情。他给予了这种抚爱。

就在那天，他在同学中看见了我，简明地说："我要调回贵州了。到了单位我会给你们写信的。"他正是来与我们告别的。

我记得，我赠予他一本吴印咸的画册，写上了："百花不会辜负春风，雄鹰一定要飞到高山顶峰。"多少年来，无论我在乡下知青茅屋，在理发室低头扫地，我总记得对他的这个承诺。

我们一直通信不断。无论他在"五七"干校割稻，我在傣乡寨子插秧。穿越了一个个历史的波涛，依然高山流水遇知音。中间只见过一面。他带着小女儿到马过河开会，想到离昆明不远，就到了昆明，并从昆一中打听到我母亲的住处，找到了我。

那次我们好像去了翠湖。我将自己最喜爱的小瓷猫送给了那小女孩。现在她已经是民航工作者了。罗老师又将他的同学、云南大学的中文教师介绍给我，让他"关照"我在文学上的自修。那次见面后，恢复高考的消息马上传来。

我拥有着这一根点燃的烛照，它真实温情，跃动的光焰，胜过红尘中的霓虹无数。

再说当年，"一中情结"继续伤害了我很久。

一直到中考，三个班里有几个被重召回一中上高中，我还在二十四中。初听见的时候，我怎么也不相信。因为一中的老师曾对我们几个"尖子"许诺过："别气，马上升高中了，再把你们要回来。"

我以为我是必回的，一中会舍不得我。可是没有任何交代与解释。事实就是：我又必须去二十四中进行新学年的报到了。我这才彻底醒了。

没有人会为我说话，也没有人去替我奔劳。仅仅是老师们对我的好印象，远远不能救我。召回去的那几位，她们的父亲起码也是个"政协委员"。因此，她们也是需要重视的对象。

而我的命运则是和我的父亲一起被人遗忘。

我父亲被派去"支边"的时候，领导也是说："去几年就回来。到时候，我们会派人去换你上来的。你有一家人在这里，业务又强。"结果呢，也是一去人家就再不理他。

父亲上昆明来时，也从不去什么领导家里求情。他空等过，知道就是这样了，就认了命，也不想去跟谁讲个道理。

我当然也不再朝着一中眺望。走过它俨然的大门时，仿佛走过陌生之地。在学院里，有许多还在一中的同学。我不再赧然。那几个被召回的同学，开始还信誓旦旦地说，一定要和我们互相沟通，把一中每次的考试卷都给我们看，让我们还像在一中一样，保持全省最高水平。

不需要了。我们彼此间很快就不再需要了。

我已经是二十四中的人，有了二十四中的自尊心。我在二十四中也能学得好。这话，后来面对北京大学的招考老师，我说过："你们如果招了别人，请别忘了，十年后，看看她和我。"

我真情地爱上了二十四中。这里也有许多优秀的诚恳的老师。二十四中并没有理会我开初的那种"身在曹营心在汉"的不顺。在我失落之际，二十四中欣喜地把我们这三个班当作了一种良好的建校基础。在我不认真的时候，那些勤勤恳恳的老师认真不懈地教我们。

我一个一个地爱上了他们的讲课。三角、几何、化学、物理、代数、语文都是有能力又负责的老师上课。他们没有名校的派头，却一点也不比名校的名师差，无论学问、师德；以致我们给他们的代号就是："杨三角""曾代数""高化学""金物理"……

那年，我作为一个落魄知青从乡下回来，在街上遇见了曾老师。他已老态龙钟，对我讲道："那些教科书还在吗？别丢了。有空看看。"我心想，我的户口还没有上来呢，哪里还在乎什么数学？我只是点头，觉得老师可怜。

可是当高考恢复、春风再度的时候，我不由想起曾老师的远见卓识。我连忙跑到二十四中去，向各位老师搜罗了一撂教科书。

曾老师已经去世了。但二十四中的老师们却是那么热情，他们连连地追问着当年那些好学生的下落，恨不得找上门去，催促学生报考。一位教历史的孙老师就是亲自来到我家，将他精心总结的《世界历史》只用一天的时间向我复述。二十四中有位语文老师曾说过，他每天来上课，只教我一个也足矣。

当高考的分数一出来，我的下落是老师们关心的。1977年的首次高考中，我的数学题全部做对，是文科考场最高分。曾老师，你们没有白教我。1978年我依然名列榜首，进入北大。我为二十四中和我自己，争了一口气。

那年，我回二十四中去，偶然看见了大门口的黑板报上写着："今天放映电影《青春祭》，作者是我校学生张曼菱，请全校师生员工务必要看。"

当这部电影还在剧本阶段，在北京时，导演为设计主人公的台词，就问过我："你在哪个中学？"我说："你应该让她说，我是二十四中的。"拍成的电影上，女主角果然有这一句。

母校和老师，我就用这么一句话，来回报万种恩情了。对于我，这就是"衣锦荣归"。我的二十四中，你这没有围墙的学校。

你是以四围香稻为墙，以弯弯小河为界的。你与麻园和乡村为邻，鸡犬相闻，时时传入我们的课堂。

夜静人睡，远去的火车带给我们青春的遐想。那一池清水，为我们准备着漂洗衣服。最美的最能代表母校野性风骨的，是校园中央那几株腊梅了。

夜偷腊梅，是女生宿舍冬季的乐事。屋里早就攒好了用来插腊梅的玻璃瓶子。哪一间宿舍要是不让外人进去，总是紧闭房门，那就是偷得了腊梅的。也会因为妒忌，被隔壁告发，学校派人来把花枝拿走，还要上"布告栏"。

世间总有些事情是自己特别想干，却不希望别人也干的。偷腊梅花就是。如果全校都偷，偷光了腊梅，我们肯定不愿意。但是自己却强烈地要享受这种诱惑呢。

二十四中使我迷上了腊梅的风采。那淡淡的厚如腊片的小花瓣，那苍劲的不落俗套的枝干，即使是在黑暗中，暗香浮动也会把你引到它的身边。

母校的腊梅还是那么香吗？这是我们同学间总要问的话题。

"疏影横斜水清浅，暗香浮动月黄昏。"这两句父亲在我幼年讲解过的咏梅之名诗，就成了这座郊野中学给我的世外境界。这诗句其实宜于腊梅。

在二十四中，我承受着一种远离中心腹地的命运与自由。我的灵魂依附于那些稻田、菱塘、小河、杨柳与麻园之间。

在一片旷野里，一本书、一首诗，可让我往来古今。一条铁路、一片云霞，就把我与天地沟通。

人们曾用"放逐"贬斥我，我却从"放逐"而升华。

再不用因害怕谁来赶走我而心失坦荡。也不会向着高阁翘首，而扭伤我的脖颈。流云野鹤，我的骄傲不是殿堂，而是飞翔。

瞻仰历史，前见古人，后有来者。世世代代有着"被放逐"的人们，他们创造了中华最深厚的一条文化长河与精神高山。

在古往今来的"放逐"一族中，我看见自己，那位河边行吟的中学生。

小小年岁，我似已经历过了那种从"居庙堂之高"到"处江湖之远"的心境。悲凉之美，对于我已如居家之美。在这种美里，我才能安宁、归属、信赖。我亦体验出，为什么"梅兰竹菊"为中国文人世代所爱。

我的豆蔻年华，是在二十四中的小河边做梦。醒来，看见那些复习提纲都被风吹到了稻田里头。晚霞落山，农人唤牛。我亦收拾水田上漂浮的纸片，从河埂上回宿舍。而每当我从学校回家，都要沿小河，过稻田，然后穿越这个菱藕清香的乡下池塘、菱角塘。

然而就在真正的"放逐"来临，我们所有的中学生都被送到边远原野上之后，在"教育"已经被人们漠视，"好学生"也几乎要变成讥讽的日子里，已经离开多年的一中忽然向我发出一个温馨的呼唤。

1974 年夏天，我从插队的盈江回到昆明家中，一种社会"多余人"的感觉，使我精神灰暗。

我们都是"失业者"。我们需要到居委会去登记，等待那完全难以满足众多知青的"招工指标"。总之，回到家乡后，自尊心反而受到更多的损害。

一天，忽然有同学到我家，说，一中的老师叫我到学校语文组去"代课"。他们都记得我这个学生。一直在问："她回来了没有？"

我半信半疑来到学校，果然语文组的老师见了我很高兴，说，现在就缺像你这样"基础好"的学生来当老师。原来是几位资深教师一致推荐我的。

一中在当时的社会环境中，还在寻求保持学校素质的路径。因为翌年会有"教师指标"下来，学校就准备自己物色一批人，准备把这批指标填满，以防届时被"关系"所用，滥竽充数。

于是我来到一中语文组，为初一的一个班代课，并当了班主任。生活又有了光亮。

每天骑自行车去学校，我的母亲和邻居也都为我高兴，觉得我这个心高气傲的青年人毕竟还是有了一个出路。

一年到期，学校找我办手续"转正"。可是我的户口没有到来，因此耽误，只得把名额让给了别人。

然而这一段经历，已经足以修复我少年人的心灵伤口。

我不仅曾经是昆一中的学生，我还被认可：是一名合格的一中老师。

当年驱逐我们的，是一个让老师们也无奈的行政命令。

而多年后在风雨中呼唤我的，却是那年深月久的园丁的深情。

初进一中我就得到了"识才"的阳光照射。而与校园情景和老师的知遇，使我对这所失而复得的中学刻骨铭心，更加认同。这就是一所名校的文脉所系啊。

昆一中，在昆明的诸多中学中，有一种"庭院深深深几许"的底蕴，是"出人才"的风水地。

在知青生涯的放逐之后，我又回到了自己的出身母校。几年后考入北京大学，这似乎成为一种宿命。

无论二十四中还是一中，乃至我后来考入的北京大学，所谓"母校"，正是那种文脉与师恩的牵连。

2019 年 3 月 25 日

锑

盘

搬到自己新居，我带来父亲的两件木家具和一只锑盘。

有一天，当这只锑盘被用来喂鸡时，我发怒了。这不是喂鸡的盘，这是喂我们三姐弟长大的盘子。

那时，家在盘龙江畔。母亲在云南大学上学，周末才回来。家里面，是奶奶，还有一个投靠我家的亲戚焕娘，一起带我们。父亲在人民银行上班。

奶奶用竹篮子买菜。记得那时豆芽、豆腐、茄子、豆角，满满一篮菜，只五毛钱。一周吃二两肉。每顿饭，爸爸都把我们安置在茶几上。每个孩子一个茶几，就用三只锑盘，爸爸给我们每人分一份菜。

记得我们都爱吃洋芋，不爱吃茄子。爸爸说，不管你们先吃什么，只要吃完。三姐弟眼睁睁地看着爸爸给我们上菜，然后各人吃一盘。说一些"怎么他的洋芋多，我的洋芋少"之类的小儿语。

三个孩子的身体都很健康。饭后的水果也是三个人分，有时是梨，宝珠梨，现在没有那么好吃的品种了。有时是桃。苹果很少，苹果那时是外来的，是高档东西。晚饭后可以吃到山楂糕。

父亲以自己有限的经济成功地维护了我们最合理的营养，还培养了一种对我们毕生都重要的节制。

直到现在，我的食欲都很好。到了中年，仍是吃什么都香，惹人羡慕。这当归功于锑盘。

父亲那种"分而食之"的方法，使我们三个孩子，从小就不是对着满满一桌的饭菜，乱挑食或是不知自己的食量。我们总是得到有限的和合理的满足。

父爱，还包括精神方面的营养。父亲将我们三人带到了电影院，买好"儿童场"的三张票，我们就进去，看《小白兔》《鸡毛信》。

散场时，走出黑地，眼前一亮，父亲已在门口等待我们，将我们带去他的银行里。我们就在办公室，等父亲去打饭来给我们吃。

小孩就是"隔锅香"，我们都觉得银行的饭很好吃，菜的色彩鲜艳，也很丰富。父亲一片苦心，要给我们补充营养，也换换口味。

有一次，父亲去打饭的时候，我跑到顶楼上去，将一只鞋扔了下来。我想看看这楼有多高。不料刚巧打在一个端着饭的职员头上。我跳着一只脚下到楼底，去把鞋捡回来；并没有受到任何指责。

出银行大门的时候，那个被鞋砸了的职员刚好碰见我们。他对父亲说："你的三个孩子吗？很可爱！"人们敬重父亲。

父亲曾带我们参加银行专门为家属举办的新年晚会。那些人都对我们打招呼，很热情，问："好玩不好玩？"一位领导模样的人说："今天就是要大家带孩子来，今天就是为银行的家属准备的。"

台上有摇奖，有节目。我们都得了礼物，妹妹第一次得了洋娃娃，一个肚子鼓起的，一按会叫的小洋娃娃。弟弟得了一只彩色的可以摇响的球。我得的什么，现在已经忘了。

我家那时在盘龙江畔的木行街连芳巷一个院子里，是银行的宿舍。还没上小学，我就被院子里挑中，出来为联欢会说新年快板：

　　新年到，真热闹，

爸爸穿上了新棉袍，

妈妈动手做年糕……

这段快板词，是我自己从父亲订的《小朋友》上面挑出来的。

整个院子里，只有我们家订了《小朋友》。许多美丽的故事，例如《七色花》就是我从上面读到的。当我把《小朋友》借给院里的孩子们看时，我觉得自己很拥有什么。

那一年，我被搽红了脸，重编了小辫子，首次登台。

只听见下面的人说："这孩子真大方！"我连眼都没眨，也不知道害怕。

从那时到今天，我已登过了无数的台，仍然不知道害怕。而第一个舞台就是从那一次"说快板"开始的。

在幼儿园里，我是小朋友中唯一允许留辫子的。老师每天给我梳头。童年的照片中，我像小公主一样饱含了美丽与骄傲。这是安宁与充实的果实。

我在小的时候，可能是标准的"祖国的花朵"。自幼儿园始，我便是既定的上台人物。指挥小朋友唱歌，欢送垦荒队员献花，都是我。记者们曾要我抬着南瓜照相，而入少先队，则即成为走在前面的护旗手。

有一次是拍红领巾"绿化"的照片，我还记得是记者将一棵好好的树挖了出来，又让我们假装栽上它。报纸出来，人们一看都指着对我母亲说："这是你家小曼。"

在母亲上大学的四年里，我们在父翼的温暖下长大。如果不是父亲离家，我现在肯定仍然漂亮出众。

容貌，也是社会的产物。"一年三百六十日，风刀霜剑严相逼。"一朵花也会被逼成刺草的。

自从父亲被那些可恶的人放逐到边地，我们姐弟再没有得到那样

三个孩子穿着母亲亲手缝制的布衣——寄给边地父亲的照片

无忧的欢乐，也没有人再来赞美我们。

从此，我每得到一分快乐，都含着一种拼搏。

虽然跟母亲一直住在大学里，我们也是教师子女，可是我能感受出一种势利与冷落，悲凉之雾一直笼罩着我的童年。

也许是我生性不能妥协，也许是我在父亲的庇护下，早年的温馨情景印象太深，在后来的日子里，幼年的我，在心灵上也跟着父亲一起遭受了"放逐"。

我还不应该懂得这个词，但我已经积累了无数往事与感受。"词"又算什么呢？放逐之刑，已深深渗入我的灵魂。

每当一群孩子放学回家的路上，遇上那些院里的人，他们总是摸摸这个的头发，拉拉那个的衣服，总要说些："多漂亮！真聪明！"

赞美之词，我是从来轮不到的。我早已不在乎人们的这种毫无

遥望父亲自成长——作者远离父亲的童年

价值的奉承趋附。其实我知道，在学校里我的老师眼里，我才是这样的。她们哪里比得过我呢？

但是没有人问起我的父亲。或者说，人们知道我的父亲被驱往边远之地，所以没有人搭理我。这是当时我的感觉。他们在赞美之后，总要问孩子："你爸爸可好？"逐渐长大，我又知道了，他们的父母在院里都有某种重要性。

父亲每年都在一定的时间里回家与别家，我们一家过着聚少离多的生活。小学二年级的时候，我在"周记"上写过一首小诗《送父》："晓风催人去，枝头挂新月。忧乐在天下，丈夫多壮别。"

其实，我并没有去送。父亲从不要求我们送别。他最高兴的就是看到我们各自投入在自己的生活中。这种心态，直至他真正别去，依然不变。

那天夜里，在学校"小高炉"下拉风箱，手上全是泡。夜里临

睡前，看到月如钩时，我想，父亲今晚还在昆明看月，便将柳永词的
"晓风残月"换成"晓风"与"新月"。

我虽幼小，却知道，我父亲是绝不会像柳永一样喝得烂醉，"酒
醒何处"都分辨不清的。我们三姐弟天天向上，这对于父亲正是一种
希望的象征。

修长身材的父亲永远保持着笔直的姿态。由于性喜雅洁，又有老
银行职员的习惯，父亲每次回家来，总是穿着合身而和谐，素雅有格。

他热天是一身银灰色、浅棕色，冷天是一身藏蓝或深咖啡色。有
时候，看见同学中那种三教九流型的家长，也强化着我内心中"不一
样"的感觉。

当年，父亲在晚饭后，爱牵着我的小手，到盘龙江的大桥上散
步。占领了一个桥栏杆的圆圈处，父女谈古论今。当年河水清清，比
我大的女孩们在河上洗菜洗衣，挽袖挽裤地来往着，很美的样子。而
桥下，有一些勇健的小伙子在跳水和游泳。

我与父亲间那种承上启下的、朝夕相伴的文化娱乐生活，被迫停
止了。三姐弟间也少了一个告嘴与公正的重要证人。但当年的我，还
没有悟出，父亲的远去，对这个家庭以及对我的损害之深之大。

多少年后，当我已成为"名人"，一次回家，母亲告诉我，楼下
有一位教师抱怨，说我见了他不喊"叔叔"。

母亲一说，我就知道是那个人，他在楼下见了我，总是一副笑脸
要打招呼的样子。而我，不是忙，也不是眼睛近视，我就是故意地不
搭理的。

"叔叔"？按理是应该叫他。但"叫"的时候过去了。

当年，他就是那些个常常与我们孩子搭话的教员之一。他们只
赞美别人，以及问候别人的父母，我都习惯了。但那一回打乒乓球的
事，我却永远不能忘记也不会原谅。

那是一个下午，我和小伙伴一起，握着球拍，到处找球桌。对于孩子，外面的水泥台子已经足矣。但那天我们听见在教师俱乐部里面，有人在打球。趴在窗外看，只有俩人，其中一个就是那位"叔叔"。我们两个女孩就推门进去了。

两个孩子握着自己的球拍，贴墙站着，企望等大人们打腻了的时候，可以让她们在这漂亮的球桌打一下球。在木桌上拉着网，这比在水泥台上搭砖头，可以打得更专心更优美更发挥。

这里光线柔和，能在这里哪怕是打"一板"呢？等啊等啊，终于等到他们想休息了。那个"叔叔"就说："你来打吧。"这是对我的伙伴说的。她上了。

我再等。我习惯了。我们常在一起时，他们总是宠她。因为她的母亲负责某个教研室。她以后，才会是我。

她也打累了。这时，"叔叔"对另一个大人说："收吧。"我还没反应过来，桌上的网已经解下了。

我当时一动不动，只是站着，一言不发。他们像没看见我似的，收了球网与其他，就要锁门了。

他们把我这个站在那里的女孩，看作了壁上花。

我的伙伴也不为我说句话。她打到了球，挺乖地和他们"再见"。

也许她喜欢这样的规律，这样不必与我比试，就"独占"的规律。

我走了出去，握着我的球拍。

我比她打得好，他们却不让我展现。这就是我的前途？这就是我未来的路？但我不怕，我就是比她打得好。天下总有给我打的球桌，总有公平较量的时候。

我在走回去的路上，没有伤心，只有鄙夷。力量就是这样积攒着的。

此类事情，我什么都没说过，从不向母亲诉苦。我明白，她保护不了这个。我已有自尊。我仍然友好地对待同伴，但我不对她们寄什么希望。

对她们不能依靠，只能让她们"服"。有她们服的一天。

对于一个记忆力太好的孩子，对于一个早悟的孩子，这一切都成为永久的秘密，父亲的存在与遭遇，对一个人和一个家的重要性，我最明白和铭记。

有位哲人说，一个家族中，有一个人是被选中了来记取和传承家族历史的。我就是那个被选中的人。所以，今天，我是不会叫那个人"叔叔"的。

昨天他并没有把我当成"孩子"，而是当成了白墙。虽然他现在年迈可悲，但他并不是一个值得我叫"叔叔"的人。他忘记，不等于我"忘记"。

学院里有一位体育教师。不用母亲提醒，我总是主动和他打招呼。

在我上中学时，曾因做体操而骨折。其时，母亲背我上医院楼梯，我的脚已拖到地上。我几乎有母亲高了。这位体育老师遇见了我们，便过来帮忙。他让我坐在他的自行车上，还让母亲在以后上医院时，叫他一起来。虽然我们从来没有叫他。但是心里知道，还有这么一个人同情这个失父的家庭。

父亲被派往偏僻之地"支边"时，正是我母亲完成大学四年学业，因成绩优异，分到学院去教书的那年，也是我的奶奶过世的同年。母亲因此垂泪道：老人没花到她挣的钱。

父母亦常叹道：天意垂怜我们这群天真无邪的孩子。我们跟随母亲，离开银行宿舍，搬进了大学。父亲与儿女间开始长达二十年的写信、寄书的教育。

父亲在时，母亲求学，我们亦在求学。那时候还正是大学没有人上，所以鼓励人去上的时期。有三个孩子的我的母亲就这样重入大学。

自从父亲别家，母亲带着我们三个儿女，度过了饥饿的年头，家庭原来的氛围和秩序已不复存在。所重价值已不再是向着父性方向的那种刚直不阿的文化，而是跌到了求生存和食物的分配。

在饥饿的年代里，母亲患了水肿，我得了夜盲症。被损坏的还不只是我们的身躯。饭后一只梨的寒门生活，变成了无天伦可言的"食堂制"。各人一大碗，由食堂称出来吃。不更事的我每在周末时从学校回家，母亲又得分出一份给我。有时就是母亲自己的那一份。

我常常为着周末是否回家而左右为难。

紧接着的是"在政治中求生存"，家里在为我的每一句话每一个举动担忧。我住校，也为了远离母亲的惊恐神色，我仍想要保持任性与骄傲，凭自己的成绩，在学校仍有一方天地。

我渐厌恶家中的慎微，并与之屡生矛盾。

此时，回家探亲的父亲，表面上仍是一家之长，其实已不明内情，即使明了又能怎样？他和他教育我的那一套，注定了要在现实中碰壁。

而在荒原上的父亲，最大的理想就是保住这个家和子女的教育。

父亲播下的种子，在母亲的庇护下藏着生长。两人的人生方式，在无人过问的乡野山间和政治"运动"迭起的大学院校，也就兵分两路了，一直一曲。

而这道裂痕也留在了我的身上，我与父亲，俱是被"谪"过的人。政治的变化更将我这不驯服之子逐出家门。我也和父亲一样，走过了失落的内心道路，从此变得更加我行我素和实行"自我人格保护"。文化家庭中的距离就这样由历史造成了。

父亲在荒原上得以保持他的天性和文化的神性，以致归来后，与母亲的家教方式强烈地抵触。子女们的前进与成功化解了家庭内讧，文化的理解最终造成他们的宽容。

当二十年后，父亲从边陲回家，没有任何积蓄。在那里，他除了最简单的生活所需，所有的薪水都寄回来抚养我们了。他欣慰地说："我就攒了三个儿女。"

又过了二十年，父亲走了，真的走了。再也不会有回家探亲，为我们带来各种好吃东西和书本的日子，再也不会有阳台上的温馨的兰花伴他墨香，吐露芬芳。

父亲在临走前，又把所有的零钱、整款齐齐刷刷地留给了我们。虽然他知道，我们已经不再在乎这点钱。

但那是他留下的爱。

他还在墙上留下了他最后的书信。父亲知道病重时，专门为母亲写了一幅字，批注的细字谓："哀莫哀兮生别离，忆昔别家儿女泣。"

病中的父亲曾指着这幅字，对我回忆起他走的那天。那天，母亲不在家，他带我们姐弟三人去饭馆吃饭。我没有哭，只是要父亲为我买了一只小白盆，就高高兴兴地带回学校了。

夜里，父亲特与弟弟妹妹同睡一张大床。早上唤醒他们，说："爸爸要走了。"他们就哭了。父亲拿出来一些小零食给他们吃，小孩子吃着就不哭了。父亲就走了。

这段往事，在父亲将辞世的时候，又栩栩如生地回到了他的脑际。

这是他一生中最伤怀的事了。

今天，他的长孙已上大学，幼孙也上了高中。二孙都考上"重点"。学院里那些有学术地位的老人都说："你们家的人，读书就是行。"

在父亲的床褥下，我寻得当年的一只信封，是父亲从文山寄回昆明的。我们家过去有很多只这样的信封，牛皮纸的，写着父亲那一手出类拔萃的毛笔字。在那信封里，至今仍盛盈着父亲所有的亲情。

父亲每餐为孩子们分菜——必须吃完

人生，对于我和我的家庭，为何就是一场场凄楚的离情别绪？昔，父生别幼吾。及儿女长成，我亦结束漂泊，正是团圆之际，却与父亲，又是死离相隔。

为何我的家庭与亲人，时时被迫，年年无奈。天上人间，碧海青云。唯留锑盘，有如玉盘。

我一向不接受别人用过的即使是再贵重时髦的东西。我珍爱这带有自己家族信息和自己成长过程的旧物。物已非物，那是人间情伦的化身。那是我今生今世唯一拥有的贵重之最。

对于锑盘，父亲若在，他的态度我知道，他会欣慰地说："它的历史使命已经完成了。"言下之意，"就像我一样"。他最后走的时候，就是这样看待自己的。他说："我为自己规定的任务已经超额完成了。"

可我却不能释怀。在新宅，我常常用这只锑盘来放一些鲜果，供献给冥冥中的父亲。我不以为祭祖是什么"迷信"。没有祭祀便没有一个民族。

岁岁年年的这些祭奠，正是我中华民族延续自我的方式之一。我们是一个有古有今的民族，是一个有家有族的民族。

这锈迹斑驳的锑盘，你证明着，我曾经有过一个多么幸福的家庭，证明着我有一个真正的父亲。你又是我家多少欢乐与辛酸的记录，哺育的恩情与儿女成长的记录。

这素朴的锑盘，你是这么牢实，方正平圆，不改初衷。你摔不坏、砸不扁、煮不烂、蒸不透。就像是父亲自幼教我读的那支"元曲"里，关汉卿自喻的那颗"铜豌豆"。

我将与你同在。

2002 年 4 月 16 日

恩义的焕娘

焕娘，这是一位从少妇时就跟着我们张家，一直被家里称为焕姐，后来又随着她的黑发转白，遂改称为焕娘的老人。

她参与了我的家世，成为我们家史和几代为人的一位公平见证人。

她使我了解我的奶奶及父母的为人，还有我的家庭在这个世界上不被理解的难处。她的"可让人做文章的身份"，和她的"不做任何文章的态度"，又带给我与当时潮流不一致的信息与悬念。

这位山野出身的文盲妇女，以她的人格、她的忠信和她处世的本分，理所当然地占据了家庭史的一个位置。

焕娘是被我们家收留的，先是被奶奶，接着是父亲，最后，是母亲给她送的终。她应是姓李，在我的户口簿上，她是"李焕存"。她总是说，张家是她的恩人。她哪儿也不去，她"生是张家的人，死是张家的鬼"。

对于这个无亲可依的孤寡老人，我们张家是她当然的恩人。但是，她对于所栖身的张家，在某些时刻，却又奇迹般地变成给予者，或者说是施恩者。这大概就是她与我家有一种深深的缘分吧。

在相隔很多年后，有时，我会想起来，按照她生前的叮嘱，为她献祭一碗水饭。她曾亲自做过给我看，告诉我碗里装多少饭，放多少水。然后拿一双筷子，摆在户外，嘴里喊着："焕娘，来吃你的饭了！"

我相信，她现在是"我家的鬼"，能听见我们的叫唤。常常为忙就忘了祭祀。我也知道，她在"那边"是不会责怪的。

祭的日子，也是按她生前交代的，在初一和十五。她在每个月的这两天吃斋。在我的童年，每月的初一和十五，焕娘就用她专用的小锅煮斋饭，简单而好吃。

她在平常存下一个大洋芋，然后在这一天拿出来做很香的洋芋焖饭。洋芋在锅底用香油烤得焦黄。那锅斋饭很招惹我们三个孩子。我们总在吃完自己的饭后，又围着她的小锅。焕娘少不了要"省嘴待客"，让我们分尝。然后颇得意，好像是为佛主普度了几个小调皮。

好玩的是，焕娘有时会算错了日子，这样，她就会补吃一天斋。

童年的我们，是将她的行为当作"封建迷信"看待的。当她吃漏了斋，我们会幸灾乐祸。可她接着就"补吃"一天，坚信上天会领此情，又弄得我们很有些高兴不起来，还是她胜利了。

看着破除不了这迷信，我们也就渐渐对她诚实，主动告诉她哪一天是初一、十五，省得她费事。

在焕娘的木箱底里，有两件很考究的衣服，属于绫罗绸缎一流，上面是精细的刺绣。她从来不穿它们，连拿起来看一下也不行。母亲告诉我，这是在乡下土改时"斗地主分浮财"，分给她的。可是焕娘却说，那是人家的东西，穿了要烂身子。她坚决不穿。依我看，她那样子，似乎是要等到将来还要还给人家。

家里人也不勉强她。她就笑眯眯地穿母亲为她做的新蓝布大褂。

母亲说，这些人是怎么分的？那些皮的棉的好的肯定是别人拿走了，乱拿两件来对付这苦人。这两件衣服无论大小和样式，都不适合焕娘。这么密麻的绣花，穿上它行动都不自然。

可是，这并没有把重要的事情说清楚。母亲总是用这种模棱两可的方式说话，绕开问题的本质。

焕娘的立场却是鲜明的。她说的是，绝不穿"别人的衣裳"。这使我在长大后读的每一本描写"分浮财"的书，都忘不了那个简明坚决的声音："那是人家的东西。"

那是一个山姑的声音。

焕娘曾是一个砍柴为生的童养媳，因为不堪虐待逃出婆家。她流浪在亲戚家，同样受剥削。有一家人长年地给她吃南瓜，以致她后来一见瓜类就想吐。

后来，我奶奶拿出钱来，帮她与那恶婆婆家摆平，脱离了关系。到土改时，作为受压迫者，她有自主权，她就选择了要在我奶奶家，跟随我奶奶吃斋。由此可看出，我家是厚道人家。

焕娘是一个典型的无产者，却坚信着私有财产的神圣性。她斩钉截铁地，带着某种鄙视，讽刺那些拿取不义之财的同乡人。这是她出自内心的山里人的骄傲，是她的尊严。

今天，离她老人家参加"分浮财"的日子，已经过去了五十年。那种事情似不应再来。否则，中国人如何能重新恢复"天道酬勤"的信念？如何能够实现社会财富的再积累？

我以为，那位已经去世近三十年的老焕娘的见识，今天应该已为社会所共识。

焕娘还以她朴素的恩义本性，在那个年代里保护过我的母亲。

为了奶奶走后留下的这个焕娘，我母亲受尽了那个年头各种"运动"的不白之冤。每次她都要"交代"。

母亲气得说："我自己十五岁就离开了家庭，没有使唤过什么用人。这位焕娘，是孩子的奶奶带来的，当年也是土改后当地批准的。到我这里已经是一位老人，我们不能抛弃她。可是留着她，反倒成了我的罪状。这是我怎么也不可能服的。"

为这事，母亲也和远方的父亲怄气，怪父亲给她带来了说不清的麻烦。父亲自己已经是被发往他乡，唯恐惊涛骇浪中再家庭不保。此时还能说什么呢？

有一阵，焕娘似乎成了我们家的心病。当时单位上也来过多次，要安置焕娘到什么养老院，或回老家。他们总按照他们的逻辑，以为焕娘是被迫留在我家的，会对他们的安置欣然前往。

父母都说只要她愿意，随她，但我们不能将她赶出家门。她是老人带来和留下来的。

焕娘却认定了要跟着我们。

这时，发生了一件事，使全家感到为焕娘所带来的一切麻烦是值得的。

那天，一伙人来到我家，启发焕娘的"阶级觉悟"，要她揭发我母亲对她的"剥削压迫"。

焕娘听他们说了半天，便直截了当地、清楚地回答道："你们不能整我四婶！我四婶是好人，你们可不能整好人！我从乡下上来，眼睛都要瞎了，是我四婶给我治好了眼睛。没有我四婶，我早就死了。"然后她"哗啦"一下打开床尾的大木箱，说："我冬是冬，夏是夏，四季衣裳都是我四婶亲手做的。"

这一切都是当着我母亲的面发生的。那时我们三姐弟已在乡下插队，就是我们在家也无可奈何。当时母亲在场，一言不发。

那天是焕娘当家。她对那伙人说，你们走吧，我们要整饭了。

在那个许多知书识礼者都翻脸不认人的时候，焕娘就这样挺身而出，维护着她心中的善。

多少年后，母亲还在向我们提起这一幕，令我们对焕娘感念不尽。我奇怪，焕娘已经是"人老颠东"，怎么会在那么关键的时刻如此清楚，如此击中要害？

母亲说，这是因为焕娘曾有过亲身经历。在乡下，土改时，那斗人打人的事情，都是从启发她这样的人开始的。所以，那些人一上来，焕娘就预感到要发生什么，也知道，只有她能制止这一切。

我父亲亦深感慨，说我奶奶有眼力，我家没有留错人。善有善报，天终有眼。焕娘是个有良心的人。

但这对我们也不是太意外。焕娘生性耿直，对谁都铁面无私。这种个性，是我们三个孩子深知亦感到烦恼的，也是令我们远去的父亲和常要下乡办学的母亲放心的。那时，三个孩子实际上是交给她了。

对我来说，焕娘最"可恶"的，就是每天晚上准时来催我洗脸洗脚上床了。要想耽搁一分钟都是不可能的，因为她就那样弯着腰在你面前，没完没了地唠叨。我就常常与她口角，她也绝不让步，针锋相对地一直叫到我丢下想看的小说，去洗脸为止。如果没有她，由着我的性子，绝不可能按时上床睡的。

在困难时期，家里的粮食是焕娘掌管。每顿吃干还是吃稀，也由她计划。

记得弟弟正在长身体，定量不够，总是要搜些东西吃。有一次焕娘把煮好的蚕豆藏在蚊帐上面，仍然被他找到，吃了。于是我们到晚上，只能吃一碗清清的稀饭。

如果没有焕娘帮着当家，母亲是无法又工作又带我们三个的。但是焕娘留在我家，又给我母亲留下了个难当的家。

在每餐从食堂里打饭吃，每人按份分端大碗的年月里，又是母亲将自己的饭舀出来，加在焕娘的碗里，首先让她吃饱的。焕娘的饭量一直很好，保持着劳动者的气魄。

母亲的体质一直都很虚弱。这种折磨又是远方独守的父亲没有受过的。

焕娘是这个家中最可靠的人。她"看家",不是坐在家中看,而是搬出一把椅子,堵在家门口,自己坐在上面看家。

谁要借了我们家的东西,不管是一碗一罐一瓢一凳,焕娘都记得清楚。

有时客人来了,正和我母亲说话,焕娘上去就笑着说:"上回你家借我家的那个双口罐,下次再来,你家就带回来还我。我家正等着做咸菜。"

弄得对方没退避余地,只有对我母亲说:"我要是能断了这个走动,我就不来了。可我又断不了。这个老焕娘是躲不过去了。行行,我下回给你带过来。"

等人走了,母亲少不了要说上焕娘几句,意思是不要搞得别人下不了台。人家喜欢一件东西,就让她留下算了。可是焕娘不依。说那是奶奶从老家带来的,只剩这一个了。

在我们三姐弟都离开家去当知青后,我母亲就带着焕娘随学校"疏散"。因为上面叫嚷什么"战备",每天晚上都要将逃跑的东西准备好。

焕娘很不明白这事,她说:"我见了县太爷也没有躲过,要躲什么警报?"从这句话里,又可以揣摩出,当年她的性格,何等磊落。

母亲说,那时每夜里要起来闹几回。焕娘总是舍不得家里的那些锅瓢碗盆,她说,我大妹大兄弟们(即我们三个知青)回来煮饭吃要用。所以她常在半夜自己爬起来,收拾那锅盆。有时惊惊惶惶地拎着东西要往外跑,竟连母亲也不认识了。

那一阵她竟有一点痴癫。母亲于是不断地去大门口,告诉警卫,如果见到她,绝不可放她出门,怕她走失。

她的不安全感，正是那个年头不断地无事生非造成的。

那些自命为她的"救世主"的人，其实正是她的迫害者。

人们相濡以沫，自己结成的这种相共依存的家庭生活，为什么外边的人要来论定来离间呢？他们究竟是向谁负责了呢？他们丝毫不承担老老少少的送终及抚育，却成为权威性的干预者。这也给我们这个本来就离散的家庭横添折磨。

中国社会曾是何等的不自然和不允许自然，什么都要来统一一下，纳入它冷血的轨道。

年轻时的焕娘应该是一个高个子女人，有着山里人深陷的眼眶，额头低窄。她总是见人就展开笑容，那是一种喜相逢的笑呵呵，那种笑就是心里面什么事也没有。

她曾对童年的我讲过，她打柴遇豺狗的事情。那豺狗站住了看她。她就想起来人们说的，这种时候不能跑，一跑就会被咬死。她也蹲下了，与豺狗就对看着。就这样，她比了给我看。直到日头偏西，这时，那豺狗就自己转身去了。可见她的胆识超过一般女子。

我想，她是一个常独自出没于荒山野岭的女子，背着一垛柴，包了一包饭，走很远的路到集市上去卖。然而，她的婆家却连饭也不让她吃饱，衣服也不给穿，还要打骂。她于是就跑。这有点像鲁迅写的祥林嫂。

她本来就是被家人所卖，所以也不回去。她甚至在被婆家追捕的时候跳过崖。如此烈性，她婆家最终难以驯服，才同意我奶奶出面来了断。

这其实是一个人物。

她选择了清静，从此不再嫁，便以我奶奶的家为家。她就真的心安下来，真心真意过日子。她相信了我们家，我家也没有抛弃她。她的真诚刚烈性格一生无改。

在一个阳光灿烂的日子里，焕娘在院子里闲逛，笑眯眯地帮一家不认识的人垒鸡窝，她还抬了一块石头。这时，我家已经不要她做事了。但她闲不住，总爱到外面去帮别人做活，回来免不了要受母亲抱怨。

当天晚上，焕娘有一点感冒。母亲给她吃了药片。第二天早上，她没起床。母亲兴师动众地叫了人来，抬她上医院。医生说，已经过去了。问是什么病，说，什么也不是，就是老了，完全衰竭了。

她幸福地去了，无疾而终，享年七十来岁。因为谁也说不清她的准确年龄。

这是我所见过的最自然最安详的死。上天厚待于她。

我曾和焕娘顶过无数次嘴。她更喜欢我弟弟。但有一点可以自慰的是，焕娘的送终鞋是我早年给她绣的。荷花盘绕，寓"观音踏莲"之意。当时绣好，说了这个意思，她就很喜欢，还拿出来对人夸过我。

有时候，我从窗外望着那个校园，下面绿树青草间，仿佛焕娘正微笑着，一手杵腰，抬头看太阳。她那勤劳一生的身影，是应该永远出现在这样明媚的天气里的。

2002 年 5 月

骨头香

父亲对其孙儿的种种爱宠和放纵，是他晚年生活的一大欢乐与意义。

"放纵"，是家里人说父亲的话，父亲意思是：要给他们自由与公平。

他时时提防着其他人，包括孩子们的父母可能施加的不公。

从小，这两个孙儿在家里闯了祸，一头就向爷爷的身后跑去，躲在那里，然后用他们自己的理由向爷爷提出申诉。

这些理由，往往是被他们的父母视为无理的，而却被爷爷重视。当孙儿在受父母的训时，他总站在门口听着，监督着是否公正。

爷爷永远是他们的权威性律师，一出来辩护，便能减免惩罚。有时恰巧爷爷不在屋里，孙儿便惶惶不已。及见爷爷进来，便急问爷爷："去了哪里？"于是心定，准备接受审判。爷爷便是他们的权威陪审团。

而事态也往往因为爷爷的出现，便会不予深究重责。

我父亲总是"设自己为儿童"来为他们辩护的。

他曾说：

　　小孩打碎东西，绝不能以那东西的贵贱来惩罚他。因为他并不知道价值。可是大人一心疼东西，往往就会认为孩子是故意跟自己作对，把物质损失的火气发在孩子头上。孩子又如何能理解呢？

　　根据打碎东西的"贵不贵"，来处罚孩子，这是不公平的！应该看他是否是故意的。孩子怎么会知道这东西是贵的还是不贵的呢？大人却以为孩子有意要把贵的东西打碎，与自己作对，这不是不公平吗？

　　我父亲为其孙儿的一番番置辩，透彻情理，可以上得真正的法庭。

　　"理解他人"，这对我后来处理许多社会上、事业上的问题都是一个借鉴。由此亦可见我父亲的才具。

　　有一次长孙洲洲哭着向他跑来，说："我爸爸不要我了！"他爸爸说："我没有说'不要'。"但当爷爷的对孙子理解，说："你这么打他，打得那么狠，当然是不要他了。爸爸不要，爷爷要。"说着把孙子揽在了怀里。

　　他还有一条：尊重幼者的尊严。

　　洲洲两三岁时，小脸蛋就像是一弹就破皮的嫩果，人人见了都要叫他"亲一口"。有一回，洲洲便生气地"哼"了一声。这一声让爷爷注意到了，立即告诫我们："孩子也有孩子的自尊心。谁来了都要亲，违背孩子的意愿。今后你们不要强迫他。"一席话解放了小洲洲。

　　他真正在履行着"己所不欲，勿施于人"。尤其是对弱小。

　　有一次，母亲生起气来，对那顽皮的幼孙小白说："再晚回来，我不给你做饭了。"父亲突然出来，对立道："你不做，还有人做。"

　　他要给迟回的孙儿做饭，来抵消来自奶奶一方的惩罚。这往往引起家中爆发"教育讨论"。

　　可父亲平静地说："为什么要用不让人吃饭来恐吓？我看不惯。"

后生可畏——爷孙弈棋

他要给孩子绝对的安全感，给他们真正的天伦与永恒之爱。

父亲一直承担着接送小白上幼儿园、后来上小学的任务。三岁的小白放学后乱跑，不见了。父亲立刻到幼儿园的大门口去，果然，一会儿，小白大哭着狂奔而出，被爷爷拦截在怀里。

父亲是那样了解孩子的思路，神秘的事情也是在他们中发生的。

长孙洲洲才三岁的时候，与爷爷有通灵之妙。

一次，在室内，他忽然说："爷爷回来了。"果然，不一会儿，楼梯上传来父亲特有的清嗓子的声音。再一会儿，父亲用钥匙开门进屋。我问洲洲，你怎么知道？他说，我感觉的。

母亲说，这叫"骨头香"。孙子的骨头是爷爷给的。

父亲辞世前，特意交代，"缓告亲友，包括洲、白"，他说："洲洲、小白是我的掌上明珠。"

当时洲洲正在上海面对期末考试。我弟弟夫妇去火车站接洲洲时，特意将黑纱取下。可他脚才踏进家门，便问："我爷爷是不是出事情了？"

当晚，他来到爷爷奶奶的老家，泪下如雨。他说，他在上海就感觉"不对"。

孙儿的牵挂亦成灵息。家人的解释只能是："祖孙"就是祖孙。

快乐曾如家珍可数。

有一天，一大早有人敲门。父亲上去打开门，见长孙手展一张祝寿的生日贺卡，口里说："祝爷爷生日快乐！"

这时，家人们才想起，这一天是我父亲的生日。母亲赶快出去买菜，并通知大家。晚上在寿席上，大家问洲洲："你怎么会记得今天是爷爷的生日？"

洲洲答道："每个寒假，我开学的头一天，都是爷爷生日。明天我开学，所以今天就是爷爷生日。"

父亲的生日是 2 月 28 日。弟弟于是说，怪不得他今天一大早就爬起来，骑上自行车就跑了，脸都忙不及洗。弟媳说，连被子还没叠呢。

洲洲说，他跑遍了昆明那几条大街，才找到了这张适合老人的生日贺卡。

在他更小的时候，他曾用几根仙鹤的羽毛和松针粘在一张纸上，来为爷爷祝寿。那是我带他到公园去玩时，他的灵感所致。

洲洲六岁就入选代表队出省去踢足球。回来后，他对爷爷说："人生的道路太曲折了。"爷爷问："是不是足球踢输了？"他摇摇头，说："是路上发生的那些事。"

幼者的悟性令成人思量。正是"路上发生的那些事"，构成我们每个人的曲折和意思。那次球赛后，曾经有八一队的教练追到昆明来，邀请洲洲去他们少年队。家庭说"尊重孩子的意愿"，教练便问洲洲"是否愿意去"，洲洲说："这个只能搞业余的。"教练说："那你要搞什么？"洲洲说："要看社会发展需要啦。"

那位教练大惊，不料八岁的孩子口出此言。小洲洲这一番婉约的拒词，甚为父亲所赞赏。看来，在他身上真的有"爷爷的骨头"。

为了自己的孙儿，父亲甚至改变自己的习惯爱好，随着他们一起看体育频道的足球赛。父亲于是也认识了几个球星，尤其记得梳小辫子的古利特。

幼孙小白具有数学天赋。三岁他就问过："怎么没有0路车？"

又问："0楼在哪里？"我们说："没有0楼。"他说："有，"带我们到洗手间，指着马桶说："这里冲屁屁（屎尿）下去，就是0楼。"

小白上小学时极为出色。有时全年级考试做不出的题目，只有他能做出。数学老师甚至用自己的钱买了钢笔送他以资勉励。

有一次，奶奶去学校接送他时，看见他在课堂上活跃得很，跟左右的同学讲话。回来说他："你看前面那个小姑娘多乖，动都不动地听讲。"小白一声大叫："乖？那是'呆乖'，从来考试不及格，连作业都不会做。还要我学她？"

爷爷听见，立刻表态支持这个观点，说："我们家不要'呆乖'，上课是用脑子，又不是用动作。不动有什么好？动了，听进去，又有什么不好？"

时常有人来请教我们家的成功教育经验。我想父亲的"不拘一格降人才"，使这个家的孩子从来不以读书为苦，反以为是表现个性优势的舞台。

小白从六岁起，都在每年春节去考围棋的"段位"。一家人美食既足，父亲总是在屋里看着时间等候，等候着褒奖或勉慰他。

有时，小白会在楼下迟疑："又要报告坏消息了。"我便鼓励他上楼。输棋有什么，与他对垒的都是吃他好几倍饭的成年人。

当他升到"三段"时，几乎是狂呼着冲进门的。可奶奶迎头一句"不要骄傲"却令他垂头。而洲洲则以哥哥的身份说："让他高兴一下

一爷二孙意已足

吧。"

这就是一个东方家庭的快乐。凭借着爱的启蒙与追忆、传递与延续，父亲用爱来实现他那"一代更比一代强"的追求。

东方人早就知道宇宙的渺茫，人生的渺小。蚁生、蜉蝣天地等，都是中国人对自己在大自然中的位置认定。然而，杯水主义、及时行乐，在中国却占不了主导地位。

中国人历来追求着与天地同在的梦想：一种是炼丹寻仙，属帝王的虚妄与贪欲；另一种，则是血脉与香火的传承，此为历代普遍接受，形成我们这个民族长远不衰的重要文化。

在父亲猝然离世的那些天，我常常回忆起自己曾于匆忙中对他有过很多的粗鲁言止，因此痛苦万分，不能自释。

当我翻开相册，看见父亲与他孙儿的合影，总是他被孙儿的小腿蹬着，被小手搂着。孙儿在他的怀里总是扭着身，尽情地做着各种得意的动作。一边是安宁祥和，一边是娇憨毕露。

如果儿女没有娇态，如何展现父母的慈爱呢？除了父母，又有谁能欣赏和宽容儿女的娇纵呢？这样想能使我的自疚得到冲解。我也是在父亲的庇护下，才得以从小如此张扬。从小习惯了父亲所造就的民主家庭，长大后爱打抱不平，见不惯专制。

父亲亦不欣赏正襟危坐。

知青时代，父亲同时给我和弟弟都寄了钱。弟弟用那钱买了东西来孝敬父母，没想到反被父亲生气道："现在社会上送礼风行，这是邪气，不要带到家里来。父母给你们的钱，就是要你们花的。你们是子女，现在还没有这个能力，做父母的怎么会要求呢？"

我是真的将那些钱都花光了。父亲却说我"老实"。

弟弟较冤枉。但父亲的这一番对家庭亲情的观念，清新出俗，却是今天犹可一听的。父亲要求的是那种清纯自然的东方之爱。

在我们三姐弟成年之后，各自立业成家，各有其专业道路。父亲曾对母亲说："三个孩子，性格不同，做父母的不要用一律的标准来要求他们，也不要把他们彼此的话传来传去，互相妨碍，引起不快。孝顺老人，各有各的方式，心情都是一样的。情况与能力有所不同，不要造成他们的比较和压力。"

所以我们的家，总是有三个儿女紧紧围绕着，享受着天伦之乐。

这是一个感知的世界，不是一个评判的世界。它的事理隐含于深层，这是具有东方特征的爱。

耄耋之龄的父亲，曾经年复一年地站在幼儿园和小学的大门口，等待着接孙儿放学，也曾经在星期天陪着孙儿去少年宫学棋。东方的"含饴弄孙"之福和"孺子牛"之乐，在西方是罕见的。

所以，东方有家谱，有家学，有世泽，有"十代单传"之说，亦有了今天可以傲视全世界的纯洁的基因系统。

这皆源于被西方人视为神秘的东方之爱。

西方人是不会管到第三代的，他们的爱达不到那么远，连"第二

家有爱孙老来春——父母与俩爱孙

代"也难以负责到底。我去过那边，常看到的是老人与狗做伴，和老人孤独地赌博。孩子们对老人则几无印象。家庭能维持两代的完整已属难得。

中国人的特性是重血亲，重后代，然后，才能推及社会。

按中国人的标准，一个不孝敬的人是不能够相交，更不能够当官任重的。处社会的标准也是从"能不能爱其亲"这一点推及的。所谓"己所不欲，勿施于人"；"老吾老以及人之老，幼吾幼以及人之幼"，正是东方理想人格与理想社会的写照。

东方之爱，不仅维系一个家庭，更维系着一个国家与民族。

罗马国有古无今，西方诸国有今无古，而为什么独我中国可以不中断？

重后代，重传承，才使五千年历史绵绵。这是东方之爱的成功。

2002 年 7 月 21 日

被放逐的心

哀莫哀兮生别离，
家园何时归？
雨雪霏霏，雨雪霏霏，
远行人望天边月。

乐莫乐兮心相知，
乡野借油灯。
杨柳依依，杨柳依依，
无限生机在我身。

这些词句，我用来做了电视片《西南联大启示录》的主题歌词。剧组人都说好。作曲家还说，我设计的基础旋律也很准确。

这原是我为父亲所做的写照，是在夜间难以入眠时，倚在床头，写在日记本上的。其中所用的两组古诗，俱为父亲所喜爱。"哀莫哀兮生别离"，是他最后墙上留联的批语。"乐莫乐兮心相知"则是他平素人生的追求。

"昔我往矣，杨柳依依。今我来思，雨雪霏霏。"人生美景如春，

寒不改叶——父亲老友为他拍的照片

末路如寒雪。生活中所有的胜地，俱因我失去父亲而变得凄寒。

在最悲痛的日子里，当生活中不能承受的事情发生，会觉得整个生活都难以承受。我只能回忆父亲的生机，回忆父亲对待人生的刚毅果决气概，来慰勉与支撑自己。

整理遗物时，我看到父亲在七十岁时，曾自题照片一诗：

人生七十古来稀，

孰料古稀今不稀。

古来重义轻黄金，

如今见利不认亲。

文明礼让世所稀，

特权骄横世不稀。

谁家许汜求田舍？

何处刘郎忧国兴？

父亲愈至晚年，做学问愈为怡然，怡自己，怡儿女。他曾有解释大观楼长联文章，报载当地一教授之说，甚谬。父亲的文字却没有发表。父亲淡然说："不去与他争。"

人是不可负累太多的。父亲深知其理，再三嘱我"惜光阴""择交息游"。

"有麝自香，无蓝不青。"父亲是性明、心清、骨硬。

父亲一走，我猛醒，不愿再"陪俗"。

其实，自幼最大的脱颖，便是这不愿"陪俗"，不愿与那些不能给予我任何长处的熟人亲戚们呆坐。

归去无园田，南山不属我。但"结庐在人境""心远地自偏"。

中国人的放逐，反而是一种更深刻的"怀国"。因此，许多的中国人，因被视为"敌对"而出国，却依然怀乡报国。

被权势所逐的人，却以文化重新征服与占有大地。我到汕头时，此地有韩山韩河。守韩愈墓的老人说，皇帝没想到他的江山反而改了姓了。"惹得江山也姓韩。"

我尤其钦敬司马迁，弃一帝而续千古，悠悠家国，这是文化的征服。如苏东坡到海南，留下了"天下第一楼"的读书楼。

杨绛女士说，中华民族靠方块字统一，是精辟之言。

有人讲，中国是伟大的民族，弱小的个人，被牺牲了的个性与优秀者。

但更深下去，放下西方史哲观的解剖刀，我以为，中华民族是靠一股"地力"在支持在推动在崛立在抗争于世的。

中国近代的体制是最糟的，却靠着热血之士的浇灌，一种"民为贵"的古代传统思想在支持着这个古老的民族前进。特殊而曲折的历史与文化的进程，使这个民族蕴藏有深厚的地热。

在"中心"，则守身临其境如"边缘"。

在边陲却又所思如"中心"。

在这"仕"与"隐"之间有一条没有的路。

那若隐若仕的痛苦，在两难中。

无奈支撑，无奈之桥。伤害至深，不能平静。失去最多，非仕非隐。

为什么选择这个碰撞点，精神的煎熬之狱？这个摩擦交叉的位置？

《中国布衣》所引用的诗，讲到远行和离别，原来多是古代生活和战争状况下的悲剧。但从小在我的心目中，古今的布衣、知识分子多是被命运颠簸，被强权捉弄，总是走在"离离原上草"的辞别之路上，总是充满了凄楚的离情别绪。

同时，他们又是最善发现美，最能产生欣喜之情和热爱的内心丰富者，或是发现小院里的"人面桃花"，或是坐赏"相看两不厌"的青山。"种豆南山下"也好，"采菊东篱下"也罢，没有人比他们更能体味美，获得宁静生机的了。

有自信，有纯净的自我意识，心态完整，知识丰厚，触景生情，文采斐然。同时，各自身怀奇才，能富国强民，能创造美好。

所以我说："无限生机在我身。"

历史不同，原因不一，可是心路却是相同的。油灯相同，生机一样。

这就是我的普通人的父亲，和西南联大的诸鸿儒大家可以文脉相通的地方吧？否则，我这个普通人的女儿，也不会对西南联大的伟大历史奇迹产生如此的认同。

在这几年里，围绕我的梦怀的就是"西南联大"与父亲。

心血铸家园，儿孙俱成材——父亲抱病与全家人最后的合影

我不知道，这对于我是一种净化还是隔离。

父亲走了，这世界上很多的色彩对我失去了意义。仿佛从梦中被点醒了，我从头到脚地看清了自己一次，然后紧紧地拥抱了自己——这父亲所给予的生命。同时放弃了许多，本来就不是属于我的那些。

父亲一去，令我一下子明白了什么叫历史，什么叫承上启下。他身上的东西一下子在我身上冒了出来，令我始料未及。他的遗愿和一生旋律立即成为我延续生命的一部分。他的精气神影响了整个家庭的世界。

一位研究跨文化的学者对我说，在西方人的父与女之间，不存在这么深的哀思。

岂止是哀思？

哀思可散于时间中，血脉之传却历时而愈鲜明。

曾经我想把中年人生拦在门外，而现在，我庆幸我走到了中年。人到中年，删繁就简。仿佛是父亲的一股气质落到了我的身上，我从内里转变了。

我正需要这种转变，来完成迟迟不能成熟的人生，来归结纷纭扰心的情愫。

有时我想，难道一定要付出这样的代价，一定要失去父亲，我自己才肯成熟吗？

也许父亲看到了这一点，他最后地教诲了我，生活的重锤猛砸了我一把。

家中祭奠的香炉，是我当初从大理带回做笔筒用的。今倾出笔，不想却做了父亲灵前的香炉。

笔乃香，香乃笔。父亲莫不是叫我以笔为香？

最好的香烟供他老人家的，是书香。

孤香立石炉，而今唯伴我。单纯，高贵，敏感，自尊。这就是父亲，他独赏一切，独当一面。在我的性格中就继承了这"独"的成分。它来自放逐宿缘，亦来自一种高度。

如父亲爱《苏武牧羊》《关山月》一样，我爱《伏尔加河纤夫之曲》与《三套车》。放逐之歌，苍凉之曲，是孤独的伴奏。在流放中有真的人性与高尚。

想：外公外婆遭遇历史的不公，非命而死，俱是空坟为祭。

我奶奶自嘱葬骨殖于滇池深处。

我父亲漂泊于外，幸而归来。

苦难的家世，不堪回首。赫赫家谱，缄言无提。

唯有文化是我们的根，是我们的魂。

先祖几乎无坟可上，书香却传留世代。

葬父昆水华山间，落花风雨，倒春寒至。天象文象，无不同悲。

读自己，读自己一家之身世，一颗被放逐的心，

傲视，远离，这世俗之世。

明白了：不群，这是我的命运。

我注定了：生而要骑上一匹烈性野马，

我的一生，将驾驶一条令人不可思议的海中船。

2002 年 7 月 16 日

照片的遗憾及成书

到 7 月，终于将为《中国布衣》一书所选的生活照尽寄出版社。

几天后，接到编审者幼民的电话，一腔的不满意。言下颇为失望，说是："连一张可作封面的照片也无法选出。"

他本来期待着会有"许多的老照片"，现在却不过三四张。他说："老照片就大不一样，连眼神都不一样。"

老照片寥若晨星。在我们这个屡经洗劫的家中，是定然的。就是在许多没有直接被洗劫的家庭里，也会闻风而动，采取自行消失的方式。这大概也是造成现在人们所钟爱老照片的一个缘故吧？物以稀为贵了。

最后一次"洗劫"的往事，又清晰地再现于脑海。那也是我对不住父亲的一件事。我当时是个小工人，工人中的团支部书记。稍微安定的日子忽然陡起风波。

我一生绝少考虑父母的安危，是一个"引火烧家"的人。而这一次，是因为我在云南主持了规模盛大的"纪念总理"追悼会，当即被扣。

那时离父亲退休只有一年的光景，正是他一年一度回家探亲的日子。

在最后时刻，我匆匆回家，告诉父亲，快把我的日记信件和诗作转移销毁，以免株连和重判。

父亲后来告诉我，他带着我的这些有罪的文字，徘徊于苍茫原野之上，落日将尽，心中无限悲凉，不知爱女的凶险，亦不知自己晚境将如何。

所以我们一家人，能够齐全地相守到今天，为人而庆幸，从未为物而惜。

幼民又说，怎么你们家的人照相角度都不对，光线又很黑？

我说，我们家人照相，都是平常人在做的平常事。花开了，过生日了，团聚了，过年了，就拿出一个"傻瓜"机来，按几下。以后家人传看，高兴一番，父母就把它收进相册。平常人不就这样吗？

其实，我知道幼民作为一位编辑，应该是这样的。

多年从事影视工作，我也曾经带过专业摄影师，带着"尼康"装备，去给一些熟悉的老人摄影，如陈荒煤，如韦君宜，如季羡林。我觉得他们作为社会名流，应该有几张好的照片留下。可是，我从来没有想到过，要为我的父母、我的家人拍些像样的照片。

我和家人珍爱那些自己拍摄的，带着缺陷和回忆的照片。那是专业摄影师介入后，就不会有的气氛。

也从来没有想到过，我会为父亲和他所缔造的这个家，来写一本书。

天经地义的，他就是我的父亲，本来他就该是这样的，而不是别人的父亲那样的。我的父亲这样子生活，这样子写字，这样子说话，那是当然的。没什么奇怪和要思考的。

只有当父亲猝然离世，我才一下子如高楼登空，失落于万丈之中，我才明白了，他对于我，早已是一个不可被替代的人。

环视四周，忽然发现，没有他这样的人了。才明白，父亲是在如何特立独行地生活着。在他这样的岁数，在他这样的层次，在他的同学亲友中，我没有看到别人像他这样执着于初衷，刚毅和富有活力。

在无限的悔恨与痛失中，我沉浸在茫茫追忆里。

先是与友人建一倾诉之时，产生了写这本书的意愿。然后又在幼民的策划下，写起来了。当文章一篇篇增多，我依然对这本书没有底。我时常会打电话去问幼民"感觉如何"，不是想听表扬，而是听一个踏实。

从前没有过这样。我历来认为笔是我的，我行我素，看不懂是你的问题。就是写处女作时，我也知道我要告诉读者什么。

这一次却感到，似乎幼民比我更知道，这本书是什么样的。

也许，这本书早就放在那儿，它就在我身边。我年年月月地读它，读我的父亲，却不知道，这就是一本"真书"。

从此可见，我不是一个成熟的人，也不是一个成熟的作者。幸运的是有一个成熟的编者。

幼民说的："一张可以作封面的照片。"我立刻想到了那张照片。

那是父亲在辞世前一年，专程找出来，在我回家的时候，交给我的。

他说："这张照片就交给你了。"那些日子，父亲会将一些家传的老物件，比如老象牙筷之类，用红纸分包三份，给我们三个儿女。我们只有默默接过。

那张照片是让人过目不忘的。父亲身着长衫，背负着手站立着，仪表堂堂，气宇轩昂。旁边是长发如瀑的秀丽端庄的母亲，身着旗袍，外套一件双排扣的摩登呢子短大衣。前面端坐着奶奶，怀中抱着刚满百日的我。

我从襁褓中探着头，两眼晶亮，头上戴着一顶缀满了玉片和琥珀流苏的小帽。这顶帽子我一直有印象，是直到"文革"抄家才和母亲的婚纱照一起消失的。

奶奶的样子是同我记忆中一模一样的，不笑，戴一顶老年妇女的传统帽子，嘴紧抿着，一看而知，是一个有主见的历尽艰辛的旧式妇女。

父亲在银行供职时，一人养活全家，后来达七口人之多。他的老乡曾对我讲过："你爸爸当年的薪水是我们的五倍之多。他是高级职员，我们是练习生。"

我还记得，在50年代我念小学的时候，玩过父亲的工资袋，上面写着"七十七元"。到父亲下文山，工资比当地的最高官员还要高，因此也被人暗妒。

当年，父亲在那张照片里的姿态和心情，是一种宽慰与自信。为人子，为人夫，为人父，他正处于一个男子自立于世的黄金时段。这就是友人幼民所说的"眼神都不一样"。不只因为老照片的拍摄洗印都是精致的手工操作，更因为：父亲的境遇实有"天上人间"之别。一个成功者与一个被放逐者，眼神怎么能一样呢？

就是这样一张记录着父亲和家庭历史起源的珍贵照片，竟被我弄不见了。我一直在流荡，刚搬过家，此时挖地三尺，也找不见。也不知道，它是否还藏在我居室的哪一层柜子里？

我根据母亲的记忆，回到父母的老家，重新翻查那一捆一扎的旧册子。

细察两本旧相册，有一本上面，全是父亲当年在文山办会计学校时，所教授的银行班的学生照片。一张张憨厚朴拙的脸庞，背面都恭敬地写着"张老师留念"。那几位梳辫子的和短发的女生，就是曾为父亲一针针地纳过花样精巧的鞋垫的吧？父亲带了回来，曾令我们惊叹。

幸得桃李慰寂寥——父亲边陲办学，与学生们在一起

在一张有众多学生的毕业照背面有父亲的题字：

别同学

九夏芙蓉成幻梦，

春风霁月乐融融。

磨砺聚散为人民，

何须惆怅忆芳蓉。

1964 年 6 月抄

从此，我知道父亲是如何度过那边陲的漫漫二十载的。

一开始还算是发挥了作用的。和所有耿直坦诚的知识分子一样，父亲也走过那段彻底地信赖与献身服从的道路。他以"为国报效"的欣慰，补偿着家人离散的憾事。

就在临终前几天，父亲还对我说过，现在文山银行界的领导人物俱是他当年的学生。父亲到文山创办会计学校的银行班，是父亲让他们知道，什么是银行业，如何做一个银行会计。父亲的才干和严格敬业，为他们留下了良好的根基。

在培养出了一批批学生后，父亲的处境却每况愈下。先是在州里，然后放到县里，最后的命运竟是被发配到了大山后面，一个只有三个人的水电站当会计。他教会了那么多学生做银行业务，最后，自己却被一脚踢到银行之外。

原来，人家对他是知识的利用和榨取，然后就彻底地抛弃。

就在这一册里，我还找到另一张小照，父亲的笑容似带苦涩。背面写了一句："天若有情天亦老"，题为"下文山十二年纪念"。

父亲已经感到"天"的无情，而自己正在老去。

如果要庆幸，在父亲的人生，有一种普遍的苦头他没有吃到，那就是因为在深山的背后，"天高皇帝远"，在那个只有三个人的单位上，寂寞的父亲再也没有高谈阔论和评点时事的机会，因此没有被卷入那些个"运动"。所以，也就没有被"揪斗"挨打过的事情。这亦成了母亲的一种宽慰。

父亲一走，母亲先是难过，当初自己没有能够去"求人"把父亲调回家来，让他一个人在外二十年。但母亲又说："调回来，也说不准，哪个'运动'一来，就保不住了。还能不能享年八十二？都不好说。你爸爸那个性格，当初说要给党提意见，写了大字报，我拉都拉不住。还说那时是'向党交心'，结果一夜之间就变了。多少人反应不过来，多少家庭一夜之间就垮了。"

母亲似乎是认命了，觉得父亲的一生能如此，也就算"比上不足，比下有余"了吧。

用二十年黄金韶华的流放，恩爱夫妻分离，儿女骨肉离散，来躲避这一场场的"运动"，以至于竟感到"庆幸"，这绝不是父亲的初衷。这太可悲了！

但我亦不与母亲争论。我父母一生够亏的了。怎样才能令他们心平呢？事实上别无选择。有时候，越透彻就越残酷。

我还见过父母几张婚纱照，气质不同凡响。母亲也想起来，曾经送过一位好友，如今人亦过世。便打电话过去问其子女。竟一无所知了。

她的好友家比我家更倒霉，想必也抄得更干净。为几张老照片，又引得人家回味一番所受的劫难。

"天尽头，何处有香丘？"

"一张可作封面的照片"，在这个家里竟是踏破铁鞋无觅处。最后，总算是在弟弟家找出来一张：可谓郎才女貌，美满家庭。

父亲身着长衫，与着花旗袍的母亲并立，母亲抱着"百日"的我。

母亲说，那花旗袍的布是父亲选的，深色底上出粉红花，做好了她不愿意穿。只是照相穿了一次。想必他想把母亲打扮成贤妻良母型，而母亲依然怀念她的学业。照片上的表情可以看出，父亲更为投入。

正在上英语专科学校的母亲，是因为怀了我，才中断她的学业，后来，又过了五年才上大学的。

这一张照片，但愿能做成封面，不负编者苦心。幼民说：难为你了吧？其实这话应该是我对他说。

在这本书里，我也想追踪父亲的文化之旅，遨游和神游一番。这才发现，我之所知，竟如浮光掠影一样。由于有我的父亲，我对古典的喜爱完全是一种摘桃式的。只知其果，不知其树。有时对其果也记忆模糊。我以为父亲是我永远的文学档案。没有想到过他会走开，而弃我于孤岸。

幼民承担了为我寻找桃树的冗繁重任。文章里许多古文的出处，都是他去翻动巨著查来。曾有人夸我有"古文底子"，令我沾沾自喜。我的"古文底子"其实是活生生的父亲。而现在，这本书的古文底

母亲七十七岁时的照片

子，恐怕是编审者幼民了。

　　作者往往认为，书是为读者而存在的。这一本书的诞生，却使我深切地体会到了："书，首先是为编者才存在的。"

　　我这样的作者，既有个性也很迷茫。有些内在积累的珍藏物质，如果没有一个倾听者，没有一个启导的发泄口，它就永远只是我个人的私爱与私痛。

　　我又是一个不时介入某些大事件的活跃者。人们常常要求我写那些风云际遇、热浪话题，而不会注意到底层潜伏着沉默的深海。

　　如果没有知音者的注视和切入，我可能会被社会推波助澜地往热闹处走，一不小心，就会永远地深埋了某部分自己。这本书使我感到，我永远会需要那些作为知音的编者存在。这将决定我写作的分量。

　　洞察自己，我明白，我生性其实内向，与外界始终有"隔"。这也是逆境中成长的一种自我保护。曾经有知我的朋友说过："你像洋葱，剥了一层，还有一层。"

这本书属于剥得较里面的一层。能够剥到如此，因为有听我倾诉的友人与编者。

如幼民所说，目前，"中国社会还没有这样的书"，我想，这是书界还没有将此当"书"。中国本来有这样的人生和这样的书。

他还说：这应该是你的一本独特的作品。

这是那种连根拔起的东西。我从来没有写过这样的东西。

我在写这些文字的时候，所进入的感觉，也是我以往写任何文章所没有过的。所以我相信它有力度。写的过程，对我亦是一种净化。它常伴着泪水，也伴着温馨与自豪。去浮躁之气，留隽永之笔。

我想说，这是我写作以来，自己认为最干净的文字。

这本书的内容并非炙手可热，"市场含量"亦无法估算。它远离了"成功学"之类的功利书籍和奔腾的主流文化大潮。同时，它又不是现在流行的"百姓话题"。

对于广义上的百姓，它太雅、太孤。而对于那些时代俊杰，它又太淡、太平。我父亲"这类人"的生命，是一个被捂闷了的雷，是一股转入地下的奔泉。它听着自己寂寞的鸣响，孤独地流逝，已经半个世纪。

这本书的编者听到了它的泉响。与我同步，也许比我更早。他们认同了这地下流响的价值。

总之，这不是一本在书斋里发现，或是从书斋里诞生的书。它流淌着亲缘的血浆，又发散着深渊的历史文化气息，它源自我的命脉，很大程度上是属于我个人的，由于知音的倾听，它归属了社会。

人生的本质，有很大的一部分是由一些静静的内容所构筑的。不要以为，只有那些跃动着的闪光炫目的东西才是生命和文学。

"厚积而薄发"，厚的部分永远是静静的。我曾迫不及待地从那里出来，拥抱这魅力的世界。但是，我终于发现，我真正的憩园是那个静静的所在。

对于我，写作是一种个性人生与大千世界的对接。我热爱这种对接，又心存疑虑。这本书打开了我的另一扇门，这一段写作过程，可能会改变我今后的写作。

有些人说"坦诚到彻底"，我以为是不可能的。

假设我们每一个人都写真正的日记，那么，每一本真正日记的公布，都会是恐怖的。轩然大波将打碎许多宝贵之物。

我不标榜自己"毫无保留"。人会将许多至性之物带到冥河彼岸。

流行歌里经常回忆这个回忆那个，赏秋叶而忆夏荷。在我看来，"回忆"必须有一个形成的过程。"此情可待成追忆，只是当时已惘然。"古人早已道出"回忆"的天机。

往事不可能再现，即使只在脑海里。我欣赏一个用语——钩沉。

茫茫尘海如山中大泽，遥远地伸出钩子，从逝去的层层积淀中钩出一星一丝，这就是历史。它伴随我们，去巩固这渺小的人生。

无边的淹没，永远是生活的最真实。正如林黛玉的人生观，离散与宴席，前者才是生活的本质。能够钩沉的，当是一种得天独厚。

书成归憾海，意气散九州。人如落花去，岁岁悲秋风。

2002 年 8 月 10 日

亲
情
文
字

亲情文字，提醒人回归文字的本义。

父亲近一生的书法作品，也属于"亲情文字"。他是为自己和亲友，以及能够品味这些文字的人们而写的。他在写字时，已将嘈杂关闭在门外，就像他仍然在僻远的文山与我们写那些信一样，是一种纯净的感情和投入状态。

亲情文字，那些不为了"出版"争风的文字，那些在某一个角落里滋润着某一颗心灵的文字，它们才是文字产生和存在的首要理由。

母亲和父亲的两个孙儿的文字，含着他们每一个人的体验与深情。

他们更记得的是，父亲为全家人留下了那些漫漫的有力而独特的爱的日子，绵绵的思念与温暖。

录附如下：

回忆我的爷爷

张岳洲（孙）

也许是因为爷爷给我的印象太深了，我始终觉得他还和我们在一起生活，每次直到回到家乡，才发现，我只能到墓碑前和安息的爷爷说几句话，我才真正意识到，爷爷永远地离开了我们……

我不愿只以回忆的方式来和爷爷交流，因为在梦中，我们经常可以见面。但事实上以前生活的点点滴滴，却让我一直都无法忘记。

对于爷爷的记忆是琐碎的，因为他和我一起走过了近二十个春秋，甚至在我还未出世之前，爷爷就对我寄予了很大的期望。

那时母亲正孕育着我，全家人都翘首企盼着小生命的到来，爷爷当然更是万分焦急，他更担心我的健康，因为妈妈前面掉了一个哥哥，至于性别嘛，据说可能是女孩。谁知道生下来一个大胖小子，乐得爷爷心里开了花，真不知道怎么来形容。可是爷爷为我准备的却是一个女孩子名字，叫"杏莲"还是什么。这大概是爷爷重男轻女吧，要不凭他的学问，用年轻人的话说这个名字实在是不符合他的风格。

害得我出生很长一段时间都没有大名，我爸就叫我"二狗"。后来户口要登记的前夕，爷爷终于帮我取好了名字，一个非常大气的名字——岳洲。

爷爷生活一向非常俭朴，他对爸爸这一代人要求特别严格，对于我却网开一面。我很小的时候，他总是会把好吃的东西省给我吃。知道我爱吃零食，爷爷总会在他那个橱柜里用信封装满了好吃的葡萄干或者其他的东西，等我周末来了，就让我吃个痛快。

所以当我来找爷爷，就会很自觉地来到橱柜前，寻找着好吃的东西。爷爷故意问我："你在找什么啊？"我说："我要吃葡萄干。"说着，我拿起信封，爷爷说："只有信封，没有葡萄干了。"我说："那我就要吃信封！"爷爷开心地笑了。

爷爷爱好广泛，在退休后开始迷上了天文地理。一次姑妈帮爷爷从北京带回一个地球仪来，我看了非常喜欢，想要占为己有。但爷爷和姑妈都不给，而是用其他的玩具来哄我，我就生气了。后来，爷爷主动要把地球仪送给我，我却赌气不要了。全家人都为之诧异，爷爷却很高兴，口中念念有词道："好啊，有骨气！志士不饮盗泉之水，廉者不受嗟来之食。好孙子，有出息！"至今，这句话仍让我回味无穷……

爷爷小时候因为家境贫寒，患上疾病导致左手有后遗症，但他希望我们能健康成长。记得我大概小学的时候，那时的爷爷身体还比较硬朗，居然能和我一起踢足球，而且还帮我守门。虽然爷爷穿着西服皮鞋，非常笔挺，但跑起来还是十分轻快，让我觉得他好像并不是我的长辈，而是我儿时的一个好玩伴。

后来爷爷一直保持着锻炼的好习惯，每天清早起来做晨练，打打太极，练练剑，或者驻足于花园边观看别人下棋。

其实，自从退休以后，诗词书法才是爷爷最大的爱好。他尤其痴迷于书法艺术，在起初模仿的基础上逐渐自成一家，形成了自己独有的风格。看了爷爷的字，就会觉得字如其人，清秀飘逸之中透着刚正不阿，挥洒自如中蕴藏着高雅与质朴。爷爷的字不仅得到亲友的喜爱和赞赏，而且多次在书法比赛中获奖。

在我面临高考之时，爷爷挥毫泼墨，为我写下了荀子的《劝学》一文，勉励我勤奋读书，刻苦钻研，也对我寄予厚望，实现爷爷自己未曾实现的大学梦。这一真迹我至今仍然珍藏，时刻提醒自己爷爷对我的期望。

爷爷一生正直严谨，最忌讳别人说假话。听父辈说爷爷当年就是因为看不惯上司好大喜功、弄虚作假而直言以谏，被下放到偏僻的小山村里工作，从此背井离乡只身奋斗二十年，直到退休才返回昆明。而爷爷也一直保持着这种习惯，做事做学问总喜欢打破砂锅问到底。

一次，爷爷在老年大学的学习中，听老师讲到大观楼长联中"唐标铁柱"的典故，觉得与历史记载不符，于是查阅大量典籍不说，还逼着爸爸开着汽车拉着他到大理白族自治州弥渡县寻找铁柱遗迹。功夫不负有心人，当他们找了整整一天，已经筋疲力尽时，终于在一个小山村找到了破败的铁柱庙。开尘封的庙门，兴奋的爷爷饱览了这一珍贵的历史文物，并做了许多古文字碑的拓印，拍了照片。回到昆明后他又认真地整理归纳，最终验证了"铁柱"渊源。

当我四岁的时候，我的表弟出生了，一直被视作掌上明珠的我忽然有一种失宠的感觉。那时的我觉得爷爷好像更喜欢表弟，而对我却是那么的苛刻。于是我总是要和表弟争这争那，直到我稍微长大了一点才逐步体会到，其实爷爷对我的爱是深沉的，并不是那么肤浅和简单的。他之所以对我那么严格，是因为他觉得我已经长大懂事了，应该把我当作大人来看待。因此爷爷凡事非常尊重我的意见，无论是家里的事情还是海阔天空国际新闻，他总喜欢听听我的看法。

有时候，我很喜欢和爷爷交谈，轻松而自然。爷爷的思想严谨而不落伍，偶尔还时尚那么一下。记得小学六年级我们全家去海南的时候，我嘴边总爱哼唱着叶倩文的一首《潇洒走一回》。歌词中对待人生的态度似乎和爷爷有共鸣，也许在爷爷眼里"留一半清醒留一半醉"和郑板桥的"难得糊涂"差不多吧。

爷爷一生怀才而不遇，因此他最喜欢王勃的《滕王阁序》，我想他之所以送我《劝学》一文，也是抒发自己未遇伯乐的一种感叹吧。

晚年的爷爷，身患重病，但他非常地坚强。在我的眼里爷爷是个真正的男子汉。他不愿意连累别人，不希望让奶奶多照顾他而劳累，更不愿意让儿女子孙放下手中的工作和学习来关心他。尽管这一切都是我们家人理所应当做的事情。而爷爷总是坚持着一切自己做，自己照顾自己。时有病痛，他都咬牙挺住，却大声呵斥着不让我们帮忙，家人无一不为之感动。

而这一切，我当时并不知道，是爷爷叮嘱爸爸不要告诉我，怕远在上海读书的我影响学习。直到我暑假回家时，我们全家人到照相馆合影，我才发现爷爷的衰老，他的精神明显大不如前了。我也不敢多问，只是在心里默默地为爷爷的健康而祈祷。

次年寒假，我急匆匆赶回家，爸妈到车站来接我。当我迫不及待地询问爷爷的健康时，爸爸的眼睛红了……我回来晚了，我最终没有能再见爷爷一面，这注定是我一生的遗憾。

每次回忆我的爷爷，难免心潮澎湃。爷爷是我的良师益友，但他不喜欢教训我们，而总是以身教的方式告诉子孙如何做人，如何做一个正直的人。也许是我还没有长大，许多事情长辈们都没有告诉我；也许发生在我小时候的事情我都没有记住，但爷爷对我的成长起到了潜移默化的作用。

从我蹒跚学步，到我远游求学，在我的身后，始终有爷爷日渐消瘦的背影，他总是默默地注视着我，关心着我，却从不给我任何压力。即使在我摔倒时，他也会关切地给我送来安慰和鼓励，让我重拾信心。

也许爷爷把他毕生没有实现的理想全都寄托在我的身上，我成长中的点点滴滴、辛酸苦辣他都和我一起分担。

我常常在问自己，爷爷是否真的走了，为什么我总觉得他始终就在我们的身旁。

其实，爷爷对我们注入了毕生的心血，我们的生命永远是和他连在一起的。

思念爷爷

郭启白（外孙）

一天，我一个人走在路上，看见一位年近七旬的老人，带着他的小孙子。爷爷时不时地把孙子抱在怀中，问着"1+1"之类的算术题，时不时又让小孙子在前面跑，自己在后面追。

一种莫大的失落感突然压上我的心头，我的爷爷去世已经快两年了。

我本以为这种失去亲人的悲痛，已随时间慢慢消散，但此刻，我又强烈地思念起我的爷爷来。

实际上，他是我的外公。由于我爹的父母都走得早，我从小就叫他"爷爷"，叫外婆"奶奶"。尽管这样，在我心底，我仍然认为，他就是我的爷爷，从来没有叫过"外公"。感觉上"外公"有个"外"字不爽。而爷爷是最爱我的人。

我人生的第一个镜头，我所回忆得起的最早的画面，是我躺在医院中吃着米线。那时我才两岁，得了阑尾炎，正在恢复期，只能吃好消化的食物。于是爷爷便起了个大早，买好米线，煮好，送到医院。

我至今还记得，吃那米线的感觉，吸进嘴里，滑溜溜的，还带着鲜味。

这只是爷爷对我的爱的一个小片段。我自出生到上完小学，都是在爷爷奶奶家度过的。在那里，我经历了无忧无虑的快乐的童年。

每当我做错了事，爷爷总是第一个来安慰我。如果我被爸妈骂，爷爷也总会出来保护我。

爷爷给我的爱不仅表现在物质上，很大一部分是在精神上。从小，爷爷就手把手教我写毛笔字，教我背古诗，教我算算术，和我下象棋。他最早地开发了我的智力，使我从小就领悟到了书香的快乐。

我感到惭愧的是，我没有在爷爷生前给予他足够的关心。还有，直到现在，我才渐渐理解，姨妈说的"布衣父亲"及"布衣精神"，才开始懂得爷爷一生的做人、品质、精神。

当我还和爷爷一起住时，他每天起来晨练，然后回到家，读喜欢的古诗词。而就在这时，花园里尽是一群群吹牛、高谈阔论的老人。

然后，爷爷开始写毛笔字，自己在宣纸上画格子。我还记得，他用长长的尺子比画半天，用红铅笔抵住尺子画方格的样子。接着他写书法，一丝不苟，神情专注。即使是奶奶去打扰他一下，他都会不客气地回答。

而此时，花园里传来阵阵"哗哗"的清脆响声，又是一群群老人在打麻将。而爷爷不为所动，仍然气定神不闲地写着。

顺便说一句，爷爷的书法在昆明可是小有名气的。每当有客人来我们家，看到墙上爷爷的字，几乎都会问："这是请哪位书法家写的？"

还有一件事也给我的印象很深。就是爷爷每周都要去上老年大学，风雨无阻，从不间断。

有一次天气很差，早上七点，天仍是黑漆漆的。我才起床，就看见爷爷已经准备好了东西，要去上学了。我就去对他说："去那么早干什么？不是八点半才上课吗？"

爷爷说："去早一点好，不会迟到。"

"天气那么差，一会儿可能有暴风雨，您今天就别去了。"

"不行，不去就学不到知识。"

过了一会儿，爷爷便出去了。听着楼道中传来的"咚咚"的渐渐远去的脚步声，我心里涌起一种激情。爷爷"活到老，学到老"的精神，真是太值得我学习了。

爷爷给我们全家做出了榜样。他的言传身教，使得书香能在家中代代相传。

如今我将面临高考，想起爷爷生前的事，无形中给我加了一把油。

放心吧，爷爷，我是不会辜负您的。

追忆进德

母亲

他幼时丧父，靠母缝纫供读。清苦奋发，一直名列前茅。工作中刚正不阿，遭到小人忌妒，以暂时任教为名调离，从此离开了我和孩子们。骨气使我们不求人，凭着自己为人民服务的本领，出色地完成着所任工作。

凭着彼此的理解和信念，度过了二十年的分居风雨漂泊生活。尤记他回到家中时，对我和孩子们的一片激情，管孩子，做家务，是那么主动、积极，要让我有更多时间去投入我的教学工作。

在我们结婚后的五十多年里，他有五分之三的时间离开家。最不愿回忆的是他第一次离家的情景。面色是那样苍白，眼神是那么痛苦，我呢，虽也一样酸楚，但总有三个活蹦乱跳的小天使围绕着，欲哭不能强作笑。真是花为我减色，碧草为之憔悴。

在他"离家"的这些年里，每年出差，探亲回来一至两次，我也每年去一次。常因孩子都在上小学，需要照应，而不能去成。好心的同事经常提醒我，向学校申请照顾调来。我觉得这是求人，不想写申请。有一次教务长找我了解情况，要人事处去调来。人事科长找我写了地址，要我也叫爱人同时申请调回。我当然照办了。但内心有所保留。我想，像我们这样的，无后台，又不会阿谀奉承的人来说，是很难的。

真不出所料，就在快要办成之时，杀出了"程咬金"，一个转业军人冲来，代替了位置。而此人几乎是文盲，更谈不上做财经工作。此人直到现在还是个打杂人员。至此，我们互相安慰着，等待着，我考虑待三个孩子上了大学以后，我就下去。德总是始终不同意丢掉昆明这块风水宝地的。

回家的情景也让人记忆犹新。扁担的两头，一边是两只肥大的鸡（自己喂的），一边是亲手制的鲜肉，兴高采烈地走进家门。那形象似乎是告诉家人："我回来了，不再去了。"

他刚好六十。他离家二十年，虽然每年总有个把月与家人团聚，但感觉上毕竟是不同的。他说，他在外挂念的是我工作忙，又要教管三个孩子，又是家务。而他除了不多的统计工作外，别无牵挂，连《红楼梦》都背熟了。

2002 年 8 月 14 日

玻璃板下的照片

家中有张陈年的旧书桌，上面压着一块玻璃板。父亲所珍爱的一些照片，就放在这玻璃板的下面。

在那桌面上：有两个侄儿憨态可掬的稚照；有父亲与母亲及老同学、老乡、老朋友们遨游风景的沧桑之照；还有我从远方寄来的大草原上和大海边的照片。

照片时有调整，但人物不变。而父亲一直不换的，是一张我在北大图书馆前的照片。我考上北大，对父亲是极大的宽慰。

我曾戏言道：这玻璃板下，是父亲的"版面"。

心灵的镜子就这样坦晒在窗内的阳光下，伴着父亲每日的阅读与书写。这版面又是一种认可。

父亲的认可是朴素而严肃的。

在那些长如永恒的岁月中，我记得，有那么几次，在玻璃板下面，我的相片没了。我被取缔了，被开除出这块园地。那是因为，我的所言所行引起父亲的震怒所致。

一次是父亲问我："北大现在的校长是谁？"我说："不知道。"

父亲很生气。其实，当时我们都只知道系主任。但父亲不信。他

作者考入北京大学翌年在图书馆前照的相，
此照片一直压在父亲书桌玻璃板下

以为我是学会了世间浮俗，进了北大就自以为了不起，不愿认真回答一个普通的问题。

我的照片从桌上消失了。而我也同样地倔，不想辩解。我们赛着比试彼此的愤怒。后来父亲就相信我是真的不知道了。

还有一次，是因为一个父亲不希望我接近的人。在我休假时，那个人总是赖在我家中，占据我很多时间。其实我心中有数，自认为可以应付裕如。

父亲却以为我是"清浊不分"。于是，在一天清早，父亲把我交他保存的那些奖状证书等，尽数地从门里扔了出去，表示：从此对我不感兴趣。

母亲从楼道里捡回了那些东西，以后又重新归还父亲。在这场怒火中烧之时，自然，父亲也不容许我占据在他的桌上了。

每当我得罪了父亲心中的准则，就会受到这样的惩罚。而当恕我时，我的照片又会自行出现在桌上。

　　这是父亲洁白的心地，对于我，它胜过了报纸和任何大雅之堂的褒奖，胜过了那些金色的奖杯和掌声。我绝不能从父亲这里消失，那块玻璃板下面，是最本质最铁面的存在，是我的根本价值。

　　那块版面对于我，实在比上任何报刊的"头条"都重要。这种惩罚是我不能承受的。

　　每当父亲将我的照片从写字桌的玻璃板下撤去，为了恢复在那块版面上的位置，我都会认真地努力很久。直到看见我的照片又悄然出现，父亲息怒了，我的状态才会正常。否则，我会摆不平自己。

　　这时，世俗的赞美，父亲皆认为是恭维之词，是根本不足以抵消我在他心中的错误的。只有当父亲重新接受了我，我的成绩才会像阳光一样，闪耀在他的面目上。

　　父亲的猝然辞世，对我如泰山崩毁。

　　我忽悟出，原来，我一生中真正面对的天平与裁判，是父亲。我之所以能够刚毅奋发的源泉，亦在于父亲。我能特立独行，正在于——其实我并不孤立。

　　是父亲在与我同行，为我指引，替我守住关卡和底线。在我的灵魂深处，至关重要的，是父亲认可我。

　　从小学起，成绩单上我的评语里总逃不了"骄傲"这两个字。父亲看了，却说："骄傲不一定是缺点。要有本钱才会骄傲。如果不是你的成绩好，要你骄傲，你也骄傲不起来。"

　　父亲还和我讨论过"虚心使人进步，骄傲使人落后"这句当时最流行的座右铭。他说："前一句当然是对的。后一句不一定。人常常会为了自己的骄傲而加倍努力。骄傲的人是不甘落后的。依我看，人还是要有一点骄傲。只要不是盲目骄傲。骄傲也能使人上进的。"

　　我正属于因内心的骄傲而不停进取的那一类。我庆幸有这样的父亲。

正是父亲这别出一格的思考与洞察，与世俗分庭抗礼，从小保护了我的锐气，培养了我的独思，为我一生的性格奠下了的基础。

我于是就无所谓那些似是而非的评语。记得有一次我曾在班会上讲："我没法克服骄傲，一克服就连优点也克服了。"

我拒绝当伪君子，而保持着自我的骄傲。凭着对自己的把握，我蔑视人生之路上所有的社会的不公。这一生过了一半，我就是这样闯过来的。

自幼，父亲爱护我的潇洒心性。在他离家下乡之前，他从不让我去买酱油之类，令我过着"远庖厨"的生活，造成我后来一直疏于料理生活。

及至我归来后，见到晚年的父亲认真拣菜、洗碗、洗衣，方渐悟出自理自强的真谛，遂将"做家务"亦认作了我生活的本分。

于是遵从父训，注重生息。现在，闲即做饭，尤能洗碗。我尽量地规律作息，企图以父亲的精神延我之岁月，成我之事业。

对我的气质造就，父亲是有远虑深谋的。他培养我的浩然之气、豪气和勇气，不希望我过早地陷入"为身而谋"的琐务。

有一段时间，因为我的迟迟不嫁，母亲忧虑丛生，以为心病。父亲却坦然观之。

终于有一天，他对我说："我看你现在这样也好。只要你觉得这样好，我不会再在乎你结婚不结婚。'五四'以来，很多杰出的人都没有结婚。人各有志，不能相强。也不反对在合适的时候选择，并不限在什么时段、什么年龄。"

有了父亲这样的理解，我完全释然，如天马行空，获得自由。我彻底摆脱了那种"无婚对不住父母"的精神负担。

大学刚毕业，我在天津成了专业作家，颇为自得。回家探亲时，父亲特意问我："你现在写作是在什么时候？"我说："夜深人静啊！"自己以为挺超凡的。

父亲却摇头道："那是你在当知青、当工人、上大学时的做法。现在，写作已经成为你的一生事业，你要学会用正常的八小时来写作。这决定你的一生事业的成果。要成正果，而不是业余。"

这一席话改变了我的写作方式。那种在深夜才能进入灵感的习惯，很快就被我扭转了。这对我至关重要，使我获得了人生的另一半时间。同时，使我得以保护我的健康与精力和对世俗的兴趣。

我甚至能够在开会之间，在谈笑之余，在行程中，在开公司、办项目的同时，继续我的写作。现在，就是我不动笔的时候，写作也存在于我的思维中，它不怕阳光与热闹，成为一个我所拥有的世界，我常常从纷纭乱世中一步跨入佳境。

有一天，我如果能拥有无愧之作，要归功于父亲的洞察。没有父亲的细微守护，我随意毁坏自己而不自知的时候会很多。

例如，有一阵风行少吃米饭，甚至不吃主食，大意是保持苗条。

父亲注意到我吃得太少，就郑重地对我说："你的劳动很重，要保持脑力。写作是很耗精神的。饭不吃够不行。'人是铁饭是钢'，这是古人总结的。大米和五谷养活了我们这个民族五千年，证明是最有营养的，中国人最主要的营养就靠它。你的道路还长，要吃饱饭。不要自我虐待。"

这令我甚羞愧，自己竟然浮同于世俗，追求什么苗条！纯属不自爱。从此我改了。

也曾因为懒惰而不吃早餐，父亲亦认真地与我谈话说，不吃早餐容易引起脑缺血和心脏病；吓得我后来就重视早餐了。

多年前，我在《花城》杂志上登了一张颇大的照片，自鸣得意。拿给父亲看后，不料他很不满意，说："太轻浮了。你又不是演员，你是作家。作家要讲究内涵，不是凭样子漂亮。我认为这张照片不好，不能表现深沉的气质和文化修养。"

从此，我不再刊用那些花哨型的照片，我明白了我的"形象"应该是与自己追求的精神意象相符的。有的时候，人家看了我发表在作品上的照片，会说："这照片怎么比你本人丑，且显老。为什么不用好看的？"我却知道，它能显示出一种不同凡响的气质。我要的是后者。

时时能感觉到，父亲，他把握着我的动向，感觉出我的误差，权衡着我航行的方向。他虽不在我身边，但凭蛛丝马迹，他知道我是在正道上还是偏离。"入门须正，立意要高"，这句话一生在我脑海中。

我刚回昆明长住时，曾与父亲发生过很大的争执。他对我极为不满，怒目以对。那一段时间里，因为许多熟人朋友相逢，他们中的多数已经处于一种退休状，终日游乐。开始我难以拒绝他们的邀请，总泡在赴宴赴游的交往中。父亲对此深恶痛绝。有时出面阻止，引起冲突。

他痛心地说："已作真金，讵复成矿？"这句话深深地打动了我。

父亲的话，常常是在与之大吵之后，却深入我心，令我逃也逃不掉的。我不得不承认：是父亲对。表面赌气，却暗自调整。父亲的这番谴责，致使我回云南后，写作的量与质大增，后来与某些酒肉之友几达绝交。

其实，不达到父亲的要求，我是永远不会原谅自己，也永远不会痛快的。他就在那里，是我的日晷。

这世上唯有他，在细腻地用心地体察着我，体察着人生与情操的舵把和事业往来的误差。唯有他，仍旧提供着我的发展所需的文化营养和一切细料大料，勘定着我的前景，阅读我每一篇文字。

唯有他，以我的事业为最上，叮咛着我光阴与健康是人生之最。

如今痛失我父，我惘然叹息！我已失去了人生最珍贵的不复再得的至珍至宝。须知此生，不是我父幸而有我，而是我幸得其为父。

　　如今独我与四季。疏影横斜，思我父；晚菊不落，思我父；兰草飘洒，思我父；云山蔚蔚，思我父。

　　父亲曾说："你是不会随环境改变的。我放心了。"这是在我当知青时，他对我说的话。当我还没有任何工作和着落的时候，他却"放心"了。父亲一辈子所牵挂的，是与"粮食户口""工作房子"之类无关的事情。他最关心的是：我能不能够按照他的期望走下去，而不随风摇摆。

　　我能感知，父亲至今仍在伴我、点我，给我以警示。父亲在高处等待着我，去做他所期待的那种人。

　　很多的时候，父亲又是很不"懂事"的。正是从父亲这里，我体会出，所谓的"懂事"，其实是一种软弱，一种不纯粹的妥协。那一次我在云南大理采风，触犯了当地霸道的官吏，竟被拘押。我北回后，父亲竟自写信上告。我其实可以摆平这事。在云南而告云南肯定困难。

　　而父亲就这样，常常以他的纯粹震撼了我的生命。纯粹才是真正的精英气质。单纯者方高贵。

　　他疾恶如仇，尤痛恨撒谎。

　　因为父亲病重，家中请了一个小保姆。父亲对她很好，甚至说，她像《红楼梦》中的小红一样解事和伶俐。但不久，便发现她时常撒谎，即使在小事情上。这令父亲十分憎恶。几次提出不要，以病重之身，还说"宁愿去食堂打饭吃"，也不愿与此欺诈之人共处一室。

　　父亲的一生都在认真地思考，对每个人都追求一个负责的评价。从领袖到家中人。要他改变什么想法，是要经过极慎的考虑和充足的理由的。

　　他常常不与时俱进，不理时代的评价，坚持自己所见。而如不能说服他，则仍独执偏见，一意孤行。

　　大到一国领导，小到家中的人错了，要得其谅解，亦必须通过很多的事实和很长的时间。而一旦谅解了，绝不心存芥蒂。

父亲是天真的，他只说心里话，从不考虑如何"下台"。

而家中的人已不同，即使自认为是继承了父亲骨气的我，其实也会做些权衡。我自己在父亲面前就常常言不由衷，令他诧异。

父亲却如清水出芙蓉，幽兰出深山，唯取其义。每与之交谈，有洗心之妙。

也许，因为我父亲在过去岁月中是一位隐士，深山和文学保存了他的性格。

父亲去世时，母亲曾极痛苦，说起当年，因为不愿意去求人，而没能把他调回城里，以致让我父孤身一人，在边陲蛮荒生活二十年。但她接着又说："早回来，那么多的运动，恐怕活得还不如现在这样了。"

他属于天真一族。我父亲喜雅洁，喜着西服，喜外游，尤乐诗书字画之交。

父亲以他布衣的简单，应付着复杂的世情，有时令人感到接对不及。这时父亲会有些慊然。但父亲一旦感觉到被触及了尊严，便立即以行为抗议，不惜我行我素。我父亲是拒绝任何"杂耍"的。

当今社会上有一般所谓"知识分子"，他们用语言为自己建立起堂皇的铠甲，却使你感到一个儒雅闪光的尊相下，骨子里狡诈算计的"小人充大人"。他们媚外骄内，早已不是民族的良知代表。这些人与社会下流的区别是，他们会找"口实"。

而我的父亲情急起来，有时类于野老。野老，是没有口实的人。说话可能语无伦次，自相矛盾，前言不搭后语。但他的心中却浑然一体，没有缺绽。

父亲因为我早年曾被迫害，永远不搭理那些参与迫害的官员，当面拂袖而去。言行举止，发自真心，肝胆照得见人。

去年上京，父亲的老友之漠伯对我说："你父亲是一个很有风骨的人，你们姐弟三人能这样，是与你父亲的为人分不开的。"

有一位熟悉我父亲的朋友曾与我讨论起，为何我家人尽在父亲面前争宠。父亲其实是无权无钱，在家中又是社会地位最低的，亦没有任何"职称"。可是，这么多功成名就的子女，却都要在父亲面前争相表现，获取好评。

我们姐弟三人，并外姓进入这个家庭的人，凡得父亲赞许者，皆面有得意之色。如若不得重视，则有耿耿之心。两个小孙儿更是以得到他们爷爷的宠爱而怡然。

这正是布衣人格的魅力。父亲是家中的一尊历史之神，公正之秤，家庭中价值观的准星。

由于年龄，及与父亲相处的时间长短和阶段的不同，我与弟妹对父亲的印象可能是不大相同的。他们当时还小，亦不涉足父亲的文学世界。待父亲归来已是六旬之人，远离家庭未免有些夹生固执之处。而在童年带我们去看电影和做游戏的父亲，他们已记忆不深。

他们感受更多的是父亲的暮年。有时会奇怪，为什么他不像别的老人那么随和。

二十年流放式的独居不是没有阴霾，但父亲终于走出来了。

父亲的内心生活是比我幸运的。他的一生都在追求和谐平衡的发展。他素质全面，始终有着自觉的自我保护意识。尽管外界施加很多的压力和破坏，他仍是一个完整的人。

在父亲远离我们后，我在成长阶段便显示出很大的不平衡性，我曾极端地追求过许多单一的目标。例如革命、叛逆、反抗、爱情。也许是靠着学业与文学事业，我才渐自恢复过来。

也许，不平衡也是一种创造事业的动力。但不平衡也能让人倒下。在这强烈的不平衡中，父亲是我的一个支点。

靠了父亲传我的衣钵，我才寻到一个支点，来逐渐完善我的内外生活。

父亲在临终前对事业的渴望与悲愤，使我更认定了自己的生活价值。

父亲常说我的脾气反复无常，在外面我可以强克制，但在家里却无端发火，父亲在诧异中都予谅解。他总认为，我一个人有很多艰辛孤独之处，私下里他对我母亲说过，我的脾气最坏，心最好。

到了晚年，父亲仍是喜欢把他最欣赏的一些细物末件专程给我，尽管我已应有尽有。

比如"老年节"人家赠他的礼品，其中有一床素花床单，上印着两对黄鹂、一簇素馨花，底色如天似水，在绿蓝之间。有一次，我夸奖铺在躺椅上的虎纹毛巾被，父亲即说我喜欢就拿走。

当我还在北国时，父亲曾为我购置一袭狐皮裘，几乎用尽了他的一生积蓄。

每逢我进屋，父亲总是高兴地要我看他写的字。有时候，打电话问我空不空？其实父亲书法渐入佳境，我已难胜任评判。

有一天，他将一卷认真挑选好的字画交给了我。直到他逝世，我才有空打开。一看之后，我的心被内疚所鞭挞。

我发现父亲的狂草写得既美又狂，而不似当代人的狂糙。可是因为我一次轻率的评价，我说父亲还是应该多写行草。致使现在，他的狂草没有留下几幅。

父亲是如此重视我的话。有时我说，这里笔力不足。他即欣悦地说："正是，你看出来了，那一天，我身子有些不舒服。写得勉强了。"

当最后一幅《马说》写成后，父亲曾对我说："这幅字是半情愿半不情愿写的。"当时他已经很难坐定了。那是辞世前三日。

痛哉我父！我所欠下他的，除了女儿应有的孝顺与照顾，更有父亲给我的知遇之恩。

父亲是我的第一个伯乐与知音。是他牵着我幼小的手，告诉我，"不用怕，你是优秀的"，鼓励我，去另辟一个天。

而我却因为俗世的忙碌，忽略了父亲那一颗永远在渴望知音的心。

就在父亲将走的前三日，我陪同他在楼下小园中散步。满目秋色之下，父亲吟诵道："晚秋惊落叶，飘零似客心。翻飞未肯下，犹言惜故林。"

我懵然不解，不知道那就是父亲对他自己生命的叹息。在最后的时刻，我竟没有守候在父亲的身边，让他在去往冥国的路上孑然而行。

这是我永远不能原谅自己的。此后今生，年年寒风临寒水，便是洒泪断肠时。自父去后，人爱秋色斑斓，我却痛惜落叶，悲冬之将至，亲情将逝矣。

伤心犹如风中铃，每有微风送凄清。

这风铃声，唯我听得见，这是父亲在空中对我的呼唤。我珍视它，再不愿失去。伤心也须知音伴。对父亲的点滴回忆，是他给我的财富和人间温馨。唯恐茫茫世界，父亲再舍我而独行。

我的前半生之所以能"独行特立"，其背景，皆是在父亲慈爱的目光之下，知音的鉴赏之中。勇气与智慧，来自父亲的心相知。

十年前，在那场中国社会风暴中，父亲给处于忧患中的我写信道："无论是走着，还是站着，你永远是一个直立的人。"

在那种摇摆不定的时局里，天底下，这样的父亲有几人？

父亲并将《红楼梦》曲以及他所喜欢的几首歌曲，用盒带翻录后，寄给在海南的我。这是一种心灵礼品的相赠。

更远还有，"文革"时期，我曾遭厄。临行前，我嘱家人，将我

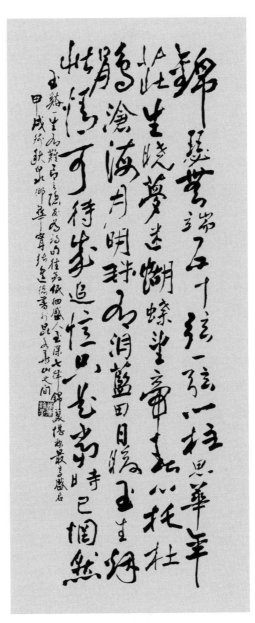

父亲最得意的一幅狂草《锦瑟》

的日记销毁。而那时，携着我那些大胆的文字到田野里去掩埋的人，就是我年迈的父亲。后来，他对我说："当时想到，如果真的被发现，我老去后的退休待遇也就完了。"那时儿女无下落，老境渺茫。父亲在田野里甚感凄凉。

我进北大那年，父亲欣然问道："你知道为什么你的性格是这样的与众不同吗？"然后，他骄傲地告诉我，我是父母自由恋爱的结晶品，是父母最纯洁最热情的第一次。

当父亲知道母亲怀我，立即安排婚礼，佑护我呱呱落地，成了家中长女和奶奶的爱孙。如果我的父亲有一丝世俗之见，当时有一丝的犹豫，都不会再有我的生命存在于这个世界。

父亲对母亲是一片赤诚的，他成了一个真正的父亲。

父亲安息在了他所眷恋的华山昆水间。相伴着他的，有笔墨纸书。我认为，我父亲依然在写他的字，在读他的书。

一丝游魂恋故园，常相深忆应有知。

揣摸华山写云海，试问存墨可足纸？

有位常往来于东西讲学的学者曾对我说：你对你父亲这样的感情，西方人没有。我答道，我父亲对我这样的养育，西方人亦没有。

时至今日，人过中年，从我心中流出的每一句诗，每一首词，每个意象，每处机宜，无不是父亲口口相传与我；无不经由父亲的思索品味，再交代于我。

悲莫悲兮生别离，乐莫乐兮心相知。过早地进入细腻精神相知的乐园，便注定要备尝漫漫人生的孤寂苦涯。一朝过上性灵的生活，便再难麻木其心志。

我对父亲的思念，另一种意义上，是文化人对文化人的那种敬爱与痛惜，是后来人对传承者的尊奉与追念，是志者对志士的誓言。

2002 年 4 月 9 日

大地山河

在这雨后初霁的夏日早晨，我寻到了张铸的家。

几天来他一直在等着我。

"你一定要来我家看看，你写的书，都没有把你父亲很好地表达出来。"他指的正是《中国布衣》。

熟人张铸，曾经与我家同住在一个大学校园里，现在是云南的收藏名人了。无论面对媒体采访，还是与人相逢，张铸总是说，他是在我父亲的指导下，走上收藏之路的。

张铸以收藏奇石出名。他的石头曾经被省长邀请参加过 2003 年在云南举办的世博会。

奇石，用我母亲的话来说，就是："随便你的文化怎样，男女老幼，看着都觉得有趣。"

他最初找石头的时候，曾一个个地抱到我家里去，请我父亲看。

父亲教他："这石头还要给它一个名字，它才能活起来。"

有的就是父亲给命名的。如"岁寒三友"，石上有梅、竹、松三种花纹。父亲说："得一块已是难得，能成一组实属不易。"

有一石，父亲说，可叫"长袖起舞"，但叫"女娲补天"更好。

因为女娲补天就是用的石头。

　　奇石奇石，不是说像这个像那个，它是独特的，又是人人眼中有的。贵在自然天成，只此一块。

　　这是"发现的艺术"。你不会发现就不是艺术。你发现了就是艺术。艺术就有趣味，有趣味就受到人们的欢迎。

　　山无石不雄，水无石不清，室无石不雅。

父亲的这些鉴赏和启发，就是他最初的动力与方向。

张铸说，自己是一个知青，后来学了点医。在我父亲面前，才知道什么叫博学多才，才知道自己的才疏学浅。

安宁是他插队和安家的地方。他常在雨天出门，到原野上寻寻觅觅。因为这时候雨水冲开了泥土，石头最容易显出它们的面目。

一块块圆润浑拙的石头，上面天然呈现着清晰的古铜色的形象，形成了图案石、文字石。"安宁石"因此得名。

"阿炳卖艺石"，那位枯瘦的盲艺人挂着二胡，前面一个引路的人。"赶马人石"，正似茶马古道风景。

令人不假思索，脱口而出的是"喜鹊踏梅石"。

天下妙石，我有见闻。不过是如花似玉，晶莹剔透；或苍茫云海，依稀水墨；纵有花纹，必须加工。像这种浑拙而能"入文化"的石头，真的少见。

有的石头是可以"过日子"的。一饼普洱茶，几块姜，两个松花蛋和大洋芋。摆上砧板、菜刀，可为有米之炊了。

那年展览，将这一大块"五花肉石"，搭在一个菜篮子里，把许多人都骗住了，都迷住了。

这"五花肉石"，堪与国宝级文物媲美。比起去年我在台北故宫博物院看到的慈禧太后的那块"猪肉石"，云南的石头更大、层次更多，色彩更浓艳、更天然。

父亲题写的《石趣》

张铸也想去台北办一个展览。

乡人曾取笑张铸"笨贼偷碾坨，憨人背石头"。现在却都效仿他，在河边山脚捡起了石头。

当张铸的奇石要独立办展览时，他首先想到要请我父亲为他题字。他想把字镶嵌在一架紫檀木镜框里，作为展览的主题。

父亲说："等我想一想。"几天后，我母亲叫他去取。

父亲说，本来想写"石不能言，最可人"。但那架紫檀木镜框写不下。最后题写了"石趣"二字，一上一下，大小正合适。

父亲说："石林，是浩大一片。你这个，就是石趣，尽可概括。"

张铸喜而叹服，说："我搜集石头到现在，都在你父亲这两个字中了。"

正当石展受世人称道时，一天，他忽然看见我的母亲在买菜，臂上戴了一个黑纱。张铸急忙问道："您给谁戴孝？"闻言如雷轰顶，方知我父亲辞世。离他取"石趣"二字不过一月。

回忆至此，一时凝然。父亲猝逝，分明是一场生别离，教人永远无法顺应。他给人们留下的是鲜活的意志、无尽的才思与永远的眷恋。

"石趣"，二字骨骼清奇，意至灵会，人见人赞，依然镶在那架紫檀木镜框里，供在张铸家厅堂平台，一张来历不凡的琴桌上。旁衬以丽石瓶，桌下是"岁寒三友石"。

这时张铸取出了一幅斑驳陆离的石碑拓片——《陆军第八军滇西战役阵亡将士纪念碑》：

　　岛寇荼毒　痛及滇西　谁无血气　忍弃边陲

　　桓桓将士　不顾艰危　十荡十决　甘死如饴

　　瘗忠有圹　名勒丰碑　懔懔大义　昭示来兹

落款是当时滇军司令"卢汉"，此二字已经被敲掉。

这是一座石碑的底座，现依然立于昆明圆通山。

见此我不由精神陡振，心情大开，浩然之气扑来。

此种大慈大悲的升华，在父亲的引领之下，我曾经数次感验过：个人生死顿可置之度外，一家忧乐尽融民族大河。

若为信念故，九死又如何？

卢汉司令为他在滇西阵亡的部下立纪念碑，事关中华民族大节。字字喋血，字字不屈。却要将他的名字敲掉。此自毁家国之举，何以对先贤？

卢汉曾率滇军征战台儿庄。据当年他的部下六十军安恩浦军长回忆，有一个细节：卢汉夜巡阵地，被日军枪击，将他手中烟头打灭。卢汉当即重新点火，依然吸烟，泰然自若。司令雄风，三军敬重。

因安军长之子与我为中学同窗，故得闻之记之。

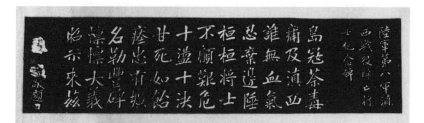

《陆军第八军滇西战役阵亡将士纪念碑》拓片

《陆军第八军滇西战役阵亡将士录》拓片

胜利后，卢汉是中国派到境外去接受日军投降的唯一将领。可见滇军功勋卓著，方能服众。

这个纪念碑只是底座，它所支撑的重要石碑《陆军第八军滇西战役阵亡将士录》，则至今未见矗立。

从拓片上看，《阵亡将士录》以各个师为单位，排长以上有名，士兵只有数字。"八十二师""一〇三师"等，每师牺牲都在一千名以上。仅这块碑帖上，总计殉国者就有三千多人。

张铸说，当时我父亲心情很沉重。

"他们都是为这个国家、这个民族去死的。"父亲悲愤道，"连一块碑都不能容！"

叹口气，父亲说："你能这样做，是好的。不怕，这是历史。"

复交代他："这些东西，好好收着。别让人知道。会有让后人看的一天。"

自此，父亲对张铸格外器重，指点不息。张铸也对父亲由衷信赖。

当张铸向父亲求字时，一幅"温不增华，寒不改叶"从兹写就。这是针对现实的鼓励与明志。张铸将它郑重地装裱了。

父亲将孔明的话用活了。这幅字受到人们由衷的喜爱。屡求不竭，是父亲一生中写得最多的。

张铸说："当时正是这样去做的。只敢与你爸爸说，不敢与别人说。"

90年代初，极左路线在云南还很嚣张。为了防止这些抗战时期的石碑石刻被毁或者失落，张铸不断寻找机会将其拓片。

一天，父亲知道他没有评上职称，就对他说："何消那些？这个就是功名。"意思是收藏也可以成为事业。

父亲对他说："收藏什么？收藏民族的气节。不是为了挣钱。你说是为哪样？人家又是为哪样？人家为这个国家，命都不要。"

在昆明西山采石场，张铸爬到峭崖上，将一幅石刻《剑南忠愤》拓了下来。

这是当年蒋介石到云南督战松山战役时，留下的墨宝。

1944年的滇西，是生死之战。松山如不能拿下，中国与外界的联系就会完全中断，成为一座孤岛；而世界反法西斯阵线的格局也会因此改变；德国和日本将实现他们在印度洋的会合；这是攸关中国命运和世界命运的大战。

日寇在松山上修筑了坚固的水泥工事，我方将士们以血肉之躯进行仰攻，每上一步，牺牲无数，忠烈之气，直干云天。举世瞩目，鬼神皆泣。

中国军队付出惨重代价，最终攻克松山，胜利的心情是沉痛肃穆的。胜利之后，应云南名流李根源之请，蒋介石同时写了两幅字。一幅就是现在保留在腾冲国殇墓前的《碧血丹心》；而这幅《剑南忠愤》则刻在昆明西山岩石上。

《剑南忠愤》，纪念着中华民族在滇西的殊死一搏。知者甚少。

脑海里倏地便闪现出了，去年我在台北所见。在西南联大台湾校友会副会长姚秀彦女士简朴的家中，悬挂着她的先生（国民党中将，已逝）当年在滇西抗战中所获得的战功奖状，此为他们一生之最重。

2003在《西南联大启示录》成功播出后，云南省的领导曾经授意我制作《滇西大战》一片。我也曾到腾冲、保山一带进行创作考察，写出了策划方案。

那一带地区的民众一直自觉地持续着对抗战物品的收藏。收藏之物，见之惊心动魄。民气之深，使人钦佩。

遂遍城寻购花篮，国殇墓前拾级而上，英烈之碑直插云端，《碧血丹心》赫然入眼。

不料突发眼疾，出师未捷，长夜耿耿。

近闻昆明市欲重建抗战遗迹。愿英名忠魂，得以安宁；乡里千秋，得以祭祖。此民族之祭，岂可废弃？

张铸说："你父亲太有远见了。"

有一幅拓片是张善子的《虎啸生风》石刻图。张善子是张大千的胞兄，长其十八岁，将大千抚养成人。张大千后来不画老虎，因其兄画之，示敬退之意也。

《虎啸生风》刻于安宁岩石上，为张善子于民国二十八年到云南时所画。画中一只猛虎，呼啸着扑向富士山，意味着中国必胜、日本必败。

我父亲看了，说："这是中华民族的精神，不畏强暴。"

1938年抗战刚开始，正是日军气焰嚣张之际。画中虎尾缺了一段，意味着东三省已经失去。

父亲说："中国人不可欺！"

张铸说，你父亲对中华民族的感情很深，听了很感动。

张善子此作有一姊妹篇，为二十六只老虎追着一轮落日去扑咬；意示当时中国的二十六个省。此作现收藏于台北故宫博物院，为国宝级文物。

昆明的猛虎图虽然留下，却被涂以油漆，失去原作之美，也无法再拓了。

而有一幅拓片直接就是抗日英雄的遗笔。

安宁有壁上石刻《活泼泼地》，陈钟书题。

陈钟书，云南安宁八街人，抗日战争任滇军六十军一八三师五四二旅旅长。《活泼泼地》是这位爱国将领于出征前的1937年留下的笔迹，刻于安宁温泉。

"活泼泼地"这四个俗字，将温泉之乡，到处冒着热腾腾的泉水，气泡滚滚，水雾弥漫的生机，一语概括。

1938年，滇军出征参加台儿庄战斗。陈旅长声称"决不后退一

《活泼泼地》拓片

步"。在阵地失守的那一刻，他开枪自尽，壮烈殉国。

滇军在台儿庄之表现与功绩，至今未见载于台儿庄的纪念馆。国人不知，史家亦未重视。

抗战胜利纪念六十周年时，我曾怀痛而作《台儿庄滇魂祭》。今摘曰：

积滇人之币，购入精军器。膝前子弟，刹时远行。

弃一己之安，舍一家之宁，赴我民族之危难。

誓师救国，父老相送。壮士临别言：祈白发以自重，请新婚以另择。

风雨兼程，日夜以继。报国热血，只思一洒。

台儿庄至，而"友军"悄遁。"手段"阴忽。令我滇军于突兀之下，尽置于强虏阵前。数位团长，瞬间捐躯。

滇人子弟素憨实，为拯中华于水火。我不入地狱谁入地狱？

一片杀敌声，一群忠勇魂。

刺刀拼坦克，血肉涂山河。终占禹王山。

各路战友衷心赞：六十军，美名扬！

试问列强，中华谁敢言"征服"？

于是兄弟相扶，叔侄相携，邻里相唤；

左挽伤员，右怀骨灰，英魂与壮士同返故乡。

打不散的滇人群，折不断的壮士骨。

不辱使命，可对青天。

今见此《活泼泼地》石刻，幸得存在，可供史家，可励后人也。

黑龙潭的梅花系唐代所植，为昆明一宝。乾隆年间，梅花盛开。知府遂令画家描摹，又将其画刻于石碑上。梅花果然风骨之主，得石刻之韵，愈见苍劲丰盛，清香千秋。

父亲见拓片，叹道："这才是云南的美！这才是文化。"

他说："'梅花香自苦寒来'，你要坚持，贵在坚持。"

黑龙潭唐梅碑仍存。但因岁月侵蚀，已经不能拓出这样的效果。

一幅拓片为海内珍宝《禹王碑》。

此碑为状元杨升庵在云南所建造，欲以存留。果然，湖南所立原碑被毁。今此碑存我云南。

父亲一直很重视杨升庵在云南的文化遗迹，叮嘱张铸不可放过。今见《禹王碑》拓帖，大声赞叹："这才是文化，这才是中国的美！"

《禹王碑》，字字浑然，如璞似玉。通体磅礴，亦秀亦宏。分辨其间，仿佛见山见水，见石见鸟，见日月，见铜鼎。

父亲说，这是中国先秦的文字，碑中的每一个字都呈鸟形。旁边是与之相对应的楷体字。

还有那些正在消亡中的昆明老庭院。

云南王唐继尧自号东陆主人，家中颇有收藏。他将重要的诗画刻在庭院中的石栏上。从文徵明、钱南园到刘墉。张铸做了拓片。

父亲说："文徵明是大家，故可以领其首位。唐继尧自己能画风竹兰草，也不是个武夫，有文化。"

民国一位江南籍旅长家中，也有石刻，颇具风情。

望而清新的有一幅《乾坤六子》，图中两只大鸡，一公一母，带着四只毛茸茸小鸡，正在天地间啄食。

此乃众生平等的思想。万物皆为自然之子。中国人的天地思想，法自然的原则，涵纳了世界各国诸宗教中那些慈悲和自然的元素。

耳熟能详的世俗生活气象，题以"乾坤六子"，灵光一闪，四字千金。这种茅塞顿开的思悟，是中国人的大智慧。

另一幅《十八学士闹瀛洲》，画上是十八只八哥鸟，聚集在枝上叽叽喳喳。这是对文人学士们的一个大调侃。画在将门之家，更寓有一种宽容。

想当年，以龙云为首的云南军方和政府，对文化和文化人是礼贤下士的。

一张古琴桌是嘉庆年间的云南知府所用，后为唐继尧收藏。一般人当时也不在意。父亲说："这才有品位。从前做个东西，认真得很！"

张铸得到剑川名人陈宗鲁的一块砚台，拿来请教。

我父亲仔细研究，告诉他，此砚为铜雀遗迹，是用三国时代建造铜雀台的石头做成，送给陈宗鲁的。上面的诗文是赞美它的来历。

"因为昆明没有经过战乱，抗战没打来昆明。解放又是和平解放，所以这些东西才留得下来。你好好收着。"

父亲的话道出了云南文物对于全国的重要性，也打开了张铸的眼界。

一副镂空的门板，父亲告诉他，上面文字雕刻为"九叠篆"，是一种近乎失传的古字。这些字看来有点像八卦图文，全用横画的长短搭配来结构一个字。张铸说："当年你父亲能念下来。"

今年上海世博会，就用这九叠篆放大在中国馆墙上，人皆赞叹。

昆明莲花池边有陈圆圆旧居安阜园。里面的石栏雕刻据说为陈圆圆所绘。张铸寻访废墟而拓之。

其笔画秀丽，风格颇像闺阁刺绣摹本。中有一幅，美女赏明月，人谓圆圆自画像，寓有悼明亡之意。传说她曾劝吴三桂复明。她深感降清之耻，郁郁而终。她画中多有莲花，慕其清白。有说她投莲花池而亡。

陈圆圆美貌、才情、气韵俱佳，为"秦淮之冠"，名流才子的梦中情人。她被京官"拔走"后，李香君、柳如是等方才占尽花坛。

惜乎所托非人，吴三桂遗臭万年，累佳人淹灭江湖。终不及柳如是，得巨擘大家为之作《别传》。香君有追随复社领袖的壮举，血染白扇，故《桃花扇》演绎戏坛。此二种文字，我家都有。独不见圆圆。

中华名节之重也。

"不消把字写出来，不消把话讲明，人家一看就知道是什么意思，这就叫隐语。"父亲这样教张铸。

画中一个猫正看着一只蝴蝶。父亲说："这是耄耋之年，长寿的意思。"

那个刻着书与画的门楼，父亲告诉他："这是书画之家。"

刻了松鼠葡萄的，父亲说："这是多子多福。"

父亲提醒张铸，注意古迹善本。他说，我们中国古人都是用板印，雕刻成书，是不可仿的。故古迹善本少有假的。假的造价太高。

《滇南本草》，兰茂著。此书比李时珍的《本草纲目》早一百八十年，收有三百多味草药，现在还有实用价值。

《针灸大全》，印于万历年间。父亲看后说，这个版本还有书法意义。它的字体开始变长了。这是明代文字的一个演变。

一套民国时代的《建水县志》。建水孔庙规模是全国第二。县志记录了当年建水祭孔的全部礼仪。

"不是单项收藏，你就是收藏我们的历史、我们的文化。"

"这个文化，就像你们家的家谱。你想要是不在了，今后取个名字，和先人相重了，也不知道了。一定要保存我们的历史。"

父亲用最扼要的道理，给张铸讲文化的重要，文化就是"家谱"。

抗战时期一些从南京流来的重要资料。日本人曾经向我云南气象学家陈一得先生重金收购中国气象学资料，遭到严正拒绝。

陈先生的这些资料被张铸收藏了。他说："别人不收藏，我收藏。别人认为没有价值，实际很有意义。"

一本由乾隆委托英国人测绘，直到光绪年间才完成的《支那一统地图》，他也收藏到。内含各省版图。那时的中国版图，酷似一只昂首啼鸣的雄鸡。

旧城改造，拆下很多城砖。弃为垃圾。张铸风尘仆仆奔走在工地上，将那些沉重的大砖抱回来，也抱给我父亲去看。

父亲说："他们没把这当份事情，你就把它当份事情。要得呢！"

城砖上的砖符，有当年造砖的人的联合署名，好像是生产责任制；有朝代，也有一些符号是特别的。例如，一个"中"字，意思是这个砖应该放在城门的中间。有前、后、左、右。由此看出，这些砖是做补修之用，所以是对位生产的。

史载昆明共历三次较大地震，分别是在明万历十六年（1588年），清嘉庆四年（1799年），清道光十三年（1833年）。地震引起了城墙的倒与修，从这些补砖的砖符中体现出来了。

在一些老房子的建材中，含有大量螺蛳壳。这些螺壳的尾部都被敲掉。这是古滇人的食物残骸，又将它利用于建房中。

螺壳，他也带给我父亲看。父亲说："要得呢，你收着。"

上世纪 90 年代初，我访问美国好莱坞，一位影坛名流邀请我们到家里做客。主人说，饭前请先参观他的家庭收藏。令我惊讶的是：人家把儿时的玩具一个印第安面具和父母用过的纽扣，都当作了收藏。

原来，收藏就是体现主人的珍惜和内心世界。我钦佩这样的收藏观。

时至今日，中国人的收藏太功利。

张铸用收藏参与了一种诉说，诉说一部雄浑的中华史。中原帝气，数至云南；佳人英雄，翻覆风云；更有木石伴侣，布衣生涯，承载着这千古风流，文墨青山，令其永不失落。

这丰厚的历史积淀，生动迭起的文化印象，到了那位前朝遗民孙髯翁的笔下，就有了大观楼下那幅占绝天下的一百八十字长联；就有了一种穿透历史、破云归天的那种千古归宿之感；就有了万念落地的崇尚自然的清明之气。这淡泊而广阔的情怀，唯布衣拥有。

及至现代，抗日铁流，冲击浇铸这块热血红土。中华民族生死存亡最后关头的吼声，穿透怒江峡谷，横扫腾越山脉。国军将士赤诚的灵魂，永远驻守在滇西要隘。这是一段大历史，今人所知所书不足。

在那倾斜的年代，有识之士收存被官方博物馆所忽视和抛弃的若干珍贵明清和民国的文物史迹，奇人妙事隐入民间无数。布衣之海是大地山河最好的屏护。

布衣的收藏，是对所居住生长的本土历史和与本土相关的中国历史之追随、探寻和保存；体现着一种民间智慧和民间的价值观，即百姓的善恶、是非、荣辱观念。

吾民守吾土，大地山河，自有布衣主人收拾。

张铸是一个"讷于言"的人，却把我父亲的每一句话复述得层次清晰，连语气都是父亲的。

他指着厅堂里的那四把旧式雕花椅子，说："看看，与你们家的一样。"

我家那套家具，雕有蝙蝠云头，是民国年间父亲刚入银行奉职时，为了接我奶奶来昆明而购置的。事隔多年，张铸收藏到同样的椅子。

他说："你看看这几把椅子，就知道我的用心。"

这是用收藏的方式，表示一种深刻的纪念。

昆明曹溪寺上有崇祯帝御笔"松风水月"。张铸曾将它拓下，送给我父亲，以答谢漫长的教诲之恩。

父亲说："你不送我，我也高兴。你送这个给我，我更高兴。"

父亲守望着民族的历史，并教后人也守望。他乐此不疲，以为己任。

所以他说，不送也高兴。

这幅"松风水月"，与"温不增华，寒不改叶"相映射，正是父亲人品，磊落清白。

张铸请父亲书写杨升庵诗，父亲说："装裱太花钱了。你去买一幅画心，我给你直接写在上面，就可以挂了。"

"画心"是一种很便宜的现成的空白挂幅。字写到画心里，要一次成功，得费很多心力安排。父亲照样写得洋洋洒洒。

张铸说："他老人家就是这样，只替别人着想。人品太高了。人来了，我就讲。他们都感到太了不起。叫人怎么不佩服？"

"你父亲看别人的字，从来都是说好。他说，要看别人的长处。"

从晨到晚，在张铸家的太多的所见所闻，我却从来没有听到父亲提起过。只有母亲偶对我说过"张铸常来问你爸爸一些事情"。

也许在父亲认为，这很自然，就像他每天都要看书写字一样的自然；故不值一提。这不过就是他的处人之道、处世之道。

一个人欣赏和爱惜他的家园，是本分，有什么可说道的呢？

"明月松间照，清泉石上流。"父亲就是这样的人，总会给乾坤带来一股清朗之气。

当年我以"北大学子"的骄人身份远赴京城，以为自己当去创造那被中断和破坏了的中华文化；而在家乡大地上，父亲似"润物细无声"的好雨，守候着民族文化的复兴。

质朴的山河，质朴的布衣，这两件，是五千年中华民族的国本；"民"与"社稷"为贵，为历代圣贤所推崇。

大地山河在，

城春草木深。

特作此文，为北大版《中国布衣》补记。

2010 年 6 月 16 日　端午祭

附录

进德笔记《东鳞西爪》(摘录)

试释髯翁长联

"千秋怀抱三杯酒,万里云山一水楼。"

清代诗人宋湘,对髯翁长联做了浓缩与高度的概括。其笔力遒劲,意境高远,与长联交相辉映。此联悬挂于昆明大观楼背面,制作者落款为马如龙,乃同治五年(1866年)修复大观楼时的金门。

长联原文:

五百里滇池,奔来眼底。披襟岸帻,喜茫茫空阔无边!看:东骧神骏,西翥灵仪,北走蜿蜒,南翔缟素。高人韵士,何妨选胜登临,趁蟹屿螺洲,梳裹就风鬟雾鬓;更萍天苇地,点缀些翠羽丹霞。莫辜负:四围香稻,万顷晴沙,九夏芙蓉,三春杨柳。

数千年往事,注到心头。把酒凌虚,叹滚滚英雄谁在?想:汉习楼船,唐标铁柱,宋挥玉斧,元跨革囊。伟烈丰功,费尽移山心力,尽珠帘画栋,卷不及暮雨朝云;便断碣残碑,都付与苍烟落照。只赢得:几杵疏钟,半江渔火,两行秋雁,一枕清霜。

大观楼长联

全联气势磅礴，句式长短相间，灵活自如，音韵铿锵和谐，词采艳丽精练，对仗工整。艺术上放射新的光彩，思想上雄视千古，蔑视帝王。

上联，写登楼远望，周围五百里滇池，辽阔壮观，水波浩荡。“奔来眼底”，神态生动，“奔”字用得极妙。“披襟岸帻，喜茫茫空阔无边”一句，用敞开衣襟，推高头巾，表现内心喜悦，感情激荡，轻慢不拘，潇洒出尘。面对茫茫滇池，胸襟开阔，眼光明亮。

“东骧神骏”等四句，由“看”字领起：东面，金马山势若骏马昂首奔腾；西面，碧鸡山犹如凤凰迎风展翅；北面，陉山就像长蛇在蜿蜒行进；南面，鹤山似白鹤在蓝天飞翔。一经妙笔点染，大自然变得生动活泼，充满生命力！

诗人希望那些高风亮节的名士和诗人，不妨选个好日子，选个好地方，来欣赏一下这美丽的风光。“趁蟹屿螺洲”四句，游者可踏上如螺似蟹的小岛，在那些蟹螺堆集的小洲，看那荡漾着春意的翠柳在风中曼舞，恰似少女精心梳妆时，如薄雾般轻软的鬓发与梳成的发髻。(“风鬟雾鬓”，出自唐代李朝威著《柳毅传》：柳毅下第，途经洞庭湖畔，遇龙女牧羊荒野，遭夫家虐待。龙女托柳毅传书龙宫。毅向龙王呈书曰“见大王爱女牧羊于野，风鬟雾鬓，所不忍视”。又：南宋女词人李清照《永遇乐》词：“如今憔悴，风鬟雾鬓，怕见夜间出去。”）更有那连天的水草，遍地芦苇，翠绿色的小鸟，衬映着灿烂的云霞，点缀得格外瑰丽！

“莫辜负”以下四句，由眼前景物联想到四季美景，从内心呼喊：珍惜这美好时光，尽情欣赏享受！不要辜负了这四周稻谷的飘香，金秋的可爱与丰收的喜悦。灿烂阳光下的万顷平沙，感到冬日的温暖，气象的开阔。夏季亭亭玉立的荷花，有每临绿荷池，酷暑顿消的快意。春天依依的杨柳，如沐春风，穿拂柳，说不尽的生机。四时美景，有声有色，令人陶醉！诗情画意，使人流连忘返。

"江山如此多娇，引无数英雄竞折腰。"这一现代词句，正好作为长联上下文的一个转机。

长联下文，"数千年往事，注到心头"，由广阔的空间转到写历史的长河。云南自战国时楚威王（前339—前329年）派庄蹻入滇，到髯翁写长联时（乾隆三十年即1765年）前后，约两千一百年。历史事件像此昆明湖水波涛，源源入注心扉。"把酒凌虚，叹滚滚英雄谁在？"举起酒杯，面向茫茫太空，思接千古，感慨万端。

滚滚英雄，一指耀武扬威的衮衮诸公，古时"滚"为"衮"，衮衮，乃帝王将相所着官服。另一指"滚滚长江东逝水，浪花淘尽英雄"（杨慎《临江仙》词句）。

"想"字，领起与云南有关的帝王活动："汉习楼船"指汉武帝刘彻在元狩三年（前120年）欲打通从云南往印度的道路，在滇池地区被"昆明族"部落所阻，曾在长安西南开凿昆明池，建造楼船，训练水军。杜甫秋兴诗："昆明池水汉时功，武帝旌旗在眼中。"汉代所指的"滇池"是洱海，"昆明"在大理（金祖望《昆明池考》）。

"唐标铁柱"，唐中宗李显景龙元年（707年）因"吐蕃及姚州蛮寇边"，派御史唐九征为姚嶲、吐蕃并西洱河诸蛮讨击使，率兵四击，大败吐蕃（见《新唐书》），恢复了唐在洱海的统治，并立铁柱以纪功。"宋挥玉斧"，宋太祖赵匡胤乾德三年（965年），宋将王全斌带兵平定四川后，曾建议宋太祖乘势取云南。开国皇帝赵匡胤以内地尚未统一，后方不固，且有"天宝战争"的教训，遂手执玉斧（文房古玩），沿着地图上的大渡河一画，说："此外非吾有也。"（见《续资治通鉴》）

"元跨革囊"，1253年，成吉思汗孙蒙哥命令其弟忽必烈（后称元世祖）统帅大军，乘坐皮筏，渡过金沙江，灭了大理国，把云南收入元朝版图。

这些帝王生前耗尽移山心力，妄图建树万世不朽的伟业丰功。"伟烈"（"烈"同"业"）与"丰功"，前者言其大，后者言其多。然而，他们都成为历史上来去匆匆之过客。"尽珠帘画栋，卷不及暮雨朝云"，化用王勃《滕王阁诗》"画栋朝飞南浦云，珠帘暮卷西山雨"句，将封建帝王们的历史，比作了画栋上的朝云，珠帘前的暮雨，转瞬即逝。一个个王朝的更迭，连历史的帷幕都拉不及，顷刻之间，不仅人亡政息，就连记载他们功勋的碑碣，也断的断了，残的残了，冷冷落落，歪三倒四，躺卧在苍茫的烟尘和落日的余晖之中。

"只赢得几杵疏钟"四句，更加突出地渲染了悲凉的气氛。滚滚英雄所得到的，只不过是深山古庙里几杵深重稀落的钟声，如磷似萤，若明若暗的半江渔火。以上两句采用唐代张继《枫桥夜泊》诗"江枫渔火对愁眠""夜半钟声到客船"的意境。下面是萧瑟零落、深秋万里的两行秋雁。

"一枕清霜"套用"一枕黄粱"的句式。唐代沈既济《枕中记》：卢生幻想当官发财，总未达到目的。一日他在邯郸客栈里，向一道士感叹自己的不得志。道士给他一个枕头，他便睡着了。卢生梦见自己封侯拜相，享尽了荣华富贵与福禄长寿。忽一梦醒来，见那店主人蒸的黄粱（小米饭）还没有熟呢。"一枕"，即一觉、一场、一梦的意思。"一枕清霜"，即一觉醒来，只见遍地寒霜，落得一场梦影凄凉。

由于上联"看""趁""更""莫辜负"及下联的"想""尽""都""只赢得"等字词，运用贴切精湛，全联首尾贯注，一气呵成。众多景物都显得布局严谨，层次井然。

附一：陆联与赵联

髯翁长联撰于乾隆年间。当时由民间书法家陆树棠以行草书挂于大观楼，简称"陆联"。咸丰丁巳（1857 年）楼毁于兵燹，联亦无存。九年后的同治丙寅（1866 年），云峰（马如龙）金门（相当于今省军区司令）重建兹楼，并购得楹联旧拓本，重新复制，恢复旧观，现悬于二楼。"龙蛇落笔惊风雨，不异当年草圣奇。"

距陆联约一百二十年后，即光绪十四年（1888 年），赵藩乃楷书大观楼长联，简称"赵联"。故落款称长联为旧句，当时云贵总督岑毓英重立，赵联以颜真卿、钱南园为宗，用笔凝重端朴，浑厚刚健，工整严谨，内刚健而外圆润，自成一格。木制赵联，蓝地金字，显得富丽堂皇，给人以美感。

陆赵长联，可谓珠联璧合为髯翁增色。使长联誉满天下，书家功不可没。赵联将陆联的"辜"字改为"孤"字，"孤"可当"负"字讲。李陵答苏武书有"陵虽孤恩，汉亦负德"。

现挂于一楼前的赵联系复制品，由于工序粗糙，面目全非，显然非赵藩作品，只达到少儿水平。且白字迭出，丑字亦多，不能代表云南书法艺术，殊属遗憾。望有关部门纠正之。

附二：后人评说

赵联书者赵藩，清末民初剑川（白族）人。其有诗作《登大观楼》二首，之一："掀翻蒙段劫余灰，金碧丹青壮丽开。都在髯翁凭吊里，更谁楼上赋诗来。"

此可比于前事。元人辛文房《唐才子传》记李白登黄鹤楼本欲赋诗，因见崔颢《黄鹤楼》，为之敛手，说："眼前有景道不得，崔颢题诗在上头。"赵藩亦视髯翁长联为绝唱也。

毛泽东认为髯翁长联"从古未有，独创一格"。

董必武有《游昆明大观楼》："昆明大观楼，一览湖山胜。髯翁长联语，今古情怀罄。"

王国维说"'西风残照，汉家陵阙'（李白词），寥寥八字，遂关千古登临之口"，"今古情怀罄"近之。

郭沫若《登楼即事》："果然一大观，山水唤凭栏。睡佛云中逸，滇池海样宽。长楹犹在壁，巨笔信如椽。我亦披襟久，雄心溢两间。"诗之半，尽写长联。"巨笔信如椽"喻大手笔。典出自东晋三朝丞相王导之孙王珣。"珣梦人以大笔如椽与之，既觉，语人云'此当有大手笔事'。"（见《晋书》王导传附王珣）

陈毅泛舟滇池，在船舱读长联，喜赋诗："诗人穷死非不幸，迄今长联是预言。"

昔有诗云："隋炀不幸为天子，安石可怜作相公。若使二人穷到老，一为名士一文雄。"

陈毅殆反其意而用之，与"屈平辞赋悬日月，楚王台榭空山丘"（李白诗）如出一辙。

胡绳《昆明大观楼》诗："百里滇池一望平，千年此土费经营。休言枉掷英雄力，如火茶花耀锦城。"对长联否定封建帝王前事持异议。

创造昆明和历史的动力，自然是人民大众，更何况"凭君莫论封侯事，一将成名万骨枯"（曹松诗）。

附三：长联对后世的影响

亘古未有，独创一格。自乾隆中期孙髯翁长联问世以后，出现了几座名楼几长联：

成都望江楼楹联，共二百一十二字，清末四川江津县才子钟云舫撰：

几层楼独撑东面峰……这半江月谁家之物。

千年事屡换西川局……那一块云是我的天。

湖南岳阳楼楹联，共一百零二字，道光间云南罗平人窦兰泉撰：

一楼何奇，杜少陵五言绝唱，范希文……

诸君试看，洞庭湖南极潇湘，扬子江……

南昌滕王阁楹联，共四十字，未署作者名：

隔江眺仙踪，问楼头黄鹤……可被大江留住。

绕栏寻胜迹，看树外烟波……都凭杰阁收来。

其他如长沙天心阁楹联六十二字，南京瞻园楹联五十八字，新都升庵祠楹联五十二字，不胜枚举。

附四：孙髯坎坷的一生

孙髯，字髯翁，号颐庵，生而有髭，故以髯为名，祖籍陕西三原。"其父以武职宦滇，遂家焉。""自幼负奇气，应童试，功令必搜检乃放入，愤然曰：'是以盗贼待士也，吾不能受辱。'掉头去，从此不复与考。"遂终生布衣。

尝作闲章"万树梅花一布衣"。今之大小梅园巷，相传为其种梅处。父去世，"产中落，寄寓圆通寺之咒蛟台，更号蛟台老人。卜易为活"。

髯翁生于康熙三十年（1691年）前后，死于乾隆三十九年（1774年）前后，享年八十岁以上。相传儿子在广西州（辖今师宗、弥勒、邱北县），接养时死于途中。一说有女嫁弥勒，本人曾到弥勒教书。

死葬弥勒城西新瓦房村，墓碑署"滇南名士孙髯翁先生之墓"。墓前有短联"古冢城西留傲骨，名士滇南有布衣"。

现存遗著有《孙髯翁诗残抄本》和《滇南诗略》中所收的二十首。

康乾盛世，黄钟毁弃，不无讥讽。王勃云："屈贾谊于长沙，非无圣主；窜梁鸿于海曲，岂乏明时。"信然。

附五：唐标铁柱今何在

"汉习楼船"，长安昆明池堰废水涸，虽早已湮没，故址可寻。"宋挥玉斧"，弹指一挥间事，过眼云烟，了无痕迹。"元跨革囊"，金沙仍在，人物已非。但至今沿江两岸人民，仍继续使用皮筏。

"唐标铁柱"，按理应犹在。但今却无寻觅处。

有"南诏铁柱"，872 年建立（南诏景庄王蒙世隆建极十三年，即唐懿宗咸通十三年），虽晚"唐标铁柱"百余年，亦已经越千年，今仍在弥渡城西铁柱庙保存。

"唐标铁柱"建立地址有几说：

一、在波州（今祥云县）建铁柱以纪功（见《大唐新语》）。

二、建铁柱于滇池（指洱海）以勒功（见《新唐书》吐蕃列传）。

三、立铁柱于点苍山之漾溪见明徐树丕《识小录》。

漾溪（今漾鼻江）为唐九征立铁柱之地，今失其处。（见李元阳《石门山记》）

为什么今失其处？

道光七年（1827 年），乾隆进士云南总督阮元作《游黑龙潭看唐梅》七律二首，勒石为碑，现存于黑龙潭碑林。中有一联：

　　　边功自坏鲜于手，仙树遂归南诏家。

"边功自坏鲜于手"就是指"天宝战争"。"仙树"，即这株珍贵的梅花，便属于了南诏国。

唐天宝九年（750年），姚州太宗张虔陀侮辱了阁罗凤（南诏第五代王，其父皮罗阁建立南诏）的妻女。阁罗凤愤怒之下，杀了张虔陀，起兵反叛唐朝，夺取了三十二州。

唐太宗大为震惊，命剑南节度使鲜于仲统率大军，往击南诏，战于西洱河。结果唐兵大败。

白居易《蛮子朝》诗"鲜于仲通六万卒，征蛮一阵全军没。至今西洱河岸边，箭孔刀痕满枯骨"，即指此事。

时隔四年，天宝十三年（754年）唐将李泌（宓）奉命率领十万大军进攻南诏，又遭全军覆灭。白居易《新丰折臂翁》痛斥这次征战：

奈何天宝大征兵，户有三丁点一丁。

点得强将何处去？五月万里云南行。

闻道云南有泸水，椒花落时瘴烟起。

大军徒涉水如汤，未过十人二三死。

村南村北哭声衰，儿别爷娘夫别妻。

皆云前后征蛮者，千万人行无一回……

"天宝战争"之后，天宝十一年（752年）阁罗凤叛唐附吐蕃（藏族政权），受封"赞普钟"（吐蕃语，强雄曰赞，丈夫曰普）。旋又统一云南。为雪前耻，遂毁掉了含有羞辱性的"唐标铁柱"。并命其子凤伽弄在昆明筑城，曰"拓东城"。

南诏赞普钟十五年（766年，唐大历元年），于太和城宫门外立"德化碑"（现在大理太和城遗址保存）。碑文叙述政治制度、经济状况和对唐朝友好团结的愿望，并阐明与唐王朝交恶，不得已而依附吐蕃的原委。

直到南诏第七代异牟寻时，才与唐朝言归于好。

唐贞元十六年（800年），南诏王异牟寻派庞大的歌舞伎队赴长安，给唐德宗演出《南诏奉圣乐》。

"天宝战争"虽已越千年，现在还留下惊心动魄的遗迹——万人冢，供后人凭吊，今成为大理名城旅游景点之一。

偺问"唐标铁柱"今何在？

今只唯余"德化碑"。

1996 年 5 月

解释长联的文章多矣，然如我父亲这样，文采风流，出处清晰，用字贴切，情感充沛，深得髯翁真意的，我至今没有见到。有的一副枯索的考据相，有的辞藻多饰，散漫无边。更有一副"批判"嘴脸，还说人家"历史局限"。岂不知自己为时局所用，不配来说长联。

但父亲此文却未曾见发表。想来没有"批判"髯翁，不得"时代之八股"马窍，更无有发表背景，为一陌生姓名。父亲亦没有向我提起过此事。却是天然文字，天真文字也。

其附的五篇文字，尤见父亲求学的态度和功夫。其中若干的联想、启示、考据，循循善诱，读之仿佛当初家学于我，后人有益矣。

2002 年 7 月 23 日

矮纸斜行闲作草
——对古人写楷、草书的体会

宋孝宗淳熙十三年（1186年）春，大诗人兼书法家陆游已六十二岁，起用为严州知府。赴任前，先到临安（今杭州）觐见皇帝。在西湖边上，寄居旅店，等候寂寞，万无聊赖，写下这首《临安春雨初霁》的名作：

世味年来薄似纱，谁令骑马客京华。

小楼一夜听春雨，深巷明朝卖杏花。

矮纸斜行闲作草，晴窗细乳戏分茶。

素衣莫起风尘叹，犹及清明可到家。

"小楼"一联是陆游的名句。明艳生动的春光，伴作绵绵春雨，为恼人思绪。诗人彻夜未眠。国事家愁，涌上心头。明媚的春光与落寞的情怀相映。

还记得小学时，父亲曾将此联写成对子，贴在我家耳楼门两旁，每见必念之。

"矮纸"一联反映陆游在无完无了、漫无期限等待谒见的那种闲极无聊的心情，但"矮纸斜行闲作草"一句，却在无意中透露了古人对书写楷书、草书所持有的看法。

"矮纸"就是短纸、小纸。"草"指草书，陆游擅长行草，三希堂法帖卷三收有他的《与仲躬帖》《拜违帖》《与原伯帖》，疏朗有致，风韵潇洒。这句实是暗用了张芸的典故。

张芸，东汉（？—192 年）酒泉人，擅草书。三国魏韦诞称之为"草圣"。据说张芸平时却写楷书。人问其故，答云："勿暇作草书。"意即写草书太花时间，所以没工夫写。

由于书法水平不高，一向认为写楷书花时间多，写草书花时间少；有工夫才写楷书，没工夫就写草书；写楷书用心多，写草书用心少；因之忙时写草书，闲时写楷书，重视写楷书不重视写草书。

总之一般认为写楷书难，写草书易。这与古代书家的认识和观点恰恰相反。从张芸到陆游，经过一千多年，对草楷书法的观点没有变。从张芸到现在有一千八百多年，这种观点也是正确的。这应该是

父亲书陆游诗——《临安春雨初霁》

父亲书邓小平旧居对联——以志港澳回归之喜

书法艺术上的经典论据之一。原因何在？这是为草楷书法的特点和规范所决定的。

一般说对楷书（包括隶书、篆书）艺术上的规范和要求是比较具体的，难度较小。

楷书的结体、章法，基本上是固定的，变化不大，字以方圆为主，用笔则在"永"字八法之内，再按各种书法略有差异。

隶书章法以横式为主，用笔则平画如水，起笔收笔多为藏锋。蚕头燕尾，变弧为直，结体则字形变方，左右分展。

篆书只有三种笔法："直""曲""点"，无撇无捺，笔法，结体以纵式为主。

对行书和草书，在艺术上的规范和要求是比较抽象的，难度也比较大。

行书要求：流利畅达，呼应明显，避免雷同，变化多端。楷草相间，笔法生动，可偏可斜，可长可短，可正，但不同长，不同短。

草书要求：结体险绝，有如奔雷坠石的雄奇，临危地据枯木之险状。有的则重如压顶的浓云，有的则轻似蝉虫的薄翼。不但一字之内，笔笔各异，而且一笔之内，也处处不同。笔势永远在进行在变。留笔不感到迟缓，迅笔不流于过速。其章法则疏密有序，如群星列于河汉，细微轻柔，像明月初上天崖。（以上见孙过庭书谱）

对行、草书可谓："千古不一法，千人不一体。""但求笔底天然气，一任云帆遇白鸥。"

有人提出"草书楷写"，就是要求写草书要像写楷书一样认真，算是对草书有一定认识。

是故张芸暇时写草书，不暇时写楷书，良有以也。

（约写于 1998 年昆寓）

北大版跋：风中的布衣

十月金秋，我接到班主任程郁缀教授的信：北京大学出版社决定再版《中国布衣》。

在我大学二年级的时候，父亲来过北大。

在未名湖畔拍照时，他忽一招手，让我等一下。他摘下帽子，虔诚地站好。秋风吹乱了他的额发。

我想说，戴帽好些。但看他肃穆的样子，知道他肃穆的感情。于是为父亲拍下了这张唯一的湖畔照片。一个拘谨的边地知识分子，来到他心中的圣地。

照片上手里拿着帽子的父亲，风中凌乱的头发，其实更符合北大那自由的校风，也符合父亲骨子里的谦逊与尊贵。

父亲少年，正是抗日烽火，民族觉醒的激流岁月。中国诸多名校名家南迁昆明。边城幸运地得到了现代文明思潮的洗礼。

父亲当年去听过北大清华名师们的讲演。

我常听父亲提到刘文典、陈寅恪、闻一多等，还有胡适先生。

我父亲的老友之漠伯伯曾经对我说："你考上北大，是你父亲今生最大的欣慰。"

父亲一直很想知道北大的种种，想知道我的学习生活的所遇所感。然而女儿却总是一副"天之骄子"的模样，语焉不详。

其实，我有难言之隐。父亲以虔敬之心问起的那些学者，有的结局悲惨；有的表现尴尬，难以为继，早不是旧日风光。而我不忍心让父亲失去他心灵中的光芒。

2009年秋天去台湾，在胡适墓前，我特地代父亲行礼。

在离开台北的前夜，学长易君博先生打来电话，他说读了《中国布衣》，送给我父亲两句话："拔乎流俗之上，立于千圣之表。"

我说，父亲听到一定会感到担当不起，他只是一个普通人。

我习惯于父亲的嘱咐，他自谓："无名之辈"与"布衣"。

可父亲真的只是一个普通人吗？

他所体现的，并不是鲁迅在《一件小事》里写的工人那种纯天然的厚朴。他是将朴拙的天性、坎坷的人生与美轮美奂的中国文化合而一体的。他在内心世界里所取得的成就，令许多所谓功成名就者望尘莫及。

古人称之为"内美"。

他创造了能够让别人分享的东西。

我父亲，名进德，字退耕。祖上十几代前曾是官宦，后归林下。到祖父已是典型的乡绅。祖父酷爱字画，遂令家产丧尽，于是父亲成长于寒门。也是因祸得福。

"杨状元才高天下，马汝为字压两京。"我家曾藏有马汝为的真迹。曾经省博物馆出价来购，父亲不舍。他告诉我，这是祖上留下的最后一件东西，要传给我们。

我见到过那黄黄的用褐色丝带捆起的一个轴卷。里面的字画也是棕黄色，一看就是古意盎然。"文革"时我家被抄，字画被抢走。

父亲回来，对母亲说："人在，就行。"

但我们依然有着证明书香家世的"名片"，这就是父亲的书法。

无论在哪里，一拿出父亲的字，人们总是由衷地赞赏着。

这不是那种异化了的所谓"现代人书法"，这是世代中国人心目中的书法，昭示着文化与人格精神，启迪着心灵的美感。

季羡林，还有书法家钱绍武先生、李群杰先生都郑重地对我说："你父亲是一位真正的书法家。"

凭这寄托着生命与尊严的书法造诣，父亲就不是一位普通人。

这不是普通人能写出来的。然而他又在诉说着普通人的忧伤和自律，和对于平凡生活的热爱、想象。

这需要一种凤慧，就是中国几千年来耕读人家传下的那种书香。

在父亲猝然辞世的那个哀痛难已的春天，工人出版社的朋友岳建一与我确定：要出一本书。从此，我的哀思不再孤单。

我至今保存着建一在 2001 年 6 月与 8 月内，为筹备这本书写来的两封信。他在信中说："他的一生，足以支撑曾经失传的真正的布衣精神。我还想，他生活中一定有很多不为人知的伤怀、忿郁、忧叹和苦痛。曼菱兄，活成他期待的那种人吧，这将是你给这个世界一位伟大父亲的真正安慰。"

这本书最早的稿子叫《布衣父亲》。建一曾对我说，他在编辑这些稿子的时候，常常会掩门大哭。

他提议把这本书改名为《中国布衣》。

写作《中国布衣》，使我结束自己多年的心灵漂泊，这是一种需求。

当青年的求学与壮年的遨游结束，我的回归之时到来。

那在家中守候着我的父亲却走了，留下我独对滇池冬日的鸥鸣。

"白日依山尽，黄河入海流。"时日将从山后隐退，我终将回到父亲这片布衣的大海。

北大，是那座我曾经登上去，"欲穷千里目"的高楼。

北大是被历史惦记着的，有如天上的恒星，有无数优秀的心灵来回忆。

而布衣父亲，有女儿会生生息息地追念他。

2009 年 12 月 12 日

父亲九周年忌日　于昆明

修订于 2019 年 3 月